Strandfeest

Van dezelfde auteur

All-inclusive
De vlucht
Zomertijd
Cruise
Après-ski
De suite
Zwarte piste
Bella Italia
Noorderlicht
Bon Bini Beach
Het chalet
Route du soleil
Winterberg
Goudkust
Mont Blanc
Costa del Sol
Sneeuwengelen
Hittegolf
Lawinegevaar

Het paradijs
Winternacht
Super de luxe
IJskoud
Het strandhuis
Zuidenwind
De eilanden
Sneeuwexpress
Lentevuur
Souvenir
Waterland
Midwinter
Zomeravond
Dwaalspoor
Nachtvorst
Roadtrip
Koraalrif
Gletsjer

Volg Suzanne Vermeer op:
Facebook.com/SuzanneVermeerFanpage
www.suzannevermeer.nl
www.awbruna.nl

Suzanne Vermeer

Strandfeest

A.W. Bruna Uitgevers

© 2023 Suzanne Vermeer
© 2023 A.W. Bruna Uitgevers, Amsterdam

Omslagontwerp
Wil Immink Design

ISBN 978 94 005 1579 6
NUR 332

Disclaimer
Dit verhaal is fictie. Namen, personages, plaatsen en gebeurtenissen zijn een product van de fantasie van de auteur of zijn gebruikt in een fictionele omgeving. Elke gelijkenis met bestaande personen of organisaties berust op toeval.

Behoudens de in of krachtens de Auteurswet van 1912 gestelde uitzonderingen mag niets uit deze uitgave worden verveelvoudigd, opgeslagen in een geautomatiseerd gegevensbestand, of openbaar gemaakt, in enige vorm of op enige wijze, hetzij elektronisch, mechanisch, door fotokopieën, opnamen of enige andere manier, zonder voorafgaande schriftelijke toestemming van de uitgever. Voor zover het maken van reprografische verveelvoudigingen uit deze uitgave is toegestaan op grond van artikel 16 h Auteurswet 1912 dient men de daarvoor wettelijk verschuldigde vergoedingen te voldoen aan Stichting Reprorecht (Postbus 3060, 2130 KB Hoofddorp, www.reprorecht.nl). Voor het overnemen van gedeelte(n) uit deze uitgave in bloemlezingen, readers en andere compilatiewerken (artikel 16 Auteurswet 1912) kan men zich wenden tot de Stichting PRO (Stichting Publicatie- en Reproductierechten Organisatie, Postbus 3060, 2130 KB Hoofddorp, www.stichting-pro.nl).

Deel 1
Hannah

1

Hannah kijkt op haar horloge en trapt nog wat steviger door. Ze is eigenlijk net te laat van huis vertrokken om op tijd te zijn voor haar afspraak. Door de onzekerheid heeft ze getreuzeld en nu baalt ze van zichzelf. Ze had zich nog zo voorgenomen om relaxed op pad te gaan. In plaats daarvan stampt ze nu als een gek op haar pedalen en loopt het zweet in straaltjes over haar rug. De stof van haar luchtige blouseje plakt onaangenaam aan haar huid en ze is blij dat ze voor het zwarte exemplaar heeft gekozen in plaats van voor het witte. Het camoufleert straks de sporen van haar inspanning beter. Bovendien heeft ze het afgelopen jaar vooral zwart gedragen.

Sinds Christiaan een jaar geleden werd doodgereden bij een oversteekplaats door een dronken automobilist, heeft ze zich gekleed zoals ze zich voelde: somber, kleurloos. Het kost haar nog steeds moeite om wat licht te zien in de duisternis, maar haar donkerste momenten, haar grootste verdriet, houdt ze voor zichzelf. Ze kan zich niet laten gaan, ze heeft verantwoordelijkheden. Ze moet er zijn voor Max en Vera en doen alsof het leven ook zonder hun vader gewoon doorgaat. Dus dwingt ze zichzelf om elke dag op te staan om er wat van te maken. De lach op haar gezicht komt niet van binnenuit, maar is overtuigend genoeg om haar stiefkinderen te helpen de dagen door te komen én om als vertrouwenspersoon de middelbare scholieren die hun hart bij haar komen luchten bij te staan. Pas als ze 's avonds alleen in bed ligt, kan ze toegeven aan haar verdriet.

Er toetert een auto en ze schrikt. Ze geeft haar stuur net op tijd een slinger om te voorkomen dat ze door de spiegel wordt geraakt. Ongemerkt is ze links van de streep die de grens van het fietspad aangeeft op de weg gaan rijden. Ze vervloekt zichzelf voor haar onoplettendheid. Ze zou beter moeten weten na wat er met Christiaan is gebeurd. *Denk aan Max en Vera, wat moet er van hen worden als er iets met jou gebeurt?* Tranen branden achter haar ogen en even overweegt Hannah om rechtsomkeert te maken. Terug naar huis en een poging doen om dat boek uit te lezen waar ze al ruim drie weken in bezig is. Vroeger las ze met gemak twee boeken per week, maar sinds Christiaans overlijden heeft ze veel moeite met haar concentratie. Soms moet ze een zin wel vier keer lezen en weet ze daarna nog niet wat er staat. Voor tv-kijken geldt hetzelfde. Ze kan uren naar dat stomme scherm staren zonder te weten wat ze nu eigenlijk heeft gezien.

Hannah knijpt in haar remmen, stapt af en loopt met haar fiets aan de hand een stoepje op. Is het laf om zich nu nog af te melden met een lullig smoesje? Heeft ze niet juist ingestemd met dit etentje om iets te doorbreken? Het Facebook-berichtje van haar vroegere vriendin Samantha kwam een maand geleden eigenlijk als een geschenk uit de hemel. Na de middelbare school verloren Hannah, Samantha en de andere meiden met wie ze veel optrok elkaar uit het oog. Ondanks de beloftes om contact te blijven houden en elkaar regelmatig te blijven zien, kwam daar in de praktijk uiteindelijk weinig van terecht. Nadat iedereen naar alle uithoeken van het land was uitgewaaierd, werden hun etentjes en avondjes naar de kroeg steeds sporadischer. Vanaf het moment dat ze allemaal gesetteld waren met een partner begon het al een beetje dood te bloeden en het moederschap van een aantal van hen gaf de uiteindelijke nekslag. Maar een paar weken geleden kwam Samantha, een van de drijvende krachten achter hun vriendinnengroepje, ineens na ruim twintig jaar weer in beeld. Na een vervelende scheiding wilde ze haar nieuwe vrijgezellenleven vieren en hoe kun je dat beter doen dan met je vroegere beste vriendinnen? Het had haar weinig moeite gekost om iedereen terug te vinden via social media en na wat geschuif in agenda's was het gelukt om een date voor vanavond te plannen. Een date die Hannah op het punt staat alsnog af te zeggen.

Besluiteloos kijkt ze op haar horloge. Ze moet nu echt beslissen of ze doorfietst naar het restaurant of kiest voor het gebruikelijke bankhangen, misschien met een koud wijntje. Maar ze weet ook dat Max en Vera het haar niet in dank zullen afnemen als ze binnen een halfuur weer thuis is. Ze hebben allebei iemand uitgenodigd die ook blijft slapen. Max een vriendje met wie hij de hele avond FIFA 23 wil spelen en Vera een vriendin met wie ze een Netflix-serie wil bingen. Beiden zitten niet te wachten op een paar uur extra ouderlijk toezicht. Ze zijn blij dat ze eindelijk eens een avondje de deur uit is. Doorfietsen dus. Als ze het niet voor zichzelf doet, dan maar voor de kinderen.

Met lood in haar schoenen komt ze uiteindelijk aan op de Arnhemse Korenmarkt, waar het al gezellig druk is. Tijdens haar tienerjaren kwam ze hier elk weekend met haar vriendinnen en haar eerste echte zoen kreeg ze in een nabijgelegen steegje. De herinneringen brengen automatisch een glimlach op haar gezicht. Ze zet haar fiets op slot en checkt haar make-up in het spiegeltje dat ze snel nog in haar tas heeft gestopt. Ze werkt haar ogen wat bij, dept met een zakdoekje een laatste restje zweet van haar voorhoofd en loopt naar restaurant Pinoccio, waar ze vroeger met haar vriendinnen regelmatig een pizza at voordat ze de kroeg in doken. Ze heeft er met Christiaan en de kinderen nog weleens gegeten, maar dat is al zeker vijf jaar geleden.

Hannah speurt het terras af, maar ziet op een oud-collega na geen bekende gezichten. Waarschijnlijk heeft Samantha binnen een tafel gereserveerd omdat de weersvoorspellingen wat onzeker waren. De broeierige atmosfeer van de laatste dagen zou weleens tot een fikse onweersbui kunnen leiden. Ze loopt door naar de ingang en stapt zelfverzekerder dan ze zich voelt naar binnen. In een oogopslag ziet ze dat de basiskleuren van het interieur nog steeds in stijl zijn met de Italiaanse vlag. Groene stoelen, en de tafels zijn in rood en wit gedekt. De wanden hebben net als vroeger een grijswitte rotsachtige structuur en zijn versierd met kitscherige nepplanten en klimop. Door de zaak heen zijn nog steeds overal Pinokkio-poppen te vinden. Dat sommige dingen niet veranderen stelt haar ergens wel gerust.

Achter uit de zaak klinkt een harde schaterlach die ze meteen herkent. Jenny. Als iemand altijd vol overgave kon lachen, dan was zij het wel. Het bekende geluid roept een nostalgisch verlangen in haar op waardoor haar zenuwen naar de achtergrond verdwijnen. Met hernieuwde energie loopt ze naar het tafeltje met haar vriendinnen. Ze zijn zo geanimeerd aan het praten dat ze haar in eerste instantie niet zien. Hannah maakt van het moment gebruik om ze allemaal eens even goed te bekijken en ze wordt warm vanbinnen als ze de meiden ziet die ze zoveel jaar bijna dagelijks om zich heen had. Jenny en Ellen hebben hun lange lokken verruild voor een mooi kort kapsel. Dat van Jenny is gehighlight, dat van Ellen grijs. Samantha heeft nog steeds dezelfde prachtige blonde krullen die net als vroeger tot halverwege haar onderrug komen. Tirza is eigenlijk nog helemaal hoe Hannah zich haar herinnert en ook Jacobine is nauwelijks veranderd.

Jenny grijpt naar het glas witte wijn voor haar neus en kijkt op. 'Hannie!' jubelt ze, terwijl ze haar stoel naar achteren schuift. Ze rent naar Hannah toe en plet haar bijna in een enthousiaste omhelzing. Daarna geeft ze haar een dikke kus op haar wang en duwt haar een stukje van zich af. 'Wat zie je er goed uit!'

De andere meiden drommen ook om haar heen en ze genieten van de omhelzingen en zoenen. Het is net alsof ze elkaar gisteren nog voor het laatst gezien hebben en Hannah vraagt zich af waarom ze hier nu in hemelsnaam zo zenuwachtig voor is geweest. Samantha dirigeert haar naar de enige lege stoel aan tafel, waar al een goedgevuld glas witte wijn bij staat. Samantha geeft haar het glas aan en ze proosten luidruchtig. Hannah neemt een slok van de koude wijn, die haar meteen goed smaakt. Nu ze hier zo zit merkt ze pas hoe erg ze hieraan toe was.

'Hoe is het met je, Han?' vraagt Jenny. 'Verliefd, verloofd, getrouwd?'

'Weduwe,' zegt ze na een korte pauze.

Jenny kijkt haar geschokt aan en de hele tafel valt stil. Hannah probeert nog een dapper lachje op haar gezicht te toveren, maar kan de spontaan opkomende tranen niet tegenhouden. Samantha trekt haar tegen zich aan. 'Och, meisje toch.'

Tirza haalt een pakje zakdoekjes uit haar tas en geeft er een aan Hannah. Dankbaar snottert ze hem vol. 'Sorry. Ik wilde de sfeer niet verpesten. Dit is mijn eerste avondje uit sinds Christiaan... Ik ben zo blij om jullie te zien.'

Jacobine, die tegenover haar zit, wrijft troostend met haar voet langs haar onderbeen. 'Jemig, Han, wat heftig. Vertel.'

'Maar op een avond als deze zitten jullie daar misschien helemaal niet op te wachten.'

'Dat zitten we dus wel,' zegt Ellen streng. 'Het is overduidelijk dat jij je hart eens even flink moet luchten. Vroeger was je ook al zo'n binnenvetter. Kom op, we kunnen echt wel tegen een stootje. Het leven is nou eenmaal niet altijd rozengeur en maneschijn. We hebben allemaal onze portie gehad in de afgelopen jaren.'

'Christiaan en ik waren tien jaar samen, waarvan acht gelukkig getrouwd, totdat hij vorig jaar werd doodgereden door een dronken automobilist. Die lul heeft maar drie jaar cel gekregen, waarvan één voorwaardelijk omdat de rechter roekeloos rijgedrag niet bewezen vond.'

'Wat? Met je dronken kop achter het stuur gaan zitten, hoe roekeloos wil je het hebben?' vraagt Jenny verontwaardigd.

'Nee, Jen, volgens de rechter valt te hard rijden onder invloed van alcohol of drugs niet onder roekeloos rijden.'

'O, man, ik zou gek worden als ik jou was! Hoe onrechtvaardig is dat?' roept Samantha.

'Ik moet er ook niet te veel over nadenken,' zegt Hannah. 'Max, Vera en ik hebben levenslang gekregen, terwijl hij waarschijnlijk na twee jaar alweer vrij is.'

'Max en Vera, zijn dat jullie kinderen?'

'Christiaans kinderen. Ze waren drie en zeven toen we met elkaar trouwden. Zijn ex is na de scheiding naar het buitenland vertrokken voor haar werk, dus Christiaan zorgde alleen voor hen toen ik hem leerde kennen. Het zijn echt schatten van kinderen en het voelt alsof ze van mezelf zijn. Daarom heb ik nooit de behoefte gehad om nog een extra kind samen met Christiaan te krijgen. Max en Vera hebben mij de afgelopen tien jaar volledig als hun moeder beschouwd. Hun biologische moeder kennen ze amper, sterker nog, ze hebben haar op Christiaans begrafenis voor het eerst in jaren weer eens gezien.'

'O, daar begrijp ik dus helemaal niets van, dat je je kinderen kunt achterlaten voor je carrière.'

'Niet iedereen is zo'n moederkloek als jij, Tirz,' lacht Samantha. 'Ze heeft er zes!' fluistert ze tegen Hannah.

'Nee, zeker niet. Max en Vera gaan voor mij boven alles. Hoewel mijn werk nu ook een fijne afleiding van mijn verdriet is. Ik zou gek worden als ik alleen maar thuis zou zitten kniezen. Ik werk vijf ochtenden in de week als vertrouwenspersoon op een middelbare school en sinds Christiaans overlijden werk ik 's middags thuis zodat ik Max en Vera kan opvangen als ze uit school komen. Mijn baas is tot nu toe gelukkig heel coulant geweest en ik heb fijne collega's die waarnemen als dat nodig is.'

'Eigenlijk heb je dus weinig te klagen.' Samantha geeft haar een vriendschappelijke por die vol medeleven zit.

'Hoor je mij klagen dan?' zegt Hannah lachend. Het voelt goed om Samantha's cynische humor weer te ervaren en ze neemt zich voor om haar sociale leven weer op te pakken. Ze heeft genoeg uitnodigingen gehad van vrienden en kennissen voor een glas wijn, kop koffie of een lekkere maaltijd. Maar tot nu toe heeft ze bij alles de boot afgehouden. Dat moet veranderen als ze niet letterlijk in haar eentje wil achterblijven. Want ze kan niet verwachten van Max en Vera dat die de komende jaren haar handje gaan vasthouden. Die kinderen moeten zich vrij voelen om op termijn uit te vliegen als ze daaraan toe zijn. Haar hart verkrampt bij het idee dat ze hen moet loslaten en ze kan de pijn bijna in haar lijf voelen.

'Aarde aan Hannah.' Jenny knipt met haar vingers voor Hannahs gezicht. 'Ha, gelukkig, daar ben je weer. Je leek even heel ver weg en je keek zo zorgelijk.'

'Ja, sorry. Dat heb ik best vaak, dan denk ik aan Christiaan en de kinderen en moet ik zo mijn best doen om erbij te blijven. Dat is soms doodvermoeiend.'

'Weet je wat jij nodig hebt? Even een totaal andere omgeving. Dat is misschien uit je comfortzone, maar geloof me, je knapt er echt van op. Ik zat er vorig jaar helemaal doorheen en toen ben ik er ook even een paar weken tussenuit gegaan.'

'Misschien heb je gelijk, maar ik zie het niet zitten om zonder Christiaan naar ons vaste stekje in Zuid-Frankrijk te gaan en ik heb er gewoon de puf niet voor om het halve internet af te speuren naar een andere leuke vakantiebestemming.'

'Maar je hoeft het internet niet af te speuren, want ik weet de perfecte locatie voor jou en de kinderen. De dochter van een kennis van mijn ouders runt samen met haar man al jaren een resort in Noord-Macedonië. Het ligt aan het Meer van Ohrid en het is echt prachtig daar. In de omgeving heb je zowel stranden als bergen en er valt ook genoeg cultuur te snuiven. Ik kwam vorig jaar als herboren thuis nadat ik daar een paar weken was geweest. Er is een drukker gedeelte met animatie en zo voor kinderen, maar ook een rustig deel voor volwassenen die aan ontspanning toe zijn. Je kunt zelfs yoga doen of een massage nemen. Ze organiseren ook wandelingen, kajak- en mountainbiketochten en, o, wat je écht moet doen is paragliden. Dat vinden die kids van je vast ook heel gaaf.'

'*Epic*,' zegt Hannah lachend. 'Mijn kinderen vinden alles "epic". Gaaf is echt heel ouderwets, Jen. Alleen Mark Rutte gebruikt dat woord nog.'

'Whatever, *girl*. Maar begrijp je mijn punt? Het is dat ik door mijn vrije dagen heen ben, maar anders zou ik zo met je meegaan. Wacht, ik app je het nummer van Kim en Jayden even door en het linkje naar de website van het resort, dan kun je vrijblijvend contact opnemen met ze als het je wat lijkt. Je mag mijn naam noemen, misschien levert het je nog wat korting op.'

'Ik zal me er morgen eens in verdiepen en het daarna met de kinderen bespreken. Ze waren best wel teleurgesteld toen ik zei dat ik een buitenlandse vakantie dit jaar niet zag zitten. Macedonië is niet direct het eerste land waar ik zelf aan zou denken, maar als jij goede ervaringen hebt...'

'Geloof me, er gaat een wereld voor je open. Ik wist ook niet wat ik ervan moest verwachten. Macedonië was ook niet mijn idee van een relaxte zonvakantie, maar daar neem ik elk woord van terug. Ik heb hetzelfde een paar jaar geleden met Kroatië gehad. Dat was voor mij net zo'n openbaring als Macedonië.'

'O ja, de Plitvice Meren!' roept Ellen enthousiast. 'Daar zijn Herman en ik nog geweest toen ik zwanger was van Nola.'

'Nou, wie weet is dat dan iets voor volgend jaar. Christiaan en ik waren wat vakanties betreft nogal honkvast, we huurden altijd een privévilla met zwembad. Hij werkte voor zo'n Europese keten van vakantieparken en had er geen behoefte aan om zijn eigen vakanties ook nog op zo'n park door te brengen.'

'Maar vervelen de kinderen zich dan niet kapot?' vraagt Tirza. 'Die van mij zouden gek worden zonder animatie en georganiseerde uitstapjes. Mijn man en ik trouwens ook. Op zo'n park hebben we af en toe nog even een momentje voor onszelf, omdat we de kinderen ergens onder kunnen brengen.'

'Geef Max en Vera een zwembad en je hoort ze niet meer. Bovendien maakten we altijd veel leuke uitstapjes in de omgeving. Chris en ik zochten die van tevoren samen uit. Flesje wijn met toastjes erbij en zo'n ouderwetse Michelin-wegenatlas om de routes te bekijken. De voorpret was altijd al geweldig.' Hannah krijgt een dromerige blik in haar ogen bij de herinnering. Samantha legt haar hand op de hare. 'Wat zul je hem missen.'

Het trieste lachje dat rond Hannahs mond verschijnt beaamt dat. Ze zucht eens diep en zegt geforceerd enthousiast: 'Ik ben benieuwd wat die Kim en Jayden van jou me te bieden hebben, Jenny, dus kom maar door met dat linkje. Ik vind het nu juist wel prettig als alles voor me geregeld wordt en ik zelf niks hoef uit te zoeken of te organiseren.'

Jenny pakt haar telefoon, die met het scherm naar beneden op tafel ligt, en Hannah pakt die van haar uit haar tas. Binnen een minuut voelt ze het toestel trillen in haar hand. Ze opent WhatsApp en op dat moment voelt ze haar telefoon nogmaals trillen. Naast het bericht van Jenny heeft ze nog een appje ontvangen en ze durft het niet te openen als ze ziet wie de afzender is. Het lijkt wel of haar keel ter plekke wordt dichtgedrukt en er gaat een koude scheut door haar lijf.

'Mijn berichtje ontvangen?' vraagt Jenny. Hannah kan alleen maar knikken en haar duim opsteken. Haar stem laat haar in de steek. Ze ziet Jenny fronsen.

'Alles goed, Han? Je ziet ineens zo bleek.'

Hannah moet eerst iets wegslikken voordat ze kan antwoorden. 'Gisteren iets verkeerds gegeten en dat speelt een beetje op, geloof ik.' Hannah schuift haar stoel naar achteren en struikelt bijna over haar eigen voeten als ze in alle haast naar het toilet rent. De misselijkheid wordt steeds erger en ze houdt haar hand voor haar mond. Kokhalzend bereikt ze net op tijd het toilet. Terwijl ze haar haren uit haar gezicht probeert te houden, gaat achter haar de deur open, die ze niet meer op slot heeft kunnen doen.

'Kom, laat mij je helpen,' hoort ze Samantha zeggen. Hannah voelt een warme hand in haar klamme nek en Samantha pakt haar bos haar over zodat zij met twee handen op de bril kan steunen. Hannah spuugt totdat er werkelijk niets meer in haar maag zit, maar het lucht niet op. De misselijkheid blijft en haar speekselklieren blijven overuren draaien. Uitgeput gaat ze uiteindelijk op de grond naast het toilet zitten. Samantha laat zich naast haar zakken. 'Nou, ik weet niet wat je gisteren hebt gegeten, maar ik zou het in de toekomst lekker laten staan. Mijn hemel. Ik heb je vroeger ook weleens geholpen, maar dit was erger.'

Hannah lacht schaapachtig en wrijft tranen van ellende uit haar ogen. Samantha heeft gedeeltelijk gelijk. Er is inderdaad iets heel erg verkeerd gevallen, maar ze kan absoluut niet vertellen dat het niets met eten te maken heeft.

'Misschien moet je even wat water drinken en je mond spoelen?' stelt haar vriendin voor. 'Ik knap daar altijd erg van op als ik me niet lekker voel.' Samantha helpt haar overeind en Hannah strompelt naar de wasbak. Voorzichtig laat ze wat water in de kom van haar hand lopen en ze neemt een slok. Haar maag lijkt het te accepteren, dus ze drinkt verder. Als ze verzadigd is, trekt ze een paar papieren doekjes uit het apparaat aan de muur en dept haar voorhoofd en ogen droog. Ze huivert even van het koude zweet dat uit elke porie van haar lichaam lijkt te komen en maar blijft stromen als ze terugdenkt aan het bericht van die afzender waar ze steeds weer van in paniek raakt. Het liefst zou ze haar kop in het zand steken en alle berichten ongezien verwijderen. Maar dat zou heel dom zijn en haar alleen maar verder in de problemen brengen. Ze moet zich vermannen en het nu van zich afzetten. Morgenmiddag gaat ze er wel mee aan de slag als de kinderen niet thuis zijn. Vera kijkt haar al dagen met priemende, argwanende ogen aan als er berichten binnenkomen op haar telefoon. Ze is niet achterlijk en ziet aan Hannahs reactie dat er iets niet in de haak is. Hannah weet zeker dat er een dag komt dat het meisje haar nieuwsgierigheid niet meer kan bedwingen, dus voor de zekerheid heeft ze haar ontgrendelcode aangepast en die niet met de kinderen gedeeld. Ze wordt helemaal naar bij de gedachte dat Vera de berichten ooit onder ogen zou krijgen. Het kan de verhoudingen tussen haar en de kinderen op scherp zetten en dat risico wil ze niet lopen. Ze kan het niet aan. Niet na alles wat ze al heeft meegemaakt.

'Ben je klaar voor je rentree?' vraagt Samantha. 'Ik denk dat de meiden inmiddels op omvallen staan.'

Hannah dept haar mond nog eens droog met een doekje en werkt haar lippen bij met een beetje gloss voordat ze haar vriendin terug het restaurant in volgt. Ze haalt een keer diep adem en probeert haar hoofd leeg te maken. Voor nu wil ze haar avond niet nog verder laten verpesten. Ze wil het niet meer over ellendige dingen hebben. Gewoon ouderwets kletsen met haar vriendinnen alsof de tijd heeft stilgestaan en net als vroeger dampende stukken pizza uitwisselen. Bij de gedachte aan pizza trekt haar lege, hongerige maag samen. Als ze met Sam hun tafeltje nadert, kijken vier paar ogen haar bezorgd aan. 'Ik ben weer oké, hoor,' stelt ze hen gerust terwijl ze naar de schaaltjes met verschillende voorgerechten kijkt die op tafel staan.

'We hebben vast wat Proeverij Pinoccio besteld om de eerste trek te stillen,' zegt Tirza terwijl ze genoeglijk op een bruschetta knabbelt. 'Zal ik voor jou nog wat extra stokbrood bestellen? Dat valt misschien beter als je maag zo overstuur is.'

'Het gaat wel weer, echt. Het ziet er allemaal heerlijk uit.' Demonstratief zet Hannah haar tanden ook in een bruschetta met tomaten-uientapenade en biedt er Samantha ook eentje aan. 'Op ons, dames!' Hannah heft haar glas. 'Dat we elkaar in de toekomst maar weer vaak mogen zien.'

2

'Zijn we er al bijna?' vraagt Max enthousiast. Hij heeft rode wangen van het intensief spelen op zijn Nintendo Switch. Normaal stelt Hannah grenzen aan zijn speeltijd, maar bij hoge uitzondering mocht hij vandaag tijdens de vlucht naar Skopje langer spelen dan de maximale twee uur. 'Over ongeveer een halfuurtje gaan we landen,' laat ze hem weten. 'Het eerste gedeelte van de daling is net ingezet. Een vliegtuig daalt ongeveer driehonderd meter per minuut, dus vanaf tien kilometer hoogte duurt de landing ongeveer een halfuur.' Max is dol op feitjes, vandaar haar uitgebreide antwoord. Ze betwijfelt echter of hij het heeft gehoord. De jongen is alweer volledig gefocust op het schermpje van zijn spelcomputer.

Vera zit met een grote koptelefoon op uit het raampje te staren, terwijl haar hoofd zachtjes beweegt op de beat van de muziek. Het soloalbum van Harry Styles, gokt Hannah, want dat draait haar stiefdochter al maanden grijs. Tot nu toe heeft de zestienjarige Vera zich ontpopt als een heel redelijke puber die niet ten koste van alles de grenzen opzoekt en meer wegzwijmelt bij de posters van boybands op haar kamer dan dat ze zelf actief op jongensjacht gaat. Het meisje is net als Max wel wat stiller geworden sinds Christiaans dood, maar niet op een manier die haar heel erg ongerust maakt. Ze loopt over van trots en liefde voor de kinderen, die er ondanks het verlies van hun vader samen met haar het beste van proberen te maken.

Hannah is Jenny dankbaar voor de vakantietip. Er even samen tussenuit is precies wat ze nodig hebben om op te laden na het afgelopen jaar. De dag na het etentje met haar vriendinnen heeft Hannah meteen de website van het Blue Lake Resort bekeken. Toen ze het logo van Sunny Parks op de site zag staan was ze eigenlijk al om. Sunny Parks is de Europese vakantieparkketen waar Christiaan werkte en ze maakt zichzelf graag wijs dat Chris haar op de een of andere manier op dit spoor heeft gezet. Dat hij deze vakantie voor haar en de kinderen van 'bovenaf' heeft geprobeerd te regelen. Nadat ze zich had verlekkerd op de idyllische plaatjes had ze Kim meteen gebeld om informatie over het resort te krijgen. Het gesprek was zo leuk en Kim was zo spontaan en behulpzaam dat ze ter plekke voor drie weken had geboekt. Max en Vera hadden een gat in de lucht gesprongen toen ze hen ermee verraste en van de foto's werden ze nog enthousiaster. Hannahs hart had een extra roffel gemaakt toen ze de kinderen voor het eerst in een jaar weer eens echt blij zag.

En nu zitten ze dus met zijn drieën in het vliegtuig dat binnen nu en een halfuur landt op Macedonische bodem. Vanaf Skopje nemen ze de bus naar Ohrid en het laatste stukje naar het resort overbruggen ze met een taxi. Hannah is opgelucht dat de reis tot nu toe voorspoedig verloopt. Je hoort tegenwoordig zoveel dramaverhalen over geannuleerde vluchten of wachttijden die zo lang zijn dat mensen hun vlucht missen. Ze heeft nog even overwogen om met de auto of de trein te gaan, maar uiteindelijk vond ze die reistijden toch te lang in vergelijking met de tweeënhalf uur durende vlucht. De reis met auto of trein zou minimaal vierentwintig uur duren en dan zou ze al moe aan haar vakantie beginnen. Na al dat gebikkel van het afgelopen jaar gunde ze zichzelf en de kinderen de makkelijkste en snelste optie van een vliegreis.

Terwijl het vliegtuig verder zakt nemen de kriebels in haar buik toe. Ze ziet zichzelf al helemaal zitten op het speciaal aangelegde privéstrand van het resort met een glaasje koude wijn. Haar blote voeten half begraven in het warme zand terwijl Max en Vera het meer in duiken. Ze hebben allebei drie zwemdiploma's en zijn altijd al waterratten geweest. Hun liefde voor water hebben ze absoluut van hun vader. Toen ze Christiaan leerde kennen, ging hij elk weekend met Max en Vera naar het zwembad en was hij een fervent zeiler en surfer. De afgelopen jaren waren de bezoekjes aan het zwembad een stuk minder geworden, omdat Max en Vera steeds meer hun eigen plan trokken met vrienden. Max was vaak met zijn vriendjes aan het voetballen in het Sonsbeekpark en Vera bracht veel tijd met haar vriendinnen door op de manege.

Sinds de dood van hun vader zijn de kinderen helemaal niet meer naar het zwembad geweest. Te veel herinneringen die het verse verdriet en het gemis van hun vader oproepen. Daarom was Hannah vastbesloten om nieuwe herinneringen te creëren die het verdriet waar ze alle drie zo zwaar onder leden op termijn moesten verzachten. Macedonië was een mooi startpunt voor dit goede voornemen en Kim had haar verzekerd dat ze als herboren terug zouden komen uit het resort. Wat haar buiten alle toeristische hoogtepunten vooral had aangesproken in het verhaal van Kim was dat het entertainmentteam en de gasten van het resort voornamelijk Nederlands waren. De kans dat de kinderen en ook zijzelf daardoor makkelijk aansluiting zouden vinden was groot en dat was precies waar ze op dit moment behoefte aan hadden. Een laagdrempelige manier om weer een beetje onder de mensen te komen en ongedwongen lol te maken.

De stem van de gezagvoerder klinkt door het vliegtuig. Hij vraagt de passagiers om hun gordels vast te maken zodat hij het laatste stuk van de landing veilig in kan zetten. Max reageert door zijn voortgang in zijn spel op te slaan en zijn Switch op te bergen in zijn heuptas. Vera verroert zich niet. Het geluid van haar muziek overstemt duidelijk dat van de piloot. Hannah tikt haar zachtjes aan en wijst naar haar gordel. Vera knikt en snoert zichzelf in zonder de koptelefoon van haar hoofd te halen. Hannah klapt haar plankje in en stopt het tijdschrift dat ze aan het lezen was in het opbergnetje van de stoel voor haar. Als het vliegtuig uiteindelijk zacht landt dankzij de stuurmanskunsten van de piloot en de gunstige weersomstandigheden, klapt ze mee met Max en Vera. De vakantie kan beginnen!

3

Max en Vera rennen voor Hannah uit naar chalet Happy, waar ze de komende drie weken zullen verblijven. Het staat aan het einde van een rijtje houten chalets met vrolijke namen. Jolly, Lucky, Sunny. Hannah blijft wachten bij de taxi en helpt de chauffeur met het uitladen van de koffers. Hij biedt aan om ze voor haar naar het chalet te brengen en ze maakt dankbaar gebruik van het aanbod. De zoete geur van de rozen, bloesemachtige struiken en heesters die ruimschoots aanwezig zijn op het terrein beloven veel goeds. De fleurige bloemen kleuren mooi bij de intens groene loofbomen die hun schaduw werpen op de met flagstones aangelegde paden die slingerend langs de chalets lopen.

'Mogen we naar binnen?' roept Max opgewonden.

'Als het goed is, is de deur open,' zegt Hannah lachend. Ze heeft met Kim afgesproken om de deur open te laten zodat ze hun koffers vast binnen kunnen zetten voordat ze inchecken bij de receptie. Als de kinderen in het huisje verdwijnen, blijkt dat Kim zich aan haar woord heeft gehouden. Voor chalet Jolly staat een aantal fietsen en er klinkt vrolijk gelach en geklets van kinderen door de open ramen. De zon is aangenaam warm, evenals het zachte briesje dat Hannahs huid kietelt. Ze kijkt omhoog. Veel strakker blauw krijg je de lucht niet. Mocht Christiaan daarboven ergens rondzweven, dan heeft hij in elk geval goed zicht op hun aardse beslommeringen, denkt ze glimlachend.

De taxichauffeur tilt de koffers van Max en Vera over de

drempel en pakt daarna die van Hannah aan. Ze laat hem weten dat ze het nu zelf wel redt en bedankt hem uitvoerig voor zijn hulp met een dikke fooi. De man stopt haar zijn visitekaartje toe. 'You can always call', zegt hij terwijl hij zijn slechte gebit bloot lacht. Ze steekt haar duim op en zegt hem gedag. De koffers schuift ze tegen de wand van de hal aan zodat ze niet in de weg staan. Max rent naar haar toe en trekt haar mee de woonkamer in.

'Wow, deze hut is echt *amazing*, mam!' roept Vera uit.

'Ja, echt epic!' beaamt Max. Hannah kan niet anders dan de kinderen gelijk geven. De inrichting is luxe en comfortabel en de kleuren van het interieur zijn zorgvuldig gekozen. De beide driezitsbanken zijn bekleed met een pastelbruine nubuckleren stof en voorzien van sierkussentjes in verschillende tinten blauw. De wanden zijn roomkleurig gestuukt en de whitewashed eiken laminaatvloer met brede gegroefde planken is in het hele chalet doorgelegd. Midden op de sloophouten eettafel met robuust blad staan een grote schaal met kleurige kaarsen en een schaal met sierschelpen. Het hele huisje ademt strand. Vera ontgrendelt de pui met openslaande deuren en loopt de met roze heesters afgezette tuin in, die uitkijkt op het meer en een stukje zandstrand. De drie ligbedden die al voor hen zijn klaargezet zien er heel aanlokkelijk uit en op de houten buitentafel, waar zes stoelen omheen staan, staat een vaasje met vers geplukte bloemen. Aan de zijkant van de tuin is een afdakje gecreëerd waaronder een moderne buitenkeuken staat opgesteld naast een ouderwetse barbecue. Voor het eerst in tijden krijgt Hannah weer zin om een uitgebreide zomerse maaltijd te maken. Max rent naar het hekje achter in het tuintje en neemt het trapje naar beneden. Met een paar grote sprongen staat hij op het strand. Hij trapt zijn sneakers uit en rent op zijn blote voeten verder naar de waterrand. Zijn shirt en korte broek vliegen door de lucht en hij springt in zijn onderbroek het meer in. De oprechte blijdschap van de jongen ontroert Hannah. Max zwemt een stukje en verdwijnt dan kopje-onder. Als hij bovenkomt, schreeuwt hij: 'Veer, kom ook, het water is lekker!'

'Mag het?' vraagt Vera.

'Ga jij maar lekker zwemmen met je broer, dan loop ik wel even alleen naar de receptie om ons in te checken.'

'Even mijn bikini aantrekken en dan kom ik,' roept Vera naar haar broertje. Max steekt watertrappelend zijn duimen op ten teken dat hij haar gehoord heeft. Hannah controleert of ze haar mobiel, creditcard en hun paspoorten in haar zak heeft. 'Zo terug, Veer. Blijven jullie wel een beetje aan de kant? Je weet niet hoe snel het meer dieper wordt.'

Vera rolt theatraal met haar ogen en Hannah moet lachen. 'Sorry, maar ik ben nou eenmaal een bezorgde moeder.'

Vera geeft haar een klapzoen op haar wang en sleept dan haar koffer de kamer in. Kledingstukken vliegen door de lucht totdat het meisje haar bikini heeft gevonden. Hannah besluit er niets van te zeggen. Opruimen en inruimen komt straks wel. Ze wil voor geen goud die prachtige lach van Vera's gezicht zien verdwijnen. Tevreden loopt ze via de voordeur van het chalet naar buiten en volgt de wegwijzers waar in het Macedonisch, Engels en Nederlands RECEPTIE op staat. Ze verheugt zich erop om kennis te maken met Kim en Jayden, die door Jenny als enorme schatten zijn omschreven. Langs kronkelige schelpenpaadjes en een overvloed aan bloemige en palmachtige struiken belandt ze uiteindelijk bij het receptiegebouw. Net als de chalets is het gebouw grotendeels opgetrokken uit hout. Voor de ingang staan twee enorme bloempotten met roze oleanders. De bloemen bewegen zachtjes mee met de wind, waardoor het lijkt of ze haar met een buiging welkom heten. De deuren van het gebouw staan uitnodigend open. Hannah stapt naar binnen en groet de goedlachse jonge vrouw die achter de desk zit. Ze heeft een prachtige volle donkerblonde krullenbos die tot over haar schouders hangt en nog vochtig is van een recente wasbeurt. Ze heeft goudgroene ogen, haar gezicht is goedlachs en haar uitstraling energiek. Zodra ze Hannah ziet binnenkomen, springt ze overeind en begroet haar vrolijk met een uitgestoken hand. 'Ik ben Malou.'

'Hannah Jonker, aangenaam.'

Malou pakt een klembord en een pen en laat haar vinger langs een lijstje namen gaan. 'Hannah Jonker zei u, hè? Ha, familie Jonker, hier bent u.' Ze zet een krulletje op de vierde plek van boven in het rijtje. 'Hannah, Max en Vera.' Malou kijkt over Hannahs schouder.

'De kids liggen al in het meer,' zegt Hannah grinnikend, 'dus je zult het met mij moeten doen.' Ze pakt de drie paspoorten uit haar zak en geeft ze aan Malou.

'Ik maak even een kopietje. Hebt u ook een creditcard?'

'Jazeker.' Hannah vist haar creditcard tussen een bank- en verzekeringspasje uit. Malou verdwijnt in het kantoortje achter de desk en al snel hoort Hannah het kopieerapparaat zijn werk doen.

'Is Kim ook aanwezig?' vraagt ze als Malou haar even later haar spullen weer teruggeeft en haar vraagt wat papieren te ondertekenen.

'Ik ga Kim zo even bellen om te zeggen dat u er bent. Ze had me speciaal gevraagd haar te waarschuwen zodra u zich bij de receptie zou melden. U bent een vriendin van een kennis van haar, geloof ik?'

'Ja, dat klopt. Mijn vriendin Jenny is hier afgelopen jaar een paar weken geweest en heeft me deze accommodatie getipt. Misschien kun je je haar wel herinneren. Ze is nogal een opvallende en soms wat luidruchtige verschijning,' zegt Hannah met een knipoog.

'Vorig jaar werkte ik hier nog niet. Ik werk hier in principe alleen dit seizoen. Ik ben pas afgestudeerd en wil nog even wat lol maken en een centje bijverdienen voordat ik serieus aan de bak ga.'

'Gelijk heb je.'
'Deze kans kwam op mijn pad en die heb ik met beide handen aangegrepen. Het sprak me aan dat het team voornamelijk Nederlands is, de betaling en de faciliteiten zijn goed en het weer hier is zalig. Bovendien zijn Kim en Jayden schatten.'
'Ja, dat zei Jenny ook al. Die was ook erg gecharmeerd van hen.'
'Ze zijn echt een kei in het creëren van een ontspannen sfeer. Ik voelde me hier meteen op mijn gemak, terwijl ik het toch best spannend vond, omdat ik niemand kende.'
'Nou, dat snap ik wel. Ik zou het in mijn broek doen,' zegt Hannah grinnikend.
'We hebben een leuk jong team en sommigen komen hier al een paar jaar in het zomerseizoen. Tot nu toe is het werk heel afwisselend. Vandaag draai ik een baliedienst, maar de rest van de week ben ik ingedeeld bij het animatieteam.'
'Dan zul je mijn Max vast tegenkomen. Hij is twaalf en sprong een gat in de lucht toen hij hoorde dat er een animatieclub is. Mijn dochter Vera zal waarschijnlijk meer haar eigen gang gaan. Ze is zestien en vindt dingen al snel te kinderachtig. Ik hoop dat ze hier een paar leuke meiden ontmoet met wie ze lekker kan "chillen".'
'Dat moet vast wel lukken.' Malou pakt de mobiel die tussen wat papieren op de desk ligt en voert een kort gesprekje. 'Kim komt eraan. Kan ik u vast een welkomstdrankje van het huis aanbieden?'
'Nou, graag. Ik ben wel benieuwd.'
Malou duikt het kantoortje in en komt terug met een fles die voor driekwart gevuld is met een lichte cognackleurige drank en een borrelglaasje. TRAIKOVSKY leest Hannah op het etiket van de fles, en RAKIJA. 'Wat is het precies?' vraagt ze als Malou het borrelglaasje halfvol schenkt.
'Rakija. Een brandewijn die wordt gezien als het traditioneelste gedistilleerde drankje van Noord-Macedonië. Het

wordt gedronken als aperitief en bij salades en zo. Wij schenken het als welkomstdrankje aan onze gasten als ze komen inchecken, omdat het zo typisch Macedonisch is. We verkopen het ook aan de liefhebbers. Veel Macedoniërs stoken het zelf, maar die van ons kopen we in via onze cateraar Nikola en die haalt het weer ergens bij een wijnhuis. Bij die zelfgestookte troep wil het alcoholpercentage nog weleens behoorlijk de pan uit rijzen. Dat brandt je hele slokdarm weg en dat willen we onze gasten niet aandoen.' Malou geeft Hannah het glaasje.

'In één keer achteroverslaan of nippen?'

'De echte diehards slaan het in één keer achterover, maar ik zou je adviseren om te beginnen met wat kleine slokjes. Ook bij deze officiële variant is het alcoholpercentage pittig. Vijftig procent, geloof ik.'

Hannah ruikt even aan het drankje en neemt dan een voorzichtige slok. De tranen springen haar in de ogen als ze het drankje even op haar tong laat rusten voordat ze het doorslikt. 'Poeh, dat is inderdaad niet misselijk.' Ze moet kuchen omdat haar keel in vuur en vlam staat. Het brandende goedje zoekt zijn weg naar beneden en Hannah smakt wat met haar tong om de smaak beter te proeven. 'Het smaakt eigenlijk best wel fruitig. Wat zit er precies in?'

'Allerlei soorten druiven, pruim, perzik, honing en wat kruiden. Een vleugje kaneel en vanille. O, en koffie.' Malou telt alle ingrediënten uit op haar vingers. 'Acht. Ja, dat zou moeten kloppen.'

Hannah lacht en neemt een tweede slokje. Ze concentreert zich op de smaakexplosie in haar mond en probeert alle ingrediënten die Malou heeft opgesomd daadwerkelijk te proeven. 'Lekker wel. Je zei dat jullie het ook verkopen?'

Malou knikt instemmend.

'Dan wil ik wel een flesje aanschaffen. Volgens mij is dit een heerlijk inslapertje. Hoeveel kost een flesje?'

'Voor jou niks, Hannah,' klinkt het achter haar. Hannah

draait zich om en ziet een rijzige, slanke vrouw staan in een sportieve outfit die haar figuur goed doet uitkomen. Haar lange donkere haren zijn in een strakke, hoge staart gebonden. Grote donkere amandelvormige ogen kijken Hannah vriendelijk aan. De lippen met subtiele roze gloss zijn zo vol en welgevormd dat Hannah ze bijna ter plekke zou willen zoenen. Een gebronsde, goed gehydrateerde huid ligt rimpelloos over de jukbeenderen en het voorhoofd van de vrouw en ook rond haar ogen en mond zijn geen leeftijdsgroefjes te zien. De oogmake-up die ze draagt, bestaat alleen uit wat mascara die haar lange wimpers wat krult.

'Ha, daar is Kim,' zegt Malou. Kim loopt naar Hannah toe en omhelst haar alsof ze oude bekenden zijn. Hannah accepteert de knuffel volledig en er dringt een subtiele, kruidig sensuele parfumgeur haar neus binnen. Met tegenzin laat ze Kim los als ze voelt dat de omhelzing minder intens wordt en de vrouw daarna een stap achteruitzet.

'Wat leuk om je te ontmoeten, Hannah. Je ziet er precies zo uit als ik me had voorgesteld.' Kim geeft een kneepje in haar schouder.

'Wat hebben jullie hier een prachtige plek. Ik was al zwaar onder de indruk van de foto's op de website, maar in het echt is het nog indrukwekkender. Sprookjesachtig gewoon. Alsof ik in de Blue Lagoon terecht ben gekomen.'

'Ha, dat is precies de sfeer die we willen uitstralen.'

'Geslaagd, zou ik zeggen.'

'Goed om te horen.' Kim werpt haar een stralende lach toe. 'Als jij die fles Rakija even pakt, Malou, dan loop ik met Hannah nog even langs Jayden voor een voorstelrondje.' Malou doet wat Kim haar vraagt en stopt in het tasje met de fles sterkedrank ook meteen Hannahs paspoorten, haar creditcard en de zojuist ondertekende papieren voor de huur van het chalet en de borg. 'Ik heb er ook een brochure bij gedaan met noodnummers van hulpdiensten en ziekenhuizen in de buurt en tips voor leuke uitstapjes, restaurantjes en uitgaansgelegenheden. U kunt er zelf op uit trekken, maar we hebben ook een gevarieerd aanbod aan begeleide groepstripjes en excursies waar u zich bij de receptie voor kunt aanmelden. Lees het allemaal maar eens rustig door en als u vragen hebt, dan sta ik of een van mijn collega's voor u klaar.'

Hannah bedankt Malou uitgebreid terwijl Kim het tasje van Malou aanpakt en het aan Hannah geeft. 'Jayden is hier vlakbij bezig om een lekkende slang van het bewateringssysteem te vervangen. Al die bloemen blijven er niet vanzelf zo fris bij staan met die hitte.' Ze gaat Hannah voor naar buiten. Na een wandeling van een paar minuten zien ze in de verte een man met een vlot zwart kapsel op zijn hurken zitten. Hij draagt een zwarte singlet en zijn welgevormde bicepsen bollen op bij elke beweging die hij maakt onder zijn diep gebruinde huid. Hannah kijkt er even gefascineerd naar.

'Jay, heb je een minuutje?' vraagt Kim aan haar man.

'Voor mooie vrouwen wel twee,' zegt hij en hij lacht een stralend wit gebit bloot. Hij komt overeind, ontdoet zijn rechterhand van een werkhandschoen, haalt hem even langs zijn korte jeansbroek en steekt hem Hannah toe. 'Ik zou je het liefst een welkomstknuffel geven, maar met dat zweterige lijf van me hou ik het maar even bij een hand. Jij moet Hannah zijn,' zegt hij met diepe stem.

'En jij Jayden.' Hannah pakt zijn warme hand, die nog een beetje vochtig is. Zweetdruppels glijden langs zijn slapen naar beneden en bevochtigen zijn keurig gestylede bakkebaarden. *'Welcome to paradise.'*

'Nou, dat kun je wel zeggen. Ik zei het net al tegen Kim, wat hebben jullie hier een prachtige plek. Echt niet normaal.'

'Met bloed, zweet, tranen en heel veel liefde kom je een heel eind.' Weer komt dat blinkende gebit tevoorschijn. Nu Jayden overeind staat valt het Hannah op dat hij bijna een halve kop kleiner is dan zijn vrouw. Ze schat hem rond de een meter zeventig en zijn lijf is gespierd en ietwat gedrongen. Net als Kim heeft hij een ronduit knap gezicht. Nu Hannah hen zo naast elkaar ziet staan, kan ze maar één conclusie trekken: het echtpaar heeft zelfs met de luchtige vrijetijdskleding die ze dragen een hoog glamourgehalte.

'Goede reis gehad?' vraagt Jayden belangstellend.

'Ja, prima. Het verliep allemaal uitermate soepel.'

'Ze zit met haar kinderen in Happy,' zegt Kim.

'O, dat is een zalig plekje aan het zandstrand dat we een paar jaar geleden hebben laten aanleggen. Voor het merendeel hebben we hier rond het meer kiezelstranden, maar die gaven niet het comfort dat we onze gasten wilden bieden. Geloof me, jullie gaan het heel erg naar jullie zin hebben. *Sue me* als het niet zo is.'

'Ik denk dat we onszelf een gang naar de rechter kunnen besparen. De kinderen zijn bij aankomst meteen het meer in gesprongen. Ik ga zo onze koffers even uitpakken en daarna ga ik met die overheerlijke brandewijn die ik net heb gekregen op het strand zitten. Wat mij betreft kan de vakantie nu al niet meer stuk.'

'We vinden het heel dapper dat je deze stap hebt gezet, Hannah,' zegt Kim. 'Zo voor het eerst zonder je man op vakantie. En dan niet in Nederland, maar meteen naar een onbekende plek. Kan me voorstellen dat je wel wat drempels hebt moeten overgaan.'

Jaydens lachende gezicht heeft een ernstige blik gekregen en hij beaamt knikkend de woorden van zijn vrouw.

'Ik vond het inderdaad wel spannend, maar ik voel me niet helemaal ontheemd omdat de Sunny Parks-keten me meer dan bekend is.'

'Je bent vaker naar een van onze parken geweest in het verleden?'

'Mijn man heeft tot zijn onverwachte dood voor Sunny Parks gewerkt.'

'Dat meen je niet? Wat toevallig, zeg.' Kim kijkt haar verrast aan. 'Dat is dan toch wel weer frappant, dat Jenny je een locatie tipt die ook onderdeel is van die keten.'

'Ja, ik was ook verbaasd en eigenlijk ook wel blij verrast toen ik me dat realiseerde. Het klinkt misschien stom, maar het voelde een beetje alsof Christiaan me op dit spoor heeft gezet.'

'Alsof hij vanuit de hemel deze vakantie voor jou en jullie kinderen heeft geboekt.'

'Het klinkt heel zweverig, maar zoiets, ja.'

'Jay hier zal het inderdaad zweverig vinden, daar is hij tenslotte man voor,' zegt ze en ze stoot haar echtgenoot plagerig aan. 'Maar ik geloof wel in dat soort dingen, hoor,' zegt Kim vol overtuiging. 'Ik twijfel er niet aan dat er meer is tussen hemel en aarde. Vraag me alleen niet wat en hoe het er precies uitziet, want daar heb ik niet echt een beeld bij.'

'Wat voor functie had je man eigenlijk bij Sunny Parks?' verandert Jayden van onderwerp.

'Hij was een halfjaar voor zijn dood gepromoveerd tot socialmediamanager van de Sunny Parks-vestigingen in Nederland.'

'Puike job,' zegt Jayden met een bewonderend knikje.

'Ja, het verdiende lekker en hij vond het ook nog heel leuk.'

'Dat is misschien nog wel het allerbelangrijkste. Plezier in je werk. Wij gaan ook elke dag met een smile aan de slag, hè schatje?'

'Zeker weten. Maar je man werkte dus op het hoofdkantoor in Nederland?' vraagt Jayden belangstellend verder.

'Dat was officieel zijn stamplek, maar hij was eerlijk gezegd meer op de parken te vinden. Chris was nogal een controlfreak en hij wilde bij elke reclameshoot, promofilmpje of campagne met influencers zelf aanwezig zijn om meteen te kunnen bijsturen als dingen niet liepen zoals hij voor ogen had. En hij was op zijn best als hij lekker kon kletsen met mensen. Chris kon met iedereen praten, van gasten op de parken tot directeuren. Hij had van heel veel dingen wel een beetje verstand, dus hij kon breed aanhaken op de meest uiteenlopende onderwerpen. Iedereen was dol op hem.' Hannah voelt de tranen opkomen. 'Maar goed,' zegt ze terwijl ze snel haar keel schraapt, 'de goede vibes van Happy, de zon en het water slepen me er vast doorheen de komende weken.'

'Wij staan ook voor je klaar, Hannah, 24/7. Voor jou en de kinderen. Als er ook maar iets is wat we voor jullie kunnen doen, maakt niet uit wat, laat het dan weten. We zullen alles doen om jullie verblijf hier zo aangenaam en zorgeloos mogelijk te maken,' verzekert Kim haar. Jayden knikt instemmend.

'Dat is lief. Dank jullie wel. Nou, ik ga er maar eens vandoor voordat mijn brandewijn warm wordt,' probeert Hannah het gesprek luchtig af te sluiten.

'Fijn je even te spreken, Hannah. Zal ik even met je meelopen naar Happy?' biedt Kim aan met een blik op haar horloge. 'Ik heb nog een halfuur voordat de yogaclinic begint die ik voor liefhebbers onder de gasten geef.'

'Ga jij je maar lekker voorbereiden op je clinic. Je bent al genoeg tijd aan me kwijt. Malou heeft als het goed is een plattegrondje in mijn tas gestopt, dus ik vind mijn weg wel.'

'Zeker weten?'

'Absoluut.'

'Dan spreken we elkaar snel weer, Hannah.' Kim loopt op een drafje weg en Hannah blijft achter met Jayden. Ze lacht nog even naar hem en draait zich om om terug naar Happy te lopen.

'Hé, Jay,' hoort ze achter zich. Een lange jongen met donkere krullen en felgroene ogen loopt langs hen. Net als Jayden draagt hij een zwarte singlet en een korte spijkerbroek en Hannah concludeert dat dat wellicht de bedrijfskleding van het resort is. De stukken onbedekte huid van de armen en benen van de jongen zijn mooi gebronsd en door zijn bruine gezicht lijken zijn ogen nog feller.

'Ah, Gijs, goed dat ik je zie. Zou jij straks even kunnen helpen om de drank en de versnaperingen die Nikola gisteren heeft gebracht op de juiste plekken te krijgen?' Jayden kijkt de jongen strak aan. 'Dit is trouwens Hannah, een van onze nieuwe gasten.'

De ogen van de jongen flitsen heen en weer tussen zijn baas en Hannah voordat hij haar de hand schudt. Ze kan de blik in zijn ogen niet goed duiden, maar één ding weet ze zeker: als Vera deze jongen ziet, zal ze als een blok voor hem vallen.

'Waarom vraag je Erik niet om te helpen?' vraagt Gijs.

'Omdat ik het jou vraag.' Jayden knijpt zijn ogen even samen alsof hij tegen de zon in kijkt, maar de zon komt vanaf de andere kant. Gijs kijkt terug en er flitst een verbeten uitdrukking over zijn gezicht voordat zijn mondhoeken krullen in een lach die zijn ogen niet bereikt. 'Ik heb tot vier uur animatiedienst, maar daarna kan ik wel even helpen,' zegt de jongen met duidelijke tegenzin.

'Top man, hartstikke fijn,' zegt Jayden enthousiast terwijl er een brede grijns op zijn gezicht verschijnt. De spanning die Hannah tussen de beide mannen dacht te zien is ineens weg en ze vraagt zich af of ze het zich niet heeft verbeeld. Ook Gijs kijkt nu alsof er geen vuiltje aan de lucht is. Hoe dan ook, Hannah houdt er zelf een ongemakkelijk gevoel aan over. 'Wat doen jullie vanmiddag met de animatieclub?' vraagt ze geforceerd.

'Voetbaltoernooitje.'

'Misschien dat ik mijn zoon nog wel even stuur. Hoe laat begint het?'

'Om één uur verzamelen voor de receptie.'

'Oké, nou wie weet komt Max wel een balletje mee trappen.'

'Hij is van harte welkom.' Gijs glimlacht naar haar en deze keer bereikt de lach zijn ogen wel.

'Dat is goed om te horen. Nou heren, het was aangenaam kennis te maken, maar nu ga ik er echt vandoor. Succes met alles en wij zien elkaar wellicht vanmiddag langs de lijn, Gijs.'

Hannah zwaait nog een keer en begint aan de terugtocht naar het chalet. Ze kan het niet laten om na een paar meter nog even om te kijken. Jayden en Gijs staan nog steeds bij elkaar. Van de gemoedelijke sfeer waarin ze hen zojuist samen achterliet lijkt weinig over. Gijs staat druk met zijn handen te gebaren terwijl Jayden nog een stap dichter bij Gijs gaat staan. Ondanks zijn kortere lengte heeft Jayden duidelijk het overwicht. De discussie vindt zonder stemverheffing plaats, maar de lichaamstaal van beide heren spreekt boekdelen. Iets loopt daar niet lekker en de vertrouwenspersoon in haar wil weten wat dat is. Ze weet dat ze vakantie heeft en zich nu even niet om alle jongeren hoeft te bekommeren, dus ze zal dan ook niet actief op zoek gaan naar antwoorden. Maar als ze Gijs toevallig alleen spreekt, kan het geen kwaad hem er subtiel naar te vragen.

4

Hannah gooit haar bezwete kleren op het ruime tweepersoonsbed waar ze de komende weken in zal slapen en ze trekt de felroze met paarse bandeaubikini aan die ze in Nederland nog snel heeft aangeschaft. Ze gooit haar lange haren over haar rechterschouder en knoopt de bandjes stevig vast in haar nek. In de spiegel ziet ze dat haar bleke huid wel wat zonlicht kan gebruiken. Ze schuift haar teenslippers aan haar voeten, steekt haar haren op en spuit wat deodorant onder haar oksels. Daarna smeert ze zich vlug in met zonnebrand. Ze heeft een hekel aan dat plakspul en als je in het water bent geweest kun je weer opnieuw beginnen, ondanks de waterproof beloftes op de fles. Als ze klaar is geeft ze toch haar gezicht, schouders, knieën en voeten nog een extra kloddertje. Dat zijn van die plekken die lelijk kunnen verbranden en ze heeft geen zin om na een dag al met pijnlijke blaren binnen te moeten zitten.

Als ze haar handen heeft gewassen, stopt ze het flesje in haar strandtas. Max en Vera zijn nog steeds in het meer en kunnen wellicht ook een nieuwe ronde zonnebrand gebruiken. E-reader, een LINDA., een JAN en een *Vriendin* en drie enveloppen die vlak voor vertrek nog op de deurmat waren gevallen. Ze had ze nog vlug in een voorvak van haar koffer gestopt, omdat ze geen tijd meer had om ze thuis open te maken. Een klein flesje wijn, een glas, water, wat blikjes fris en chips voor de kinderen. O, en een handdoek, die zou ze bijna vergeten. Met de handdoek over haar schouder sleept ze de overvolle, zware tas met zich mee. Ze verlaat het chalet aan de achterkant en trekt de schuifpui zorgvuldig achter zich dicht zodat het lijkt alsof hij op slot zit. Via het tuintje loopt ze naar het trapje dat rechtstreeks uitkomt op het strand. De vrolijke schaterlach van Max komt haar al tegemoet. Samen met een jongen van zijn leeftijd spettert hij rond in het meer. Vera zit verderop met een stel opgedirkte meiden op het strand. Ze zwaait enthousiast als ze Hannah ziet, maar maakt geen aanstalten om naar haar toe te komen. Hannah houdt een blikje drinken en een zakje chips in de lucht. Vera rent naar haar toe, grist het blikje uit haar handen en weg is ze weer.

'Geen chips?' roept Hannah haar na. Het meisje schudt zonder om te kijken van nee en voegt zich weer bij haar nieuwe vriendinnen.

Max heeft inmiddels ook door dat ze op het strand is en komt meteen het water uit rennen als ze met de chips en het drinken zwaait. De jongen met wie hij in het water was, volgt hem op de voet.

'Ha mam, dit is Joep. Hij is tien en zit met zijn ouders en twee zussen in huisje Lucky, dus we zijn bijna buren. Ze zijn hier al een week en blijven nog drie weken!'

'Hoi Joep, ik ben Hannah.'

'Aangenaam, mevrouw,' zegt hij met een bekakt ondertoontje dat bevestigt wat ze al vermoedde: Joep komt uit een welgesteld gezin. Vier weken op dit resort is niet voor iedereen weggelegd. Voor haar eigen drie weken hier heeft ze al geld van de spaarrekening moeten halen die ze met Christiaan heeft aangelegd. Op haar eigen salaris had ze dit niet kunnen doen. De spaarbuffer gebruiken voor een vakantie is altijd tegen haar principes geweest, maar voor deze ene keer heeft ze een uitzondering gemaakt.

'Je hebt mazzel, Joep, Max' zus wil geen chips, dus ik heb een zakje over als je wilt.' Max heeft zijn eigen zakje al uit haar handen gegrist, samen met twee blikjes drinken. Hij gooit een sinas naar Joep toe en houdt zelf de cola. Er klinkt een sissend geluid als de jongens de blikjes openmaken. Aluminium tikt tegen aluminium als ze een toost uitbrengen. Max slobbert het halve blikje naar binnen en laat dan een harde boer.

'Max!' wil Hannah roepen, maar voor ze hem kan corrigeren gaat Joep er met een nog hardere boer overheen. De jongens rennen lachend weg met hun versnaperingen en laten haar beduusd achter. Even twijfelt ze of ze hen achterna moet gaan en een vermanende toespraak moet houden over fatsoen. Pedagogisch gezien zou dat misschien het beste zijn, maar ze besluit het niet te doen. Ze wil Max niet voor gek zetten tegenover zijn nieuwe vriendje en ze is hier juist om te relaxen en even alles los te laten.

Met een ontspannen glimlach op haar gezicht schopt ze haar slippers uit, spreidt haar handdoek uit op het strand en pakt het flesje wijn uit haar tas. Ze draait de dop eraf en schenkt met een klokkend geluid haar glas driekwart vol. Ze sluit haar ogen als ze zit, begraaft haar tenen in het warme zand en drinkt een eerste slokje wijn. Even voelt ze zich schuldig naar Christiaan toe dat ze hier zonder hem zit te genieten, maar al snel werpt ze dat gevoel van zich af. Christiaan zou niet anders willen. Eén van de dingen die hun relatie zo goed maakten, was dat ze elkaar oprecht alles gunden. De continue egostrijd en de behoefte elkaar af te troeven die ze zo vaak had gezien bij andere stellen, was bij hen nooit aan de orde geweest.

Hannah neemt nog een slok, graaft dan het voetje van haar wijnglas in in het zand zodat het glas stabiel staat en pakt de drie enveloppen uit haar tas. Een witte, een gele en een paarse envelop. Op de paarse denkt ze het handschrift van Jenny te herkennen en haar vermoeden wordt bevestigd als ze de envelop openscheurt. Er zit een kaart in met op de voorkant een of ander onbeduidend kleurrijk beest in een te krappe bikini.

Hannah moet lachen om de grappige aanblik. Echt weer zo'n gekke kaart die alleen Jenny kan uitkiezen. Ze slaat hem open.

Lieve Han!
Even een kaartje om jou en de kinderen een heel toffe vakantie te wensen! Ga genieten! Er is geen betere plek om dat te doen dan op het Blue Lake Resort. Ik hoop dat het eten je net zo lekker smaakt als het dat monster op de voorkant heeft gedaan en dat je uit je bikini knapt voor je naar huis komt. Kunnen we daarna samen sporten om weer in vorm te komen ☺ *Arnhem en Nijmegen liggen immers niet de wereld uit elkaar en dan hebben we meteen een goed excuus om elkaar vaker te zien. Ik verheug me er al op. Eerlijk gezegd kan ik een goede stok achter de deur op het sportieve vlak wel gebruiken. Dus ja,* guilty, *deze kaart is puur uit eigenbelang. Maar toch...*
xxx Jen

Hannah moet lachen om Jenny's woorden, maar vindt het ook een goed plan waar ze zeker op in zal gaan. Dit zijn de sociale activiteiten die ze nodig heeft. Ze stopt Jenny's kaart terug in haar tas en pakt de witte envelop. In een oogopslag ziet ze dat het een factuur is die kan wachten tot na de vakantie, dus stopt ze hem snel weer weg. Dan blijft de gele envelop nog over. Er is een etiket opgeplakt waar haar naam en adres op zijn geprint, waardoor ze niet kan raden van wie hij afkomstig is. Aan de achterkant van de envelop zijn ook geen aanwijzingen te vinden voor de afzender. Nieuwsgierig scheurt ze de envelop open en haalt er een dubbele kaart uit. Op de voorkant staat een zwart vraagteken met een rode punt. Weer een of andere huis-aan-huisreclame van een loterij of iets dergelijks? Hannah klapt de kaart open en werpt er een blik op. De wereld om haar heen verdwijnt en er ontsnapt een kreun uit haar mond. De geluiden om haar heen klinken raar, alsof haar hoofd onder water is gedompeld. De kaart dwarrelt uit haar handen. Wanhopig klauwt ze met haar vingers in het zand voor houvast in de hoop dat het draaien stopt. Uiteindelijk gebeurt dat en keert ze langzaam weer terug op het strandje aan het Meer van Ohrid. Vlug grist ze de kaart, die opengeslagen in het zand ligt, weg en stopt hem diep in de tas. Max en Vera mogen dit onder geen beding zien. Ze is net op tijd, want nog geen minuut later ploft Max bij haar neer. 'Hier mam, de lege blikjes.'

Hannah wil hem een compliment geven voor zijn opruimdrift, maar er komen op de een of andere manier geen woorden uit haar mond. Joep staat een stukje verderop naar haar te kijken en fronst zijn wenkbrauwen. Max rent alweer naar het water en heeft het godzijdank niet in de gaten. Joep draait zich om en rent joelend achter hem aan. Hannah probeert een paar keer diep door te ademen, terwijl ze met een schuin oog naar de plek kijkt waar Vera nog steeds met een stel meiden zit. Haar stiefdochter zit inmiddels met haar rug naar Hannah toe, concludeert ze opgelucht. Hannah probeert nog een paar keer naar de handen op haar buik te ademen voordat ze met trillende hand de kaart toch weer uit de tas opdiept. Ergens hoopt ze dat ze de tekst de eerste keer niet goed gelezen heeft en dat hij miraculeus vervangen is door wat anders. Haar ogen gaan over de zinnen en helaas benemen ze haar opnieuw de adem. Het enige verschil is dat ze deze keer is voorbereid. Op de linkerpagina van de kaart staat in dikke zwarte drukletters WAT ALS. Op de rechterpagina staat in rode letters met een zwart vraagteken: *de dood van Christiaan geen ongeluk was maar opzet?*

5

Als verlamd zit Hannah op haar handdoek. De kaart heeft ze omgedraaid voor zich neergelegd. Ze kan niet geloven wat ze net gelezen heeft. Is de tekst op de kaart een flauwe grap of een serieuze boodschap? Geen ongeluk... Wat dan? Moord? Dat kan gewoon niet. Haar lieve, grappige, slimme Christiaan, die geen vlieg kwaad deed. Wie zou hem nou iets aan willen doen?

Misschien moet ze deze kaart maar volledig negeren en ritueel affikken op de barbecue als de kinderen niet in de buurt zijn. Doen alsof ze de schokkende suggestie nooit heeft gelezen. Kan ze dat? Nee, beseft ze direct. Ergens in haar is een zaadje geplant. En ze kent zichzelf. Totdat ze weet wie de afzender van de kaart is en waar hij of zij deze schokkende bewering op gebaseerd heeft, zal het door haar hoofd blijven gaan. Het zal zich vastbijten in al haar lichaamscellen en haar te pas en te onpas van haar stuk brengen.

De kans dat het één grote leugen is, acht ze het grootst. Misschien wil iemand een nogal zieke grap met haar uithalen. Ze heeft de afgelopen tijd een paar keer flink gebotst met een paar leerlingen. Zo heeft ze laatst een jongen ervan verdacht te blowen op het schoolplein en heeft ze een meisje uit 3C ernstig aangesproken op haar pestgedrag. En zo zijn er nog wel meer gevallen te bedenken. Maar zou een van hen zover gaan dat ze haar op haar kwetsbaarste punt pakken? Ze weet dat het antwoord daarop ja is. Pubers kunnen meedogenloos zijn. Sommigen lijken zelfs helemaal geen gevoel of geweten te hebben. Maar hoe afschuwelijk ze het ook zou vinden als een van de leerlingen van het Rigters College achter deze vreselijke kaart zit, het is altijd beter dan het andere scenario dat ergens diep vanbinnen aan haar knaagt: wat als Christiaan in de problemen zat?

In haar hoofd gaat ze zijn gedrag en zijn gangen van het laatste jaar voor zijn dood na. Hij werkte weleens over, maar niet vaak en als hij moest overwerken probeerde hij dat zo veel mogelijk vanuit huis te doen. Op zolder had hij zijn eigen kantoor, waar hij zich indien nodig terugtrok. Een dubbelleven is niet waarschijnlijk, daarvoor was hij te weinig weg, tenzij het volledig online was. *Doe even normaal*, spreekt ze zichzelf in haar hoofd toe. Die achterlijke kaart heeft haar zo van slag gemaakt dat ze er paranoïde van wordt. Een flauwe, brute grap van leerlingen, dat moet het wel zijn. Niet meer en niets minder. Moet ze er actie op ondernemen of het laten gaan?

Resoluut pakt ze de kaart op en stopt hem terug in de gele envelop. Negeren is het best. Ze begraaft hem diep in haar tas en daarmee hopelijk ook op de bodem van haar geheugen. Daarna trekt ze haar benen op, slaat haar armen eromheen en laat haar hoofd rusten op haar knieën. Zo blijft ze een tijdje naar het meer zitten staren terwijl een warm briesje geruststellend over haar rug aait en de zon haar best doet om door de beschermende laag van de zonnebrand op haar schouders heen te komen. Daarna slaat ze in rap tempo haar glas wijn achterover. Toch lukt het haar niet om de ontspanning die ze voor het zien van de kaart even voelde weer te pakken te krijgen. Haar gedachten gaan alle kanten op.

Hannah realiseert zich dat Christiaan de laatste maanden voor zijn dood vaker afwezig voor zich uit zat te staren en een verkrampte blik op zijn gezicht had. Ze dacht dat het door de hoofdpijnaanvallen kwam waar hij sinds een paar jaar last van had, maar wat als dat niet zo was? Wat als die zorgelijke blik met iets heel anders te maken had en hij iets verborgen hield voor haar? Direct wordt ze door een enorm schuldgevoel overmand omdat ze zich zo makkelijk aan het wankelen laat brengen. Een enkel zinnetje, een loze kreet, is in staat om tien jaar lief, leed en vertrouwen in een ander daglicht te zetten. Hoe kan het dat die paar woorden zoveel effect hebben? *Omdat ze je treffen op een kwetsbaar moment*, zegt een stemmetje in haar hoofd. *Je bent in een vreemde omgeving en kunt geen kant op.*

Hannah realiseert zich dat ze het liefst naar huis zou gaan om uit te zoeken of de kaart is verstuurd door wat wraakzuchtige leerlingen, maar als ze Max vanuit de verte hoort schaterlachen, weet ze dat ze dat niet kan maken. Ze kijkt naar het groepje meiden bij wie Vera nog steeds zit. Ook zij lijkt het uitstekend naar haar zin te hebben met haar nieuwe vriendinnen. De kinderen ogen voor het eerst in een jaar weer eens echt ontspannen en dat mag ze niet laten verpesten door haar eigen onvermogen om de boodschap in die kaart te negeren. Was ze maar niet zo stom geweest om op het laatste moment die paar enveloppen in haar koffer te stoppen.

Met een schok realiseert ze zich nog iets: de afzender van de kaart kent haar adres. Die gedachte geeft haar een heel onveilig gevoel. Wat beoogt de persoon – of personen – die hem verstuurd heeft? Haar alleen op de kast jagen met een eenmalige actie via de post, of moet ze ook vrezen dat ze haar thuis komen bezoeken? Ineens is ze heel blij dat ze in Macedonië zit en niet in Arnhem. Moet ze de officier van justitie die de zaak tegen Christiaans doodrijder heeft gevoerd op de hoogte brengen van de kaart? Zou hij kunnen uitzoeken of er een kern van waarheid in zit? Maar hoe dan? De man die is veroordeeld voor het doodrijden van Christiaan zal zijn lippen op elkaar houden. Hij hoeft maar relatief kort te zitten en bij een serieuze verdenking van doodslag of moord wordt het een heel ander verhaal voor hem. Verder bevat de kaart geen enkele aanwijzing van een concrete afzender. *Het poststempel op de envelop!* Met tegenzin diept Hannah de gele envelop weer op uit haar tas. Gepost in Arnhem staat er in het stempel. Maar wat zegt dat nu eigenlijk? Het betekent niet per definitie dat de afzender ook uit Arnhem of omstreken komt.

Ze smijt de envelop gefrustreerd weer terug in haar tas. Die vervelende leerlingen kwamen als eerste in haar hoofd op, maar dat betekent niet dat ze er ook maar iets mee te maken hebben. Als ze het OM vraagt om de kaart te controleren op vingerafdrukken lachen ze haar waarschijnlijk keihard in haar gezicht uit. Het ding is trouwens inmiddels vergeven van haar eigen vingerafdrukken en de nodige Macedonische zandkorrels. Bovendien zinkt de moed haar al in de schoenen bij het idee dat ze weer in conclaaf moet met de in haar ogen lakse officier van justitie die Christiaans zaak heeft afgehandeld. De man heeft nooit veel betrokkenheid getoond en Hannah heeft altijd het gevoel gehad dat hij de zaak 'erbij' deed en zich niet te veel wilde inspannen om het beste resultaat te behalen. Dat wrong met de behoefte van Christiaans nabestaanden om, voor zover mogelijk, genoegdoening te krijgen. Alle ergernis, woede, wanhoop en verdriet uit die tijd komen weer omhoog alsof ze nog midden in het proces zit.

In een opwelling rent ze naar het meer en duikt erin. Het verschil tussen de temperatuur van haar door de zon opgewarmde huid en de temperatuur van het water beneemt haar even de adem. Het brengt een schok teweeg in haar lijf die ook haar hoofd reset en dat is precies wat ze nodig heeft om weer een beetje helder te kunnen nadenken. Met een paar krachtige slagen zwemt ze verder het meer in. Het water omarmt haar en werkt zalvend. Pas als haar armen en benen zwaar beginnen te worden kijkt ze voor het eerst op en ze schrikt van de grote afstand die ze in korte tijd heeft afgelegd. Ongeveer honderd meter bij haar vandaan zwaait iemand. Het gebaar is wild en urgent. Er wordt iets geschreeuwd, maar ze verstaat niet wat. Het lijkt erop dat die persoon het tegen haar heeft, dus ze zwaait maar terug voordat ze terug naar het strand gaat zwemmen. Nu ze even heeft stilgehouden voelt ze pas hoe moe ze is van de inspanning. De persoon die naar haar zwaaide begint naar haar toe te zwemmen en nu ziet ze pas dat het Gijs is. Haar eigen tempo wordt steeds trager door de vermoeidheid en hij is snel bij haar.

'Alles oké, Hannah?' vraagt hij hijgend terwijl hij naast haar komt zwemmen. 'Je was zo ver uit de kant gezwommen dat ik dacht: ik kom even kijken of het allemaal wel goed gaat daar.'

'Te enthousiast. Ik had helemaal niet door dat ik al zo'n eind op pad was, joh,' hijgt Hannah terug.

'Altijd bedenken dat je ook nog terug moet om zo te voorkomen dat je kramp krijgt van de vermoeidheid. Dat kan nog weleens nare consequenties hebben. Je zult niet de eerste zijn die zich vergist in de verraderlijkheid van dit meer.'

'Shit, is hier weleens iets gebeurd?' vraagt Hannah, terwijl ze haar zwemtempo nog wat meer vertraagt.

'Twee jaar geleden is er nog een Nederlandse jongen verdronken. Althans, dat denken we. Hij is op een nacht verdwenen en niemand heeft ooit meer wat van hem gehoord. De laatste keer dat iemand hem zag was bij het meer. Zoekacties hebben niets opgeleverd.'

'Wat vreselijk. En vooral dat er nooit duidelijkheid is gekomen of een lichaam is gevonden. Zijn ouders moeten door een hel gaan.'

De laatste honderd meter naar het strand overbruggen ze zwijgend. Ze hebben allebei hun adem nodig voor de inspanning. Hannah bereikt uiteindelijk als eerste het strand en blijft even uitgeput op haar buik op de strook kiezels in het water liggen voordat ze het zandstrand op loopt.

'Er gaan geruchten, weet je,' zegt Gijs aarzelend. 'Verderop aan het meer ligt de Bay of Bones. Vroeger was daar een inheems dorpje dat is opgeslokt door het water. Er wordt beweerd dat het op die plek spookt en dat de oude geesten van de inwoners van dat dorpje op de bodem van het meer liggen te wachten tot er iemand in het water terechtkomt die ze aan de enkels naar de bodem kunnen sleuren. Daar voeden ze zich mee en daarom worden mensen die in het meer verdrinken meestal niet teruggevonden. Omdat ze zijn opgegeten, snap je.'

'Hè gadver, Gijs, wat een luguber verhaal.' Er ontstaat kippenvel op Hannahs huid en dat komt niet door het water. 'Niet echt een verhaal om toeristen mee te lokken.'

'Dat ligt eraan. Morbide types komen juist op dat soort verhalen af.'

'Nou, ik geloof niet in spoken. Er heeft al die tijd dat ik in het water lag niemand aan mijn enkels getrokken. Wel aan de jouwe?'

'Nee, natuurlijk niet. Het is maar een verhaal. Ik geloof ook niet in spoken. Er is vast een goede verklaring voor de verdwijning van Dave, we hebben die alleen nog niet gevonden. Hoe dan ook, spoken of niet, ik zou het waarderen als je in het vervolg wat minder ver het meer op zwemt. Nu was ik toevallig op het strand om wat kids op te halen voor het voetbaltoernooi, maar in principe is dit een onbewaakt strand.'

'Ik zal me de komende weken keurig gedragen, badmeester,' zegt Hannah met een quasi-ernstig gezicht. 'Ik kom zo met mijn zoon die kant op om een balletje te trappen.'

Gijs steekt zijn hand op en rent naar het clubje meiden bij wie Vera nog steeds zit.

De meisjes verschuiven een beetje terwijl ze iets te overdreven in zijn richting lachen. Zo te zien is haar stiefdochter niet de enige die Gijs wel leuk vindt.

6

Hannah droogt zich af na haar zwemavontuur en knoopt haar royale badlaken dan rond haar middel. Met haar ogen speurt ze het strand af naar Max. Ze ziet hem verderop een zandkasteel bouwen met Joep. Zijn zus is met heel andere dingen bezig. Hannah glimlacht als ze ziet hoe Vera en de andere meiden zich nog steeds uitsloven voor Gijs. Even is ze terug in de tijd en ziet ze zichzelf daar zitten met haar eigen vriendinnen. Ze zwaait in de richting van het groepje in de hoop Vera's aandacht te trekken, maar natuurlijk lukt dat niet. Ze stopt de laatste spullen in haar tas en loopt richting het groepje meiden. Gijs staat in hun midden te oreren terwijl de meiden hem aanmoedigen met geforceerde kirlachjes.

'Ha Hannah,' zegt Gijs. 'Achtervolg je me soms?'

'Absoluut,' zegt Hannah met een knipoog. 'Veer, kan ik je even spreken?'

Haar stiefdochter staat met duidelijke tegenzin op. 'O, dit is trouwens mijn moeder Hannah. Mam, dit zijn Nina, Renske en Chanty.'

'Ha meiden,' begroet Hannah Vera's nieuwe vriendinnen. Ze bekijken haar van top tot teen met een scheef lachje. 'Hi moeder van Vera,' zegt het meisje dat Vera heeft voorgesteld als Chanty. Ze draagt piercings door haar wenkbrauw, neus en lip en op haar bovenarm prijkt een kleurrijke tatoeage van een vlinder. Haar korte haar is witblond geverfd. Nina (hoogblond schouderlang haar) en Renske (donkere krullenbos) steken in een nonchalant gebaar hun hand op.

'Veer, ik ga zo met Max even naar het voetbaltoernooi dat door Gijs en zijn collega's wordt georganiseerd en daarna moet ik nog een boodschap doen in het dorp. Ik zou het leuk vinden als je meegaat om de boel een beetje te verkennen.'

'O, oké.' Het enthousiasme druipt niet meteen van Vera af, maar ze protesteert ook niet.

'Ah, mag Vera bij ons blijven?' smeekt Chanty.

'Morgen is ze weer helemaal van jullie, maar vandaag hou ik haar verder voor mezelf.'

'Dus ik moet nu mee?' vraagt Vera.

'Graag.'

'Dan zie ik je zo op het veldje, Vera,' zegt Gijs. Vera's gezicht klaart meteen op.

'Misschien komen wij ook nog wel even kijken,' laat Chanty weten.

'Jullie kunnen ook nu meteen met me meelopen,' zegt Gijs uitnodigend tegen de meiden. Meteen staan ze op.

'Loop maar vast met Gijs en je vriendinnen mee, dan kom ik zo na met Max en zijn vriendje.'

'Kunnen wij ons ook nog inschrijven, Gijs?' vraagt Chanty.

'Nope. Het is een wedstrijdje voor kids tussen de tien en veertien jaar. Dat zijn jullie allang niet meer,' zegt hij met een knipoog.

'Maar wij zijn wel heel goed met ballen,' zegt Chanty met een flirterige knipoog terug. Hannah schraapt haar keel en Gijs moet lachen om Chanty's vrijpostigheid. Hannah kijkt hem hoofdschuddend na als hij met zijn harem vertrekt. Van de gespannen houding die hij eerder in de buurt van Jayden had, is niets meer over. Tussen de campinggasten en vooral die van het vrouwelijke soort voelt Gijs zich duidelijk als een vis in het water.

Hannah hangt de hengsels van haar tas goed over haar schouder en loopt richting Max en Joep. Nu ze de afleiding van Gijs en de meiden kwijt is, voelt ze meteen weer het gewicht van de kaart en het kost haar moeite om een zorgeloos gezicht op te zetten.

'Hé mam, kijk! We maken een fort met een slotgracht,' roept Max enthousiast als hij haar ziet naderen.

'Prachtig, jongen. Wat denk je, kun je het fort even onbewaakt achterlaten?'

'Hoezo?'

'Er is zo een voetbalwedstrijd met het animatieteam en ik heb je opgegeven om mee te doen.'

'Vet! Mag Joep ook meedoen?'

'Vast wel, maar dan moeten jullie nu met me meekomen zodat ik dat kan regelen met de leiding.'

Zowel Max als Joep lijkt hun fort met slotgracht direct te vergeten, want ze kijken niet eens meer om als ze hun handdoek pakken en met haar meelopen naar het huisje. 'Wil jij sportkleren van Max lenen, Joep, of loop je even naar je eigen huisje om je om te kleden?' vraagt Hannah als ze op het punt staan het trapje dat grenst aan hun tuintje te nemen.

'Ik vraag mijn moeder wel even, die zit in de tuin te lezen!' Joep sprint weg. Als Hannah en Max opgefrist naar buiten komen, staat Joep hen samen met zijn moeder op te wachten. 'Ik dacht: ik stel me meteen even voor. Ik ben Bea.'

Hannah schudt haar de hand. 'Hannah, aangenaam. Ga je ook mee kijken naar het voetballen?'

'O nee, mij veel te druk, al die schreeuwende kinderen. Laat mij maar lekker bij het huisje zitten. Ik ben allang blij dat jij hem onder je hoede neemt.' Bea kijkt met een schuin oog naar haar zoon en Hannah krijgt op slag medelijden met de jongen.

'Komt papa mee?' vraagt hij hoopvol.

'Papa is mee met een of andere excursie, schat, dus die is voorlopig niet terug. Gaat jouw man wel mee?' richt Bea zich weer tot Hannah.

'Ik ben alleen.'

'Gescheiden?'
'Zoiets.'
'Vertel mij wat. Ton en ik zijn ook alleen nog getrouwd omdat het zo'n rompslomp geeft en een klap geld kost om uit elkaar te gaan, hoor. Zolang we elkaar niet te veel zien en onze eigen gang kunnen gaan, is het prima te doen.'
Joep lijkt bij elke zin die zijn moeder uitspreekt verder in elkaar te krimpen en Hannah wil de jongen graag nog meer gênante uitspraken van zijn moeder besparen.
'Het was leuk je even te spreken, Bea. Volgende keer hopelijk wat langer, maar nu moeten we gaan rennen anders missen we de aftrap.' Hannah klikt het heuptasje met haar bankpassen en het boodschappenlijstje dat ze thuis nog heeft gemaakt rond haar middel en slaat haar armen beschermend om de beide jongens heen. De verzameling dure armbanden rond Bea's pols rinkelt als ze hen uit beleefdheid uitzwaait. Er kan nog geen 'Veel plezier' voor Joep af.
'Wil jij keepen of in het veld?' vraagt Max aan zijn vriendje. De jongen voelt feilloos aan dat de verhouding tussen Joep en zijn moeder moeizaam is en hij probeert zijn vriend zo snel mogelijk over het pijnlijke moment heen te helpen. Hannahs hart zwelt van trots omdat hij hetzelfde empathische gen heeft als zijn vader. Max' opzet slaagt, want Joep vertelt al snel enthousiast over zijn favoriete spelpositie. Hannah geniet van het gekwebbel van de jongens. Het leidt haar af van haar eigen zorgen, die er absoluut niet minder op zijn geworden. Toen Max zich op zijn eigen kamer stond om te kleden heeft ze de kaart vlug onder de matras van haar bed geschoven. Goed verborgen voor nieuwsgierige kinderogen. Totdat ze heeft besloten of ze er iets mee gaat doen en wat dan, blijft hij daar liggen.

7

Gijs staat samen met een collega in het midden van het grasveld als Hannah met Max en Joep komt aanlopen. Om hen heen rennen fanatieke jongens en meisjes zich warm. Vera en haar vriendinnen staan al giechelend en smoezend langs de lijn. Het valt Hannah op dat er nauwelijks ouders aanwezig zijn. Samen met Joep en Max loopt ze het veld op naar Gijs.
'Ik kom twee kampioenen bij je afleveren.'
'Ha, daar zaten we net om te springen. Begin maar vast met warmlopen, jongens, ik kom er zo aan.' Als de jongens rondjes draven over het veld, richt Gijs zich lachend tot Hannah: 'Je kunt ze hier met een gerust hart achterlaten bij mij en Erik, hoor, als je even wat voor jezelf wilt doen. De meeste ouders gebruiken de animatieclub als oppasservice.'
'Ah, vandaar dat er nauwelijks ouders langs de lijn staan.'
'Jij hebt het door.'
'Nou, ik wilde eigenlijk nog even naar Ohrid om wat boodschappen te doen en een beetje te shoppen met Vera.'
'Je weet dat we op het resort een heel goed restaurant met afhaalservice hebben? Je kunt ontbijt, lunch en diner bij je huisje laten bezorgen of het in het restaurant komen opeten. Je kunt jezelf dus een ritje naar de supermarkt besparen als je wilt.'
'Klinkt heel aanlokkelijk, maar drie maaltijden per dag volstaan niet voor mijn hongerige pubers, vrees ik. Maar ik hou die maaltijdservice zeker in gedachten. Weet jij wat de makkelijkste manier is om naar het dorp te komen? Taxi, bus, benenwagen?'

'Ik zou een elektrische scooter nemen. Onder het zadel zit een behoorlijke opbergruimte voor je boodschappen. Die scooters staan in een stalling bij de receptie, speciaal voor onze gasten. Je hoeft alleen een krabbeltje te zetten en dan kun je ze gratis meenemen. Extra service, net als die maaltijden.'

'Het moet gezegd, jullie doen er wel alles aan om jullie gasten zich thuis te laten voelen.'

'Yep, Kim en Jayden houden ervan om hun gasten te verwennen.' Gijs draait zich om naar het veld. 'Hé, ik moet aan de bak. Ik heb Erik al te lang alleen gelaten met deze monstertjes. Zie je weer, Hannah.'

'Hoe laat moet ik de jongens weer ophalen?' roept ze hem na.

'Vier uur.' Gijs rent het veld op en roept samen met Erik iedereen bij elkaar. Terwijl de kids om hen heen samendrommen, loopt Hannah naar Vera toe. 'Ga je mee, meisje? We kunnen bij de receptie elektrische scooters lenen om naar het dorp te gaan.'

'Die scooters zijn heel vet!' zegt Chanty. 'Gisteren nog een stuk mee gereden.'

Vera's gezicht klaart duidelijk op nu ze het vooruitzicht van een scooterrit heeft. 'Zie jullie morgen wel een keer,' zegt ze nonchalant tegen haar nieuwe vriendinnen. Ze kijkt nog een keer achterom naar Gijs, maar die heeft alleen maar oog voor zijn pupillen. De lange, magere Erik gunt ze geen blik waardig. Hannah slaat haar arm om Vera's schouders als ze bij het speelveld vandaan lopen. Ze voelt Vera even verstijven. 'Dat is niet echt chill, mam, zo lijk ik net een kleuter.' Het meisje schudt haar arm niet af, maar Hannah voelt zoveel weerstand dat ze hem zelf maar weghaalt. Een moment is ze gekwetst, maar ze hoeft zich maar even in Vera te verplaatsen om het te snappen. Ze liet zelf vroeger haar vader een kilometer van de kroeg of disco parkeren als hij haar midden in de nacht op kwam halen, omdat het niet stoer was als je vrienden zagen dat je door pappie werd opgehaald. Ze voelt plaatsvervangende schaamte als ze terugdenkt aan haar puberale gedrag en alle nachtrust die haar vader zonder te klagen voor haar heeft opgeofferd.

Vera kijkt achterom en als het veldje en het groepje meiden volledig uit beeld zijn, steekt ze haar arm door die van Hannah. Het hele stuk naar de receptie lopen ze gearmd. Malou staat nog steeds achter de desk en stelt zich enthousiast aan Vera voor. Net als Hannah heeft ook Vera meteen een klik met de spontane jonge vrouw. 'Wat kan ik voor jullie doen?' vraagt ze.

'We willen graag even naar het centrum van Ohrid voor wat boodschappen.'

'En shoppen,' vult Vera aan.

'Als je echt een shopaholic bent, dan vrees ik dat ik je moet teleurstellen. Ohrid heeft niet echt een groot overdekt winkelcentrum of zo. Grote kledingmerken zul je er ook niet vinden. Er zijn veel gezellige straatjes met kleine, kneuterige winkeltjes met streekproducten, schattige boetiekjes en cadeauwinkeltjes. Heel leuk om een middagje op je gemakje doorheen te struinen, maar dan heb je het ook wel gezien wat shoppen betreft. Mocht je geïnteresseerd zijn in historische gebouwen, dan heeft Ohrid een paar mooie exemplaren in de aanbieding. Een fort, kerken, een amfitheater. Vanuit het centrum kun je omhooglopen naar het Fort van Samuel. Het uitzicht over de stad daarboven is echt prachtig.'

Vera trekt een beteuterd gezicht en dat blijft niet onopgemerkt bij Malou. 'Maar het allerleukste is natuurlijk mensen kijken op een terrasje aan de boulevard,' zegt ze met een knipoog naar Vera. 'Er is genoeg interessants te zien voor jou, als je begrijpt wat ik bedoel, en de drankjes en het eten zijn nog net niet gratis, maar het scheelt niet veel.'

'We moeten nog lunchen, hè Veer, dus ik denk dat we maar eens op een terrasje neerstrijken aan die boulevard. Wat jij?' zegt Hannah.

'Dan zal Max wel jaloers zijn straks.'

'Max heeft niks te klagen, want die wordt vermaakt en gevoederd bij die voetbalwedstrijd. Zeg Malou, ik hoorde van Gijs dàt we hier elektrische scooters konden ophalen om naar Ohrid te rijden, klopt dat?'

'Jazeker. Ik heb er nog vier staan. Ik moet zelf ook nog even naar Ohrid om wat spulletjes te kopen. Als jullie willen, kan ik met jullie meerijden. Gaan we in het centrum gewoon onze eigen gang en rijden we daarna weer samen terug via de Ramstore-supermarkt. Tenzij je natuurlijk liever inslaat bij de kleine winkeltjes met streekproducten.'

'Misschien later in de week, maar voor nu wil ik even snel wat basisboodschappen scoren zonder dat ik overal wat vandaan moet scharrelen.'

'Mijn idee,' lacht Malou. 'Ik heb zelf ook nog een paar dingen nodig.'

'Heel fijn dat je met ons meerijdt. Dan weten we zeker dat we niet verdwalen,' zegt Hannah met een glimlach.

'Ja, want mijn moeders richtingsgevoel...'

'Bedankt, Veer, fijn dat je me zo steunt en zoveel vertrouwen in me hebt.' Hannah geeft haar een speels duwtje.

Malou kijkt op haar horloge. 'Over tien minuten komt mijn collega Shanice me aflossen. Kunnen we in die tijd mooi de administratieve rompslomp afhandelen en de scooters uit de opslag halen.' Malou haalt twee formulieren tevoorschijn en geeft aan waar ze hun gegevens moeten invullen en moeten krabbelen. 'Puur een formaliteit voor de verzekering,' voegt ze eraan toe terwijl ze Hannah en Vera allebei een pen geeft. Zelf vult ze ook een formulier in en stopt het samen met die van Hannah en Vera in een gele ordner die ze onder de desk opbergt. Daarna loopt ze naar het kantoortje dat zich achter de desk bevindt en komt terug met drie setjes sleutels. 'Die is voor het contactslot en die voor het door de verzekering goedgekeurde kettingslot,' laat ze hun zien. 'Als mijn collega er is, kunnen we de scooters uit de stalling halen en op pad. Ik zal haar even een appje sturen dat we met smart op haar zitten te wachten.' Dat heeft resultaat, want binnen een paar minuten staat er een zelfverzekerde jonge vrouw met prachtig ingevlochten haren voor hun neus. Haar donkere ogen glimmen van de levenslust en haar sprankelende lach laat een rijtje kaarsrechte, witte tanden zien. Het kleurige zomerjurkje dat ze draagt, steekt mooi af bij haar getinte huid.

'Hé, Shanice,' begroet Malou haar collega. 'Fijn dat je een paar minuten eerder kon komen.'

'*Your wish is my command*. Als je een seconde wacht, dan kleed ik me snel even om.' Shanice houdt een fuchsiakleurige Kipling-rugzak in de lucht die duidelijk zijn beste tijd heeft gehad.

'Neem je tijd, dan ga ik vast met Hannah en Vera de scooters uit de stalling halen.'

Shanice verdwijnt in het kantoortje en Malou loopt met Hannah en Vera om het receptiegebouwtje heen naar een loods die erachter staat. Voor ze de deur opent, kijkt ze nog even om zich heen. Hannah ziet dat ze haar ogen tot spleetjes knijpt en naar de bosjes verderop staart. 'Is er iets?'

Malou's antwoord laat even op zich wachten, maar dan schudt ze ontkennend haar hoofd. 'Nee hoor, nee, er is niks. Wat zou er moeten zijn?' De stelligheid van haar woorden klinkt niet door in Malou's stem. Hannahs ogen trekken automatisch naar de bosjes toe en even lijkt het of ze iets ziet bewegen. Voordat ze echt goed kan focussen trekt Vera haar mee de loods in. Als ze even later met haar scooter aan de hand naar buiten komt, is er niets meer te zien bij de struiken. Ze haalt haar schouders op. Ze is vast paranoïde van die kaart en zoekt nu overal onterecht iets achter. Maar ze is niet de enige die het zag, dat was wel duidelijk aan Malou's reactie.

8

Genietend nipt Hannah samen met Vera aan een groot glas Strumka met ijs. De koolzuurbubbels van de traditionele Macedonische frisdrank prikkelen aangenaam op haar tong terwijl de zoete perensmaak zich diep in haar smaakpapillen nestelt. Ze is altijd al verzot geweest op peer, van het verse fruit tot de ijslolly's van Festini. Ook Vera geniet duidelijk van haar drankje terwijl ze gebiologeerd uitkijkt op de flanerende mensen op de boulevard aan het water. Malou heeft in dat opzicht niets te veel gezegd. Op de grond onder hun tafeltje ligt een tas met een gebloemd jurkje en een witte spijkershort die ze voor Vera hebben opgeduikeld in een boetiekje in een van de smalle straatjes. Ook heeft ze als bedankje voor Jenny pareloorbellen gekocht; die waren op zoveel plekken verkrijgbaar, echt een Macedonisch souvenirtje. Voor Max hebben ze een stoere pet gekocht met een bijpassend shirt. Hannah heeft zelf niets gevonden, maar wil de komende week nog een keer in haar eentje terug om de keur aan kunstgaleries en historische gebouwen eens wat beter te bekijken. Omdat ze Vera daar geen plezier mee doet, heeft ze het voor nu gelaten.

Hannah kijkt op haar horloge en ziet dat het nog een kwartier duurt voordat Malou zich zoals afgesproken bij hen voegt om de terugtocht via de supermarkt te aanvaarden. Loom van de warmte en het geslenter door smalle steegjes en omhooglopende straatjes sluit ze haar ogen.

'Mam? Wie is Stan?'

Hannah vliegt overeind uit haar stoel en grist in een reflex haar telefoon van tafel. Ze had het ding op tafel gelegd zodat ze een eventueel appje van Malou niet zou missen. Op haar scherm staat een melding van een nieuw bericht met als afzender Stan.

'Zo, ben jij even betrapt.' Vera kijkt haar indringend aan. 'Vertel op, wie is Stan? Ben je stiekem aan het daten?'

'Ik, uhm. Nee! Natuurlijk ben ik niet aan het daten.' Hannah probeert een paar keer diep door te ademen en neemt een slok van haar Strumka om wat tijd te rekken. Hoe gaat ze zich hier geloofwaardig uit kletsen? Ze slikt haar frisdrank hoorbaar door. Vera is haar al die tijd strak aan blijven kijken.

'Stan is een collega,' is uiteindelijk het beste wat ze zo snel kan verzinnen.

'Een collega. Die je appt tijdens je vakantie. Jaja. Ik geloof er helemaal niks van.'

'Hij heeft een leerling van me overgenomen en zou het me laten weten als er ontwikkelingen waren.'

'In de vakantie. Leerlingen hebben ook zomervakantie.'

'Klopt, maar sommige leerlingen hebben geen vakantie van hun problemen en Stan en ik hebben afgesproken dat we er in noodgevallen ook in de vakantie voor hen zijn. Als we terug zijn uit Macedonië neem ik het weer van Stan over.'

'Wat een vaag verhaal.' Vera kijkt haar misschien een tikkeltje minder argwanend aan, maar is nog niet overtuigd.

'Veer, ik zou nooit in het geniep daten, zo zit ik niet in elkaar. Bovendien is er voor mij nog steeds maar één man en dat is je vader, en dat zie ik voorlopig niet veranderen. Er is geen ruimte voor een andere man in mijn leven.'

'Nooit?'

'Dat weet ik niet. Je kent de uitdrukking zeg nooit nooit, maar op dit moment kan ik me er niks bij voorstellen. Je vader was en is de liefde van mijn leven.'

Vera knikt stuurs, maar uit haar hele houding blijkt dat ze ontzettend opgelucht is.

'Zou je er moeite mee hebben als ik in de toekomst verliefd zou worden op een andere man? Nogmaals, dat is totaal niet aan de orde, maar ik ben wel heel benieuwd hoe jij daartegen aan zou kijken. Jouw mening is heel belangrijk voor me.'
'Ik zou het raar en moeilijk vinden om je met een andere man dan papa te zien, maar ik zou het ergens ook wel snappen, denk ik. Ik hoor je heus wel huilen 's nachts en ik weet dat je heel eenzaam bent zonder pap. Ik gun je liefde en geluk. Maar stel dat je een nieuwe vriend zou krijgen en hij vindt mij en Max niet leuk. Stuur je ons dan naar Emily?'
'Nee, natuurlijk stuur ik jullie dan niet naar jullie moeder. Dat zou ik nooit doen, tenzij jullie daar zelf om vragen. Jij en Max zijn alles voor me en als iemand mij wil hebben, dan krijgt hij jullie er automatisch bij. Daar valt niet over te onderhandelen. Ik zal altijd voor jullie kiezen, Veer, er is niemand die tussen ons in komt en zeker geen man. Jullie zijn mijn kinderen, ook al ben ik niet jullie biologische moeder.'
'Jij bent onze moeder. Emily heeft zich nooit wat van ons aangetrokken. Ze is een totale vreemde voor mij en Max.'
'Dus je zou haar niet beter willen leren kennen?'
'Waarom vraag je dat?' Vera's ogen worden groot van schrik.
'Net zei je nog dat je ons niet weg zou sturen. Moeten we daarheen?'
'Veertje, doe eens rustig. Jullie gaan helemaal nergens heen. Ik vroeg me alleen af of jullie het fijn zouden vinden, nu papa er niet meer is. Vanwege de bloedband die jullie met Emily hebben.'
'Die bloedband interesseert me niks. Het gaat om deze band.' Ze slaat fanatiek met haar hand op haar borst, op de plek van haar hart. 'Ik voel niks voor Emily en Max denkt er net zo over. De keren dat we haar na de scheiding hebben gezien, zijn op één hand te tellen. Ze heeft altijd meer gegeven om die stomme druiven van haar dan om ons en dat weet jij ook.'

'Ik denk niet dat je dat zo stellig kunt zeggen. Jullie moeder heeft na de scheiding met je vader haar droom om een wijngaard te beginnen in Australië nagejaagd.'

'Een droom waar Max en ik niet in pasten. Ze heeft ons in de steek gelaten en is het woord moeder niet eens waard. Ik heb geen enkele behoefte aan meer contact.'

'Oké, helder. Ik wilde het gewoon even zeker weten. Ik wil niet dat jij en Max later spijt krijgen dat jullie geen band met haar hebben opgebouwd.'

'En wiens schuld is dat? Niet die van ons. En spijt? Wees daar maar niet bang voor. Hoe kun je spijt hebben van iets wat er nooit is geweest?'

'Ik zal er altijd voor jullie zijn, Vera.' Hannah pakt Vera's hand. 'Ik voel me honderd procent jullie moeder en dat zal nooit veranderen. En jullie mogen bij me blijven wonen tot mijn honderdste.'

'Beloofd?'

'Beloofd.'

'Na papa kunnen we jou niet ook nog eens verliezen, mam. We hebben je zo hard nodig.' Vera's ogen zijn vochtig en haar stem klinkt klein. Ze lijkt ineens niet meer die dwarse puber die een paar uur geleden Hannahs arm nog van zich af wilde schudden omdat het 'niet stoer' was.

'Hé, shopaholics!' onderbreekt de vrolijke stem van Malou hun emotionele gesprek. Vera wrijft vlug de tranen uit haar ogen, maar Malou heeft die allang gezien. 'Oeps, stoor ik?' vraagt ze.

'Nee hoor, niks aan de hand,' zegt Vera geforceerd vrolijk. 'Last van allergie. Ik had gehoopt dat het hier wat minder zou worden, maar niet dus.' Onder tafel tikt ze met haar voet tegen Hannahs enkel ten teken dat ze het spelletje mee moet spelen.

'O, allergie, praat me er niet van. Ik loop helemaal leeg als ik in de buurt van een kat kom. En ik vind het zulke leuke beesten.' Malou trekt een pruillip. 'Ik heb weleens medicatie overwogen om toch een poes in huis te kunnen nemen, maar uiteindelijk vond ik dat toch te ver gaan. Al die bijwerkingen. En bovendien ben ik niet voor het nemen van medicatie voor elk wissewasje.'

'Ik in principe ook niet,' beaamt Hannah, 'maar soms ontkom je er niet aan. Ik heb af en toe echt een pilletje nodig om in te slapen.'

'Al eens iets homeopathisch geprobeerd?'

'Het hele assortiment. Niet sterk genoeg om mij plat te krijgen,' zegt Hannah met een knipoog. 'Schuif je nog even aan of wil je terug?' vraagt ze Malou.

'Ik vrees dat de plicht weer begint te roepen, dus als jullie het niet heel erg vinden wilde ik bij Letnica op het plein nog even een ijsje halen en dan rustig teruglopen naar onze scooters.'

'Prima, dan ga ik nog vlug even naar het toilet.' Hannah staat op en pakt zo onopvallend mogelijk haar telefoon mee.

'Laat maar liggen hoor, als Stan belt, dan sta ik hem wel even te woord.' Vera werpt haar een mierzoet lachje toe. Hannah lacht geforceerd terug en stopt haar toestel in haar zak. Ze ziet Malou met een schuin oog kijken naar haar nog half gevulde glas met Strumka. 'Ik hoef niet meer, hoor, dus neem gerust.'

'Zeker weten?'

'Yep.' Hannah loopt de horecagelegenheid binnen en duikt het krappe toilet in. Ze trekt haar neus op. Er komt een weeïge rioollucht door de citroengeur van een schoonmaakmiddel heen. Ze pakt haar telefoon uit haar zak en scrolt door haar contacten naar het nummer dat ze zoekt. De kiestoon klinkt maar één keer voordat er wordt opgenomen, alsof de persoon aan de andere kant van de lijn haar net zo graag wil spreken als zij hem.

'Stan, met Hannah. Ik sta ergens in een toilet in een café dus ik kan niet te hard praten. Sorry dat ik niet meteen kon reageren. Ik zat met Vera op een terras in Ohrid en ze zag jouw naam verschijnen op mijn scherm toen je me een berichtje stuurde... Nee, dat viel niet helemaal goed. Ik heb haar wijsgemaakt dat je een collega van school bent... Ja, ik denk dat ze me wel geloofde... Nee, ik heb zeker geen spijt, ik voel dat we het juiste doen. Hoe zou ik nou spijt kunnen hebben... Ja, ik wil er net als jij nog steeds vol voor gaan... Heb je dat huis gezien op Funda...? Ik denk dat we niet te lang moeten wachten... Fijn dat jij er ook zo over denkt, Stan... Ik denk dat het beter is als je me de komende weken alleen mailt en niet appt. Dan weet ik in elk geval zeker dat Vera en Max je naam niet op mijn scherm zien verschijnen... Ik vind het echt nog te vroeg om ze meer te vertellen... Oké, mail het me maar door. Ik moet nu hangen, anders wordt Vera achterdochtig. Doei, tot snel!'

Hannah trekt voor de vorm het toilet door en stopt haar telefoon weer diep weg in haar zak. Bij de bar betaalt ze vast de rekening zodat ze meteen weg kunnen. Als ze het terras weer op loopt, valt ze midden in een gesprek van Vera en Malou. 'Nee, ik ben nog nooit in een club geweest,' hoort ze Vera zeggen, 'ik mag van mijn moeder altijd alleen maar naar schoolfeesten.'

'Maar je bent zestien, toch?'

'Inderdaad, maar zestien is nog geen achttien,' bemoeit Hannah zich ermee.

'Ik hoef toch niet tot mijn achttiende te wachten? Dat is echt crazy hoor, mam.'

'We gaan weleens met de crew en een groepje gasten naar Beach Club Blue, daar was ik Vera net over aan het vertellen. Ze vroeg zich af of we ook dingen organiseren voor de oudere jongeren op het resort, omdat de activiteiten van de animatieclub vooral gericht zijn op kinderen van zes tot en met veertien jaar. Nou, dat doen we dus ook. We gaan weleens

naar die club en daar mogen alle gasten van zestien jaar en ouder mee naartoe en soms hebben we ook speciale avonden voor de leeftijd zestien tot begin twintig. Niemand wil zijn ouders steeds in de disco tegenkomen, toch?'
'Echt niet!' beaamt Vera.
'En verder organiseren we weleens een strandfeest met een kampvuur en muziek aan het meer, een barbecue, allerlei sportieve activiteiten en uitstapjes. Je hoeft je als gast van het Blue Lake Resort niet te vervelen.'
'Als je tenminste van je moeder deel mag nemen aan al die leuke dingen...' zegt Vera met een verwijtende ondertoon in haar stem.
'Ik ben gewoon zuinig op je, Veer. Ik hoor in mijn werk zoveel ellende met drank, drugs, lachgas, et cetera. Ik wil je daar zo lang mogelijk bij vandaan houden.'
'Ik heb nog nooit iets gebruikt! Ik hoef al die troep niet. Ik róók niet eens. Ik heb ooit een trekje genomen van Ramona en ik vond het supersmerig.'
'Dat klinkt alsof je het braafste meisje van de klas bent,' lacht Malou.
'Hier, mam, nu hoor je het ook eens van een ander. Je kunt me ook gewoon een beetje vertrouwen in plaats van dat je ervan uitgaat dat ik allemaal gekke dingen ga doen.' Vera kijkt naar Malou voor bijval en die geeft er gehoor aan. 'Daar heeft ze een punt, Hannah.'
'Ja, misschien ook wel. Ik ben misschien een beetje te bezorgd.'
'En je weet: alles waar "te" voor staat...'
'Jaja, alleen tevreden, hè,' geeft Hannah toe.
'Dus de volgende keer als ze met een groep naar die Beach Club gaan, dan mag ik mee? Omdat het vakantie is. Ik zal me als een engeltje gedragen.' Vera zet haar liefste gezicht op en ze weet dat Hannah dat maar moeilijk kan weerstaan. Ze zucht. 'Omdat het vakantie is, kunnen we het misschien een

keertje proberen. Maar op voorwaarde dat Malou meegaat.'
Hannahs laatste zin valt weg, omdat Vera begint te juichen en haar hand opsteekt voor een high five met Malou.

'Over de rest van de voorwaarden hebben we het wel als het zover is.' Hannah denkt terug aan de tijd dat ze zelf zestien was. Ze voelde zich toen al ontzettend volwassen en bracht het gros van haar vrijdag- en zaterdagavonden met haar vriendinnen door op de Korenmarkt. Waarom vindt ze het dan zo moeilijk om Vera dat soort ervaringen ook te laten opdoen? Is het niet heel egoïstisch dat ze Vera deels niet kan loslaten door het gemis van Christiaan? Ze schrikt als Vera haar een por geeft. 'Mam, je hoeft niet zo zorgelijk te kijken. Echt, je kunt me vertrouwen.'

De kaart met het vraagteken flitst plots door Hannahs hoofd en haar maag voelt als een strakke bal. 'Ik vertrouw jou wel, schat, maar de wereld niet,' weet ze uit te brengen.

'De wereld is ook niet te vertrouwen, maar je moet me ook de kans geven om mezelf daartegen te leren verweren. Dat zal met vallen en opstaan gaan, maar dat hoort bij volwassen worden.'

Als ze Vera zo hoort praten, realiseert Hannah zich dat Vera op dat gebied het afgelopen jaar grote sprongen heeft gemaakt. Wellicht grotere sprongen dan bij haar leeftijd passen als ze haar zo volwassen hoort praten. Ze moet Vera dit gunnen. 'Je hebt helemaal gelijk, Veer, ik kan je ook niet voor alles behoeden, maar je kunt het me niet kwalijk nemen als ik dat wel probeer.'

Vera omhelst Hannah en geeft haar een klapzoen op haar wang. 'En nu gaan we dat ijsje halen. Ik trakteer. Wijs jij ons de weg, Malou.'

Malou reageert niet en staart naar een punt op de boulevard. Haar gezicht staat zorgelijk en ze lijkt volledig in zichzelf gekeerd.

'Malou, alles goed met je?' Hannah raakt zachtjes haar arm aan en Malou springt verschrikt opzij.

'Sorry, ik wilde je niet laten schrikken, maar je was zo in gedachten.'
'Nee, het is niks, denk ik.'
'Denk je?'
'Het lijkt net of ik overal waar ik ben steeds dezelfde kerel zie. Ik dacht hem daar op de boulevard net ook weer te zien.' Ze wijst naar een plek waar wat mensen staan samengedromd. 'Maar ik zal me wel vergist hebben, want nu zie ik hem niet meer. Laten we het er maar op houden dat ik een rijke fantasie heb. Ik wil niet voor niets ooit thrillers schrijven.' Malou lacht, maar het is niet overtuigend genoeg om het kippenvel te stoppen dat omhoogkruipt over Hannahs rug.

9

'Hoe zie ik eruit?' Vera draait een sierlijk rondje. De wijde rok van het vuurrode jurkje dat ze aanheeft waaiert een beetje op en golft dan weer terug tot halverwege haar bovenbenen. Het mouwloze bovenlijfje met V-hals sluit nauw aan. Maar niet té, voor Hannah.

'Stom en lelijk. Je ziet er stom en lelijk uit,' reageert Max als eerste op de vraag van zijn zus.

'Max!' corrigeert Hannah hem verontwaardigd. 'Je zus ziet er prachtig uit, bied je excuses aan.' De jongen is al de hele middag verontwaardigd dat hij niet mee mag naar het strandfeest en Beach Club Blue waar Vera vanavond met haar campingvriendinnen Chanty, Nina en Renske naartoe gaat. Hij probeert zijn frustratie nu bot te vieren op zijn zus.

'Ik ga echt geen sorry zeggen. Ze ziet er niet uit namelijk.'

Vera's gezicht betrekt en Hannah ziet de lip van het meisje lichtjes trillen.

'Veer, laat hem maar kletsen, hij is gewoon jaloers. Ik ben zo trots op je. Wauw, ik kan mijn ogen niet van je afhouden.'

'Vind je dat echt?'

'Tweehonderd procent.'

'Ik zou willen dat papa me zo kon zien.'

'Hij ziet je, Veer, daar ben ik van overtuigd. Hij volgt alles wat we doen vanaf de plek waar hij nu is. Doe je ogen maar eens dicht, dan voel je hem om je heen.'

Vera sluit haar ogen en haar gezicht staat gespannen van de verwachting en concentratie. Ineens ontspant ze en er breekt een lach door op haar gezicht. 'Ik voel hem echt! Ik word helemaal warm vanbinnen!'

'Dat komt omdat hij zo trots op je is. Net als ik, en Max. Hè, Max?' Hannah geeft hem een por in zijn zij.

'Als ik mee mag naar dat feest, dan ben ik trots op Vera en anders niet,' mokt hij verder.

'Jij hebt niks te klagen, jongeman. Je bent elke dag nog met Joep naar de animatieclub geweest.'

'Mag Joep vanavond komen logeren?' Max' gezicht klaart helemaal op. 'Dan vind ik het niet meer erg dat ik niet mee mag.' Max gaat op zijn knieën voor haar zitten en vouwt zijn handen in een biddend gebaar. '*Please?*'

'Ik weet het niet, hoor Maxie, ik had eigenlijk een rustig avondje voor mezelf gepland met een goed boek. Ik heb tenslotte ook een beetje vakantie.'

'Als Stan niet appt,' zegt Vera plagend. Hannah gaat er niet op in.

'Maar we zullen echt geen geluid maken. We gaan naar mijn kamer om te switchen. Joep heeft ook Mario.'

'Oké dan, als Joeps ouders het goedvinden, dan mag het.' Hannah heeft de zin amper uitgesproken of Max vliegt langs haar naar buiten. Binnen een kwartier is hij weer terug met Joep. Hij draagt een volgepropte rugzak op zijn rug en heeft een grote smile op zijn gezicht. Als de jongen Vera ziet, kleuren zijn wangen net zo rood als Vera's jurk. Hij kijkt haar aan en wendt dan verlegen zijn ogen af. Max trekt hem mee. 'We gaan naar mijn kamer.'

'Wow, jouw zus is echt knap,' hoort ze Joep op de gang tegen Max zeggen.

'Weet ik,' zegt Max vol overtuiging.

'Denk je dat ze ja zegt als ik haar verkering vraag?'

'Als je dat doet, dan stomp ik je in elkaar. En ze valt toch niet op jongetjes zoals jij.'

'Weet je dat echt zeker?' Het is even stil en dan klinkt er een keihard 'Au!' en wat gestommel. Vera rolt met haar ogen, maar rond haar mond speelt een trotse grijns. Het gesprekje tussen Max en zijn vriendje heeft haar zelfvertrouwen duidelijk een boost gegeven.

Even later zit Hannah languit op de bank met een boek. Op de salontafel staat de fles Rakija die ze pas van Kim heeft gekregen. Ze heeft een borrelglaasje van het spul in één keer achterovergeslagen in de hoop dat het haar zenuwen wat tempert. Vera is een halfuur geleden vertrokken naar het strandfeest met haar vriendinnen. Op af en toe wat gelach uit Max' kamer na is het stil in het chalet. Veel te stil naar Hannahs zin. Ze moet zichzelf steeds dwingen om op de bank te blijven zitten en niet even naar het strand te lopen om een kijkje te nemen bij het feest. Malou heeft haar uitgenodigd om een drankje mee te komen doen, maar Vera heeft haar dat ten strengste verboden. Bovendien wil ze Max en Joep niet alleen laten. Dat boek dus maar. Het is een coldcasethriller met de titel *Magma* van de Nederlandse coldcase-expert Carina van Leeuwen. Het gaat onder andere over de verdwijning van twee meisjes. *Misschien niet het beste onderwerp als je je zorgen maakt over je dochter...* Ze heeft het boek als vakantielectuur van Samantha gekregen omdat ze jaren geleden aan de buis gekluisterd zat voor het programma *Graf zonder naam* waar Carina aan meewerkte.

Hannah schenkt zichzelf nog een half glaasje Rakija in en krijgt tranen in haar ogen als de sterke brandewijn op haar tong explodeert en vervolgens haar slokdarm in de fik zet. Ze pakt haar boek weer op en probeert zich te concentreren op de eerste zin, die ze nu al een paar keer heeft gelezen zonder te weten wat er nu eigenlijk staat. Ze mist de rust die ze vroeger altijd voelde als ze een boek las. Ze mist het om helemaal te verdwijnen in een verhaal en in de huid van de personages te kruipen. Sinds de dood van Christiaan is dat haar niet meer gelukt. Haar gedachten schieten continu alle kanten op. In huis mag het dan vreselijk stil zijn zonder Christiaan, in haar hoofd lijken haar gedachten steeds harder te schreeuwen.

Oké, Han, focus... Ze begint te lezen en elke keer als ze weer dreigt af te dwalen en verzandt in nietsziend gestaar, dwingt ze haar ogen terug naar het papier. Als ze drie pagina's gelezen heeft, hoort ze een geluid. Het lijkt bij de voordeur vandaan te komen. Houdt Vera het nu al voor gezien? Dan moet het feestje haar wel heel erg zijn tegengevallen. Hannah opent de deur naar de gang om haar teleurgestelde stiefdochter op te vangen, maar tot haar verbazing is de voordeur dicht en de gang leeg. Op het eerste gezicht dan, want als ze beter kijkt ziet ze een envelop op de deurmat liggen. Een gele envelop waar een etiket met haar naam opgeplakt zit. Ze fronst haar wenkbrauwen. Wat is dit nu weer?

Een onrustig gevoel overvalt haar. Deze envelop lijkt verdacht veel op de envelop die ze nog op haar huisadres heeft ontvangen. Hoewel Hannah het liefst hard weg zou rennen dwingt ze zichzelf toch om naar de deurmat te lopen en de envelop op te rapen. Meteen opent ze ook de deur. Iemand heeft die envelop zojuist persoonlijk door de brievenbus gegooid en met een beetje mazzel kan ze misschien nog een glimp van hem of haar opvangen. Hannah tuurt het pad af dat langs de chalets loopt, maar dat is voor zover ze kan zien leeg. Ze loopt een stukje naar buiten. De struiken die er overdag zo vrolijk uitzagen, hebben onder het licht van de lantaarns een sinistere uitstraling gekregen. Er is een smalle maansikkel te zien in een verder heldere lucht en op het geluid van tsjirpende krekels na is het stil rond de chalets. Geen rennende voetstappen die wegvluchten of andere aanwijzingen dat de persoon die haar die envelop heeft bezorgd nog in de buurt is.

Besluiteloos staat ze met de envelop in haar handen. Openmaken of ongezien weggooien? Hoewel dat laatste heel verleidelijk is, wint haar nieuwsgierigheid het uiteindelijk toch van haar angst. Ze scheurt de envelop wild open en vloekt als het papier venijnig diep in haar wijsvinger snijdt. Ze negeert de scherpe pijn en trekt de kaart met een ruk uit de envelop. Als ze het zwarte vraagteken met de rode punt ziet, stokt haar adem en begint de wereld om haar heen te draaien. Ternauwernood weet ze zich staande te houden en terug naar het chalet te komen. Zachtjes trekt ze de deur achter zich dicht zodat Max het niet hoort en blijft er even met haar rug tegenaan staan terwijl ze haar ogen sluit.

Ze neemt de kaart mee naar de kamer en gooit hem op tafel. Ze haalt een paar keer diep adem en dan neemt ze nog een slok van het drankje, dat in haar keel brandt. Ze kan het niet langer uitstellen. Haar handen lijken een eigen leven te leiden als ze de kaart weer oppakt en hem openklapt. WAT ALS... Op de rechterpagina staat in rode letters met een zwart vraagteken: ... *Christiaan iets heeft ontdekt wat geheim moet blijven?*

10

Vol ongeloof staart Hannah naar de opengeslagen kaart in haar handen. Ze heeft het ijskoud, ondanks de broeierige temperatuur in het chalet. De alcohol die ze gedronken heeft verdooft de schok enigszins. Het haalt de scherpste kantjes eraf, maar zorgt er ook voor dat ze moeite heeft met helder denken. Ze moet de zin een paar keer lezen voordat de woorden goed tot haar doordringen. 'Wat als Christiaan iets heeft ontdekt wat geheim moet blijven?' leest ze hardop aan zichzelf voor. Wil de afzender van de kaarten beweren dat Christiaan het zwijgen is opgelegd? En heeft die ontdekking iets met zijn werk of zijn privésituatie te maken? Feit is dat de afzender van de kaarten er blijkbaar ook van op de hoogte is en er geen genoegen mee neemt dat de informatie die Christiaan had ontdekt niet naar buiten gebracht zou worden. Maar waarom dan pas na een jaar actie ondernemen en waarom wordt zij er als Christiaans weduwe bij betrokken? Iemand probeert haar uit de tent te lokken. Maar waarom moet zij dingen onderzoeken als de afzender van de kaarten ogenschijnlijk al weet wat er aan de hand is?

Waar moet ze beginnen? Buiten de twee kaarten heeft ze helemaal niets. Geen contactgegevens, geen hint in welke hoek ze het moet zoeken, geen startpunt. Met een schok realiseert ze zich ineens dat er ondanks wat ze eerst dacht op zijn minst één heldere conclusie te trekken is: de afzender is er alles aan gelegen om anoniem te blijven en zo niet zelf in gevaar te komen. Dit inzicht slaat in als een bom bij Hannah, want dat betekent dat die persoon haar nu ook in gevaar brengt. Vormt zij nu een soort buffer tussen de anonieme afzender van de kaarten en de mogelijke vijand? De vijand die verantwoordelijk zou zijn voor Christiaans dood...

In elk geval wordt ze gevolgd. De eerste kaart ontving ze via de postbode op haar huisadres, maar de tweede is vanavond persoonlijk bij haar bezorgd, terwijl ze op een resort in Macedonië zit. Is de afzender van de kaarten ook een gast van het resort? Of is het iemand die wist dat ze hiernaartoe zou gaan? Ze gaat in haar hoofd het lijstje af van mensen die ze heeft verteld waar ze haar vakantie zou doorbrengen. De enigen die concreet weten dat ze op dit specifieke resort zit zijn Samantha, Ellen, Tirza en Jenny. Jenny is nota bene degene die haar deze plek heeft aanbevolen. Zou Jenny...? Maar waarom, in godsnaam? Ze heeft Jenny zelf in de jaren dat ze met Christiaan was nooit gesproken. Pas na zijn overlijden heeft ze het contact weer opgepakt met haar en haar andere vriendinnen van vroeger. Heeft Jenny op de een of andere manier contact met Christiaan gehad in de afgelopen jaren zonder dat zij ervan op de hoogte was? Nee, dat kan gewoon niet. Dat zou Chris haar gezegd hebben. *Hij heeft je ook niet verteld over zijn ontdekking...* En stel dat er wel contact was geweest, dan zou Jenny dus tijdens hun etentje al geweten hebben dat Christiaan was overleden en Hannah heeft geen enkel signaal opgepikt dat dat het geval was. Jenny reageerde net zo geschokt als haar andere vriendinnen en Hannah kan zich niet voorstellen dat ze dat speelde.

Ze zou haar vriendinnen kunnen bellen voor een zogenaamd onschuldige chitchat en ze vragen wat ze aan het doen zijn. Hopelijk kan ze daaruit afleiden waar ze zich bevinden en op die manier uitsluiten dat een van hen haar heimelijk is gevolgd. Moet ze ook gaan twijfelen aan de oprechtheid van Samantha's hernieuwde poging tot contact van een paar weken geleden en hun uiteindelijke reünie? Is het toeval dat ze vlak erna die kaarten heeft gekregen of zit er meer achter? Hannah kijkt op haar horloge. Het is tien uur 's avonds. Aan de late kant om nog te bellen, dus als ze haar vriendinnen vanavond nog wil spreken om een paar vragen beantwoord te krijgen, dan zal ze het nu moeten doen. Ze besluit met Tirza en Ellen te beginnen omdat die kinderen hebben. Het duurt lang voordat Tirza haar oproep via WhatsApp beantwoordt. Op de achtergrond klinken ruziënde kinderstemmen en wat gehuil. 'Han! Kan ik je later terugbellen? Het is chaos hier. Had ik net iedereen in bed, komen er weer drie naar beneden omdat ze niet kunnen slapen. Ik moet even orde op zaken stellen voordat de pleuris nog verder uitbreekt. Gaat het goed met je? Je belt zo laat.'

'Alles goed, zorg jij maar dat je de boel daar weer onder controle krijgt. We bellen wel weer een keer. Kus, kus.' Terwijl het gekrijs aan de andere kant van de lijn toeneemt, hangt Hannah op. Oké, Tirza is duidelijk thuis en bevindt zich niet in de buurt van het resort. Wat Hannah betreft kan zij meteen van het verdachtenlijstje. *Next*. Ellen. 'Hannah! Is alles goed met je?' neemt haar vriendin met bezorgde stem op.

'Ja hoor, heerlijk hier. Waarom vraag je dat?'

'Nou, het is al vrij laat... Ik ben niet gewend dat je nog zo laat belt.'

'O joh, ik zie nu pas dat het al na tienen is. Dat had ik helemaal niet door. Ik wilde gewoon even laten weten dat ik goed ben aangekomen in Macedonië en dat ik het etentje laatst heel gezellig vond.'

'O, oké. En ja, het was zeker gezellig. Voor herhaling vatbaar als je weer thuis bent! Zet even je beeld aan, dan kan ik je zien!'

Met tegenzin zet Hannah haar beeld aan, ze voelt zich hier eigenlijk veel te gestrest voor.

'Wat ben je al bruin, Han!' zegt Ellen terwijl haar grote ogen nu ook in beeld verschijnen.

'Ik verkleur altijd heel snel. Wacht maar tot ik mijn drie weken onder de Macedonische zon erop heb zitten. Wat ben jij eigenlijk aan het doen?'

Het scherm zwenkt en er verschijnt een bank in beeld waar een man met een warrige zwartgrijs gekleurde haardos op zit. Er ligt een opengeslagen boek op zijn schoot. De leesbril die hij op zijn neus had, heeft hij snel afgezet en bungelt aan een koordje om zijn nek. 'Hannah, Herman. Herman, Hannah,' stelt Ellen haar man en vriendin aan elkaar voor. Hannah zwaait en Herman zwaait terug.

'We gaan wel een keer eten met partners erbij.' Zodra Ellen de woorden heeft uitgesproken, slaat ze geschrokken haar hand voor haar mond. 'Ik bedoel, uhm... Hè, wat ontzettend onhandig weer van me. Sorry, Han, echt...'

'No worries! Maar hé, wat heb je een leuk huis,' verandert Hannah van onderwerp.

'Ja? Vind je het leuk?' Ellen draait een rondje en geeft Hannah een beter inkijkje in haar woonkamer. Ellen is dus net als Tirza thuis en kan ook van haar lijstje. 'Superleuk. Hé, maar El, ik moet hangen. De wifi valt soms even weg en je wordt nu wat vager.'

'Prima, zie je snel, Han. Lekker genieten daar! Slaap lekker voor straks.'

'Jij ook. Kus! Dag, Herman,' gooit ze er nog achteraan, en dan verbreekt ze meteen de verbinding. Het is inmiddels kwart over tien en ze moet door. Ze zoekt het nummer van Samantha op en belt. Zodra er wordt opgenomen klinkt er een orkaan in haar oren waar Samantha bovenuit probeert te schreeuwen. 'Han! Ben op het strand... een date... Bel je later, schat!' De orkaan verstomt en de verbinding is verbroken. Vrijwel meteen komt er een appje binnen op Hannahs telefoon. Het is een foto van Samantha met een of andere kerel. Ze hangt enthousiast om zijn nek en op de achtergrond is de boulevard van Scheveningen te zien. *Meet Rob. Niet verkeerd, hè? X!*

Samantha valt dus ook af. Dan blijft Jenny nog over. Tegen dit telefoontje ziet ze het meest op. Als Jenny iets met die kaarten te maken heeft, dan wil ze het eigenlijk niet weten. Maar ze weet dat ze haar kop niet in het zand kan steken. Het lijkt erop dat de afzender haar wil waarschuwen en geen kwade bedoelingen naar haar toe heeft, maar dat weet ze niet honderd procent zeker. Ze moet er op de een of andere manier achter zien te komen of zijzelf en de kinderen gevaar lopen. Maar het feit dat ze in de gaten wordt gehouden, bezorgt haar in elk geval de kriebels. Zou het beter zijn om zo snel mogelijk naar huis te gaan? 'Nee,' zegt ze hardop tegen zichzelf. De afzender weet haar ook in Nederland te vinden, in haar eigen huis nota bene. Hier op het resort is ze tussen de gasten misschien wel veiliger dan in haar eigen Arnhemse buurtje. Bovendien wil ze Max en Vera niet teleurstellen. Ze hebben het allebei zo naar hun zin hier, eindelijk weer. Nee, dat is geen optie. Ze blijven hier en ze moet de boel gewoon goed in de gaten houden.

Als ze denkt aan Vera, die nu ergens in een club is, neemt de bezorgdheid toe. Ze besluit het meisje een appje te sturen. *Is het leuk, Veer? Heb je het naar je zin? X Mam.* Hannah verwacht eigenlijk geen reactie te krijgen. Waarschijnlijk hoort Vera haar telefoon niet piepen door de harde muziek die ongetwijfeld over het strand en in de club schalt. Voor de zekerheid stuurt ze Malou ook een appje om te vragen of alles goed is met Vera. Ze sluit af met een verontschuldiging voor haar bezorgdheid en een lachende emoji. Tot haar opluchting reageert Malou binnen een minuut op haar berichtje met een foto van een dansende Vera. *Ik sta toevallig bij haar in de buurt. Zoals je ziet heeft ze het erg naar haar zin. Druk hier en gezellig!* Er volgt een smiley en een opgestoken duimpje.

Hannah zucht een keer diep. *Loslaten. En bellen.* Ze kan het niet langer uitstellen om Jenny te bellen. De wijzers op haar horloge zijn inmiddels halftwaalf Macedonische tijd gepasseerd. Is het beter om Jenny morgen te bellen? Ze verwerpt die gedachte meteen. Jenny was vroeger altijd een nachtdier, dus ze gaat er voor het gemak maar even van uit dat dat nog steeds zo is. Ze moet nu weten waar Jenny zich bevindt en als ze haar vriendin vanavond niet te spreken krijgt, dan weet ze zeker dat ze vannacht geen oog dichtdoet.

Ze belt haar vriendin en bij elke onbeantwoorde rinkel van haar telefoon nemen haar zenuwen toe. Vlak voor ze het op wil geven wordt er toch opgenomen. 'Hannah? Ben jij dat? Alles goed met je?' Jenny klinkt ontzettend nasaal en suf.

'Nou, dat kan ik beter aan jou vragen. Ben je ziek?'

'Hooikoorts. Ik heb een pilletje ingenomen en lig in bed met een grote doos tissues. Ik neem die pillen liever niet, want ik word er zo suf van, maar ik had even geen keus.'

'Jeetje, wat vervelend. Vroeger had je daar niet zo'n last van, toch?'

Jenny snuit luidruchtig haar neus voordat ze antwoordt: 'Nee, is echt iets van de laatste jaren. Ik ben er dit jaar echt ziek van...'

Hannah houdt de telefoon wat verder van haar oor als haar vriendin een niessalvo op haar afvuurt. Als Jenny weer is bijgekomen, vraagt ze: 'Waarom bel je, Han? Je zit toch in Macedonië?'

'Ja, klopt. Ik wilde je even laten weten dat we het erg naar onze zin hebben op het resort en je bedanken voor de tip. Zonder jou zaten we hier nu niet.'

'Nou, graag gedaan, hoor.' Jenny klinkt nog steeds wat afwezig.

'Ik ben er trouwens achter gekomen dat dit resort ook onderdeel uitmaakt van de Sunny Parks-keten. Drie keer raden wie er voor Sunny Parks Nederland werkte...'

'Sorry, Han, maar ik voel me zo beroerd.'

'Christiaan! Christiaan werkte voor dat bedrijf.'

'Wat toevallig.'

'Ja, toch? Alsof hij wilde dat we hier zouden zijn. Dat klinkt een beetje zweverig, ik weet het. Maar hij gunde ons alles. Echt, ik zou willen dat je hem had gekend, Jen. Ik ben ervan overtuigd dat jullie goed met elkaar op hadden kunnen schieten.'
'Dat weet ik wel zeker.'
'Hoe kun je dat zeker weten? Kende je hem soms?'
'Huh? Wat een gekke vraag. Hoe zou ik hem moeten kennen? Ik heb jou net een paar weken geleden na een eeuwigheid weer gezien.'
'Heb je me toevallig een kaart gestuurd, Jen?' vraagt Hannah door. 'En dan bedoel ik niet die met dat bikinibeest voorop.'
'Een kaart gestuurd? Alleen die ene. Waar gáát dit over?' Jenny klinkt nu ronduit geïrriteerd.
'Ik heb een kaart gekregen van iemand, maar de afzender is vergeten zijn naam erop te zetten, dus ik vroeg me af of hij van jou kwam.'
'Ah, zeg dat dan meteen. Je hebt een valentijnskaart ontvangen terwijl het geen Valentijn is. Nou, om je gerust te stellen: ik was het niet, je bent niet echt mijn type, hè. Waarom vroeg je er niet gewoon direct naar in plaats van zo omslachtig?'
'Je hebt gelijk, en ik herinner me natuurlijk nog op welk type man je valt. Maar hé, duik jij maar weer lekker onder de wol. Ik ga nog eens goed nadenken van wie die kaarten kunnen zijn.'
'Wel spannend. Hou me op de hoogte. Truste.' Vlak voordat de verbinding wordt verbroken hoort Hannah nog een harde nies. Ze legt haar telefoon op tafel en trommelt besluiteloos op haar knieën.

Het lijkt erop dat Jenny ook van niets weet. Ze klonk in elk geval niet alsof ze in staat was zich snel uit de voeten te maken na het posten van een anonieme kaart. Eerlijk gezegd klonk ze behoorlijk verrot, dus Hannah twijfelt er eigenlijk niet aan dat ze inderdaad in bed lag. Ondanks het feit dat ze niet verder is gekomen met het achterhalen van de afzender, is ze wel enigszins gerustgesteld nu ze haar vriendinnen allemaal heeft gesproken. Het is een grote opluchting dat zij – voor zover ze dat nu kan beoordelen – in elk geval niets met de kaarten of de inhoud ervan te maken lijken te hebben. Maar wie dan wel? Dat blijft de grote onbeantwoorde vraag. Hannah loopt naar het raam dat uitkijkt op het pad dat langs de chalets loopt. In eerste instantie ziet ze niemand, maar toch begint de huid op haar rug onaangenaam te prikkelen. Zit er achter de struiken iemand verstopt die haar chalet in de gaten houdt? Ze moet het weten, anders wordt ze gillend gek. Vastberaden loopt ze naar de gang, opent de deur en loopt naar buiten. De krekels gaan nog steeds flink tekeer en uit een van de huisjes klinkt zachte jazzmuziek door een open raam. Hannah kijkt schichtig om zich heen voordat ze naar de struiken loopt. Het schelpenpad dat ze over moet steken om bij de struiken te komen, kraakt zachtjes onder haar slippers. Het zwakke maanlicht legt een spookachtige deken over het resort. Ze sluipt om de struiken heen en verdwijnt er dan achter. Niks, nada, niemand. Er trekt een ontlading door Hannahs lijf die haar even laat trillen op haar benen. Ze legt haar hand op haar buik en ademt een paar keer diep door voordat ze met opgeheven hoofd achter de struiken vandaan komt en bijna tegen een man aanbotst. Hannah gilt van schrik en springt achteruit. De man steekt zijn handen in de lucht en kijkt haar vreemd aan. Hannah herkent zijn gezicht. Het is de buurman van twee chalets verderop, die ze in het voorbijgaan altijd vriendelijk groet. Cor uit Zaandam, als ze het goed onthouden heeft. Hij en zijn vrouw Sjaan zijn pensionado's die Spanje hebben ingeruild voor Macedonië. 'O, sorry, u zult wel denken dat ik van lotje getikt ben nu ik als een struikrover uit de bosjes sluip,' verontschuldigt ze zich. 'Ik heb u toch geen pijn gedaan, hoop ik?'

Cor schudt zijn hoofd. 'Maar je hebt me wel een hartverzakking bezorgd, meissie.' Hij grijpt theatraal naar zijn borst.

'Ja, sorry. Ik dacht dat ik iets zag bewegen bij die struiken. Ik heb net een enge film gekeken en nu ben ik een beetje...'

'Schrikkerig. Heb Sjaan ook altijd last van als ze een fillumpie heeft gekeken,' zegt hij grinnikend. 'Ken ik d'r weer even in mun sterke arreme neme om d'r te trooste.'

'Doe haar de groeten van me. Slaap lekker.' Hannah loopt langs Cor heen.

'Ajje bang ben, dan bel je ome Cor maar, hoor. Ik heb twee arreme en Sjaan ken er best af en toe eentje misse.'

'Ik zal het onthouden, Cor.' Hannah zwaait nog een keer naar hem en kijkt hem na als hij naar zijn eigen chalet stiefelt. Vlak voor ze haar eigen huisje weer binnengaat, valt haar oog op de beveiligingscamera en dan ziet ze een kans. Ze kijkt op haar horloge. Het loopt al tegen middernacht, maar had Kim bij haar aankomst niet gezegd dat ze dag en nacht voor haar klaarstonden en dat ze het moest laten weten als ze iets voor haar konden doen? Wat als ze er dankzij die camera achter kan komen wie die kaart bezorgd heeft?

Hannah sluit de deur van het chalet achter zich en zodra ze een voet in de hal heeft gezet, heeft ze al op de belknop gedrukt. Terwijl de ringtone klinkt loopt ze naar de zithoek en ploft op de bank. Ze hoeft niet lang te wachten voordat Kim opneemt. 'Blue Lake Resort, met Kim,' klinkt het alert.

'Kim? Je spreekt met Hannah Jonker. Sorry dat ik je zo laat nog stoor, maar ik zit met iets wat niet kan wachten.'

'Geen probleem, Hannah, waar kan ik je mee helpen?'

'Ik zag dat jullie camera's op het terrein hebben staan. Zijn die actief of staan ze er meer voor de sier?'

'Het heeft weinig zin om beveiligingscamera's neer te zetten en ze dan niet te activeren. Hoezo? Heb je er problemen mee qua privacy?'

'Nee, nee zeker niet. Ik vind het juist een fijn en veilig idee.'

'Dat is mooi. Maar deze vraag had je me toch ook morgen overdag kunnen stellen?'

'Nou, eigenlijk niet. Iemand heeft vanavond een nogal vreemde en anonieme kaart door mijn brievenbus gegooid.'

'Een vreemde kaart?'

'Ik wil het liever niet over de inhoud hebben, maar ga er maar van uit dat de tekst op de kaart me, uhm, dwarszit. Ik wil heel graag weten wie die kaart bij me heeft bezorgd en ik vroeg me af of jullie de camerabeelden er eens op konden nakijken. De camera vlak bij mijn chalet moet iets hebben opgepikt, dat kan niet anders.'

'Hoe laat kreeg je die kaart?'

'Als je de beelden van halftien tot halfelf vanavond bekijkt, dan zou je de bezorger van de kaart moeten zien.'

'En je wilt zeker dat we daar meteen mee aan de slag gaan?'

'Nou ja, als het niet te veel moeite is. Ik denk dat ik een stuk rustiger slaap als ik weet wie hierachter zit.'

'Hannah, ik begrijp je bezorgdheid, maar wat je vraagt is praktisch onmogelijk. Jayden heeft de beveiliging en alle technische zaken onder zijn hoede en hij is bij dat strandfeest van Beach Club Blue. Ik bewaak het fort, maar heb geen flauw idee hoe dat beveiligingssysteem werkt, laat staan hoe ik de camera's moet uitlezen. Misschien moeten we gewoon even afwachten. Misschien blijft het bij die ene kaart of misschien was hij niet voor jou bedoeld?'

'Geloof me, hij was echt aan mij gericht.'

'Oké, ik zal Jayden vragen er morgen naar te kijken. Ik hoop dat je toch kunt slapen, Hannah. Welterusten.' De verbinding wordt verbroken zonder dat Hannah nog wat kan zeggen. Het is duidelijk dat de gastvrouw de urgentie van haar verzoek niet inziet. Had ze meer met Kim moeten delen over de inhoud van de kaarten en de mogelijke dreiging die ervan uitgaat? Moet ze de politie inschakelen en aangifte doen van die kaart? Daar voelt ze weinig voor. Ze heeft geen idee of de woorden op de kaart kloppen, maar ze weet wel zeker dat ze de kinderen er nu niet mee wil belasten. Die hebben genoeg meegemaakt. Als de woorden op de kaart waar zijn en Christiaan is inderdaad vermoord omdat hij iets heeft ontdekt, dan zouden Max en Vera weer terugvallen in dat diepe zwarte gat waar ze net een beetje proberen uit te krabbelen.

Wie weet nog meer dat je hier zit, Han? Denk na! spoort Hannah zichzelf aan. Er gaat een schok door haar buik. *Natuurlijk! Dat ze daar niet eerder aan gedacht heeft.* Ze pakt haar telefoon weer en belt Stan.

11

Hannah schrikt wakker en vliegt overeind. Even weet ze niet waar ze is. Op een streep licht die onder een deur door komt na is het donker om haar heen. Haar mond is kurkdroog en haar nek is stijf en pijnlijk. Langzaam komt ze weer een beetje tot zichzelf en realiseert ze zich dat ze na haar teleurstellende telefoontje met Stan, die nergens van wist, op de bank is gaan liggen om de thuiskomst van Vera af te wachten. Blijkbaar is ze ondanks haar onrust toch in slaap gevallen. Op de tast pakt ze haar mobiel van tafel. De klok op het scherm geeft aan dat het vier uur 's nachts is. Vera moet al ruim twee uur thuis zijn, maar ze heeft haar niet gehoord omdat ze in slaap is gevallen. *Goede moeder ben je, Hannah.*

Met de zaklamp van haar telefoon licht ze zichzelf genoeg bij om de schakelaar van de lamp die het dichtst bij de bank staat te vinden. Ze gunt haar ogen even de tijd om aan de verlichting te wennen en loopt dan naar de keuken om een glas water te pakken. Gulzig drinkt ze het koele vocht tot haar ergste dorst is gelest. Op haar blote voeten sluipt ze naar de kamers van de kinderen. Max en Joep liggen met hun kleren nog aan op het tweepersoonsbed en zijn met hun spelcomputers in hun hand in slaap gevallen. Ze besluit het maar zo te laten en sluit zachtjes de deur. Met een glimlach op haar gezicht loopt ze naar Vera's kamer.

Als ze haar hoofd om het hoekje van de deur steekt gaat er een schok door haar lijf. Het bed is leeg en Vera is nergens te bekennen. Hannah geeft een ram op de lichtknop en rent de kamer in. Ze stort zich op het bed, slaat de lakens terug, kijkt eronder, trekt de grote kledingkast open. Geen Vera. De kamer is stil en onbewoond. *De badkamer. Ze is vast in de badkamer.* Hannah rent ernaartoe, rukt de deur open en roept Vera's naam. De badkamer is donker en ook hier geen spoor van Vera.

'Mam?' Max staat ineens achter haar met oogjes die klein zijn van de slaap.

'Max! Heb jij je zus vannacht horen thuiskomen? Ze is niet op haar kamer.'

'Neuh. Ik sliep.' Max wrijft in zijn ogen. 'Heb je haar gebeld?'

'Dat ga ik nu doen. Ga maar weer naar je bed.' Max sjokt terug naar zijn kamer. Hannah rent naar de woonkamer en pakt haar telefoon. Haar vingers gaan zo gehaast over het scherm dat ze op het nummer van haar collega Valerie drukt. Als een gek drukt ze de rode knop in om te voorkomen dat er een verbinding tot stand komt en Valerie zich het leplazarus schrikt omdat haar telefoon om vier uur 's nachts gaat. Het lijkt net goed te gaan. Haar tweede poging om Vera's nummer aan te klikken slaagt wel. De kiestoon blijft maar gaan. 'Kom op, Veer, opnemen!'

'Dit is de voicemail van... Vera.' Bij het horen van de stem van haar stiefdochter krimpt Hannahs hart ineen. 'Veer, met mama, waar ben je? Bel me meteen als je dit hoort, ik maak me vreselijk ongerust.'

Hannah verbreekt de verbinding en belt Malou. Ze wordt meteen doorgeschakeld naar de voicemail. Ook die spreekt ze in en daarna belt ze Vera nog vijf keer. Haar boodschappen op de voicemail van het meisje worden steeds wanhopiger en de knoop in haar maag steeds groter. Er moet iets met Vera gebeurd zijn, dat kan bijna niet anders. Haar stiefdochter zou nooit wegblijven zonder haar een geruststellend berichtje te sturen. Zeker na wat ze het afgelopen jaar hebben meegemaakt, zou ze Hannah nooit willens en wetens zo in onzekerheid laten zitten.

Met ogen die nat zijn van de tranen googelt ze Beach Club Blue en vindt een telefoonnummer op hun website. Ze wordt doorgeschakeld naar een antwoordapparaat dat in het Engels vermeldt dat de club gesloten is en de volgende dag om acht uur 's avonds weer opengaat. De sluitingstijd is twee uur 's nachts, leest ze op de website. De club is dus al zeker twee uur dicht en Vera kan daar dan onmogelijk nog zijn. Hannah kan zichzelf wel voor haar kop slaan dat ze de nummers van de andere meiden met wie Vera op stap is niet heeft gevraagd. Als ze dat wel had gedaan, dan zou ze hen nu kunnen bellen in de hoop een antwoord te krijgen. Ze herinnert zich dat Kim zei dat Jayden ook in de club was vanavond. Als de club inderdaad om twee uur dichtging, dan zal Jayden inmiddels wel thuis zijn. Misschien dat hij Vera en haar vriendinnen gezien heeft en meer weet? Ze vindt het vervelend om Kim voor de tweede keer op een onchristelijk tijdstip lastig te vallen, maar nood breekt wet. Ze belt en laat de telefoon helemaal uit rinkelen. Er wordt niet opgenomen. Na de piep die de voicemail aankondigt spreekt ze in. 'Kim, dit is Hannah. Vera is vannacht niet thuisgekomen. Maak me doodongerust. Heeft Jayden haar gezien? Bel me alsjeblieft.'

Hannah loopt onrustig door de kamer, maar als ze na tien minuten nog niets heeft gehoord van Kim houdt ze het niet meer. Ze moet iets doen. De meest afschuwelijke scenario's van wat er allemaal met Vera gebeurd kan zijn flitsen door haar hoofd. Ze moet Vera zelf gaan zoeken, anders wordt ze gek. De moeder van Joep moet maar even op de jongens passen. Ze loopt naar het chalet naast het hare, bonkt op de deur en kleppert met de brievenbus. In eerste instantie komt er geen respons, maar uiteindelijk steekt Joeps moeder haar slaperige hoofd door het raam. Het slaapmasker dat ze draagt heeft ze op haar voorhoofd geschoven. 'Wat heeft dit te betekenen? Het is midden in de nacht. Heeft dat rotjong het weer te bont gemaakt?'

'Nee, Joep is een engel. Mijn dochter is vannacht niet thuisgekomen van een strandfeest en ze neemt haar telefoon niet op. Ik wil haar gaan zoeken, maar ik kan de jongens niet alleen achterlaten.'

'Dan neem je ze toch mee.'

'Nee, er moet iemand in het chalet zijn om Vera op te vangen als ze toch ineens voor de deur staat. Ik wilde vragen of je even in mijn huisje kunt wachten tot ik weer terug ben.'

'Nou, eigenlijk...'

'Ik zou het niet vragen als het niet echt dringend was. Ik ben bang dat er iets met mijn dochter is gebeurd. Ze zou uiterlijk om twee uur thuis zijn.'

'Sinds wanneer houden kinderen zich aan afspraken?'

'Alsjeblieft, help me!' Hannah zou Joeps moeder het liefst uit het raam trekken en het kost haar al haar zelfbeheersing om het niet te doen en beleefd te blijven. De vrouw zucht en steunt en klapt het raam dicht. Het is onduidelijk of ze tegemoet wil komen aan Hannahs verzoek of haar eigen bed weer in duikt. Hannah staat alweer op het punt om op de deur te bonken als de vrouw in haar flanellen pyjama naar buiten komt. 'Nou, toe maar dan, maar schiet wel een beetje op. Ik ben nogal gehecht aan mijn nachtrust.'

'De deur is open,' roept Hannah haar toe terwijl ze wegrent. In een stevige looppas volgt ze de paden over het park terwijl ze voortdurend om zich heen kijkt en Vera's naam roept. Met elke stap die ze zet wordt haar wanhoop groter. Ze verlaat de paden en loopt naar het strand bij het meer. Ze probeert niet te denken aan wat Gijs haar pas heeft verteld: dat hier twee jaar geleden een jongen is verdwenen. Dat hij naar alle waarschijnlijkheid verdronken is in het meer. Als ze naar het water kijkt zou ze het het liefst uitgillen. Alleen al de gedachte dat Vera... Ze rent verder langs het water en dwingt zichzelf die gedachte weg te drukken. Haar voeten zakken weg in het zand en vertragen haar tempo, maar ze laat zich er niet door weerhouden.

Hannah rent door over het lege strand tot ze bij Beach Club Blue uitkomt. De achterdeuren van de club grenzen aan het strand. De club ziet er donker en verlaten uit. Op het strand smeult nog een laatste restje kampvuur na, waar wat platgestampte blikjes en sigarettenpeuken omheen liggen. Ze loopt naar de dubbele achterdeur van de strandclub, duwt en bonkt er met haar beide vuisten tegenaan. Zoals verwacht geven de deuren niet mee. Ze loopt een rondje om het gebouw in de hoop aan de voorkant nog iemand van het personeel aan te treffen, maar ook daar is het doodstil. Zo ver ze kan kijken is het strand leeg en het zal veel te veel tijd kosten om in haar eentje een stuk rond het meer te lopen. Ze zal hulp moeten inroepen. Hannah rent terug naar de plek waar ze via een trap het resort weer op kan. Als ze het schelpenpad weer op wil lopen, valt haar oog op een onverhard pad dat ze tijdens haar eerste ronde over het resort gemist heeft. De ingang van het pad gaat grotendeels verscholen achter overhangende struiken en andere wilde begroeiing. Hannah baant zich erdoorheen. Dit is typisch zo'n plek waar mensen naartoe gaan die iets willen verbergen of zelf niet gezien willen worden. *Of waar lichamen gevonden worden...*

'Vera!' roept Hannah wanhopig, maar op het geluid van een zwerm muggen die haar lek proberen te steken na is het stil. Hoe verder ze het pad op loopt, hoe meer ze aan weerszijden wordt ingesloten door woekerende groene uitwassen. Grillige takken van knoestige bomen hangen in elkaar geweven boven het pad en blokkeren het toch al beperkte maanlicht. Met haar handen voor zich uit ploetert ze stap voor stap op de tast verder. Her en der prikt ze zich aan een doorn en ze voelt de krassen op haar blote benen in rap tempo toenemen. Ze stoot haar hoofd tegen een laaghangende tak met uitsteeksels en voelt een warm straaltje langs haar slaap lopen. Geërgerd wrijft ze het weg met haar hand. Ze begint zich af te vragen of dit pad wel ergens heen leidt, maar besluit nog even door te zetten.

Na zich nog zo'n honderd meter door de bijna ondoordringbare begroeiing te hebben geworsteld, staat ze ineens voor een houten hek van anderhalve meter hoog dat is afgesloten met een groot hangslot en een ketting. Het hek hangt scheef in zijn verroeste scharnieren en er komt een vage, stinkende teerlucht van het hout af. Er is een bordje op gespijkerd met de woorden BLUE VILLAGE. Aan weerszijden van het hek staat een slordige prikkeldraadafzetting. Het is te donker om te kunnen zien tot hoe ver de prikkeldraadafzetting doorloopt. Hannah klimt zonder na te denken over het hek. Het terrein waar ze op terecht is gekomen, is slecht begaanbaar. Het onkruid staat bijna een meter hoog. De grond ligt vol met onregelmatige keien met scherpe randen en ze moet oppassen waar ze haar voeten neerzet. Eenmaal op het veld is ze verlost van alle bladeren en takken boven haar hoofd en kan ze de lucht en het sikkeltje van de maan weer zien. Het straaltje maanlicht geeft haar een blik op wat gebouwtjes verderop, die donker boven het hoge gras en onkruid uittorenen. Met voorzichtige stappen loopt ze naar het eerste gebouwtje toe. Het gebouw is eerder een half verrotte en scheefgezakte houten barak met vergane kozijnen. Krot is daarom zelfs nog wel een betere benaming. De golfplaten op het dak zijn bedekt met een laag mos en door de stukken van de wanden waar het hout is weggevreten is afgebrokkeld piepschuim te zien.

Hannah geeft een duw tegen de scheef hangende deur en loopt met haar gezicht tegen een groot spinnenweb aan. Paniekerig probeert ze als eerste de plakkerige draden van haar neus en mond te vegen. Daarna voelt ze boven op haar hoofd om zeker te weten dat er geen spin in haar haren zit. Ze controleert of de deur goed openstaat en loopt dan verder naar binnen onder begeleiding van de zaklampfunctie van haar telefoon. Ze laat het licht langzaam over de vloer en de wanden schijnen. De barak heeft nog het meeste weg van een schuur. De binnenkant bestaat uit een open ruimte van zo'n twintig vierkante meter. Hannah kan geen water of elektriciteit ontdekken. Wat verroeste frisdrankblikjes en plastic flesjes in de verste linkerhoek wijzen erop dat op deze plek mensen zijn geweest, maar dat het waarschijnlijk al een hele tijd, misschien wel jaren geleden is. Ze schijnt op een van de ramen. Het glas is bedekt met een groenzwarte laag die bestaat uit mos en vuil en zo dicht is dat er geen sprankje licht doorheen komt. De andere drie ramen zien er hetzelfde uit.

Hannah verkent de ruimte verder. Op de vloer ligt een dikke zanderige stoflaag en op stukken van de wanden tiert de schimmel welig. Hannah probeert de scherpe, ongezonde geur die ervan afkomt niet te diep in te ademen. Ze moet hier weg, deze plek brengt haar niet dichter bij Vera. Op het moment dat ze zich om wil draaien om de barak te verlaten, klinkt er een klap. Ze gilt van schrik en duikt ineen. Haar telefoon schiet uit haar handen en alles om haar heen wordt donker.

12

De deur van het krot, die net nog openstond, is dichtgevallen. Hannah durft er niet op te vertrouwen dat het een windvlaag was. Wat als iemand haar hier probeert op te sluiten? Tastend kruipt ze over de vloer terwijl ze de paniek voelt toenemen en het duister haar steeds verder opslokt. Het koude zweet breekt haar uit en ze vloekt als ze haar handpalm openhaalt aan iets scherps. Het voelt als een uitstekende spijker. Ze kruipt voorzichtig verder. Haar richtingsgevoel en haar gevoel voor afstand laten haar volledig in de steek. Het lijkt wel of ze de hele tijd rondjes draait en geen meter vooruitkomt. Haar mobiel heeft ze nog steeds niet gevonden.

In een helder moment stopt ze met om zich heen tasten en kruipt ze recht vooruit totdat ze tegen een wand botst. Ze staat op, probeert even niet te denken aan de schimmel en andere smerigheid die op het hout zitten en volgt met haar handen de planken. Al snel voelt ze dat ze een hoek bereikt heeft en ze volgt de wand naar links. Stapje voor stapje schuifelen haar voeten verder. Als ze het kozijn van de deur onder haar handen voelt, kan ze wel huilen van opluchting. Ze grijpt de klink vast om de deur open te doen, maar er gebeurt niks. De deur lijkt geblokkeerd en ze krijgt er in eerste instantie geen beweging in. Gecontroleerd duwen levert geen resultaat op, dus ze verzamelt al haar kracht. Na een paar flinke trappen klinkt er gekraak en begeeft de deur het.

Struikelend over haar eigen benen valt Hannah naar buiten en ademt daar gretig de frisse lucht in. Na een paar flinke teugen kijkt ze om zich heen. Er is nog steeds niets te zien, maar toch heeft ze het gevoel dat ze bekeken wordt. Ze laat haar ogen over het veld gaan, maar kan niets verdachts ontdekken. Vlak bij de deur die ze net open heeft getrapt ligt een grote kei. Lag die er ook al voordat ze naar binnen ging? Ze pijnigt haar hersens, maar kan het zich niet herinneren. Ze zet de deur, of wat er nog van over is, open en zet hem klem achter de kei. Het zal haar geen tweede keer gebeuren dat het ding dichtslaat. De streep maanlicht die het huisje binnenvalt geeft haar precies genoeg zicht op de vloer. Vlak bij de plek waar haar kruipsporen te zien zijn, ligt haar telefoon. Ze rent ernaartoe. Het toestel ligt met het scherm naar beneden op de grond. Als ze hem oppakt ziet ze dat de zaklamp door de val is uitgevallen, maar er zit gelukkig geen barst in het scherm. Snel checkt ze haar berichten en voicemail op een teken van leven van Vera. Nog steeds niets. Ze probeert haar stiefdochter zelf nogmaals te bellen en verbreekt zonder iets in te spreken gefrustreerd de verbinding zodra ze wordt doorgeschakeld naar Vera's voicemail. Ze heeft niets toe te voegen aan de eerdere berichten die ze al heeft ingesproken.

Zo snel mogelijk gaat Hannah de andere krotten af. In geen van hen treft ze meer aan dan troep en verval. Geen Vera of haar vriendinnen. Ze maakt een ronde over het met prikkeldraad afgezette terrein. Het is veel kleiner dan ze dacht en vormt een schril contrast met de luxe op het resort. Het is haar niet duidelijk of Blue Village een vergeten uithoek van het Blue Lake Resort is of dat het helemaal niet bij het domein van Jayden en Kim hoort en ze zich illegaal op andermans terrein bevindt. Die laatste optie doet haar beseffen dat ze hier zo snel mogelijk weg moet. Met kippenvel over haar hele lijf rent ze over het weerbarstige terrein terug naar het toegangshek. Ze kijkt nog een keer om en klimt er dan met moeite overheen. Inmiddels is ze behoorlijk wat kostbare tijd verloren. De terugweg over het pad vol obstakels is nog moeizamer dan op de heenweg, maar de extra krassen van de struiken neemt ze voor lief. Om de batterij van haar telefoon te sparen zet ze op de beter begaanbare stukken de zaklampfunctie uit, maar daardoor mist ze een boomwortel en struikelt. Ze kreunt als ze languit gaat en haar schouder pijnlijk met de grond in aanraking komt. De uitputting heeft haar lijf zwaar gemaakt en het kost haar moeite om weer overeind te komen. Maar ze heeft een doel: voor Vera doet ze alles.

Als ze eindelijk het einde van het overwoekerde pad heeft bereikt, voelt ze een enorme opluchting. De grond onder haar voeten wordt vaster en ze kan de lucht weer zien, die inmiddels voorzichtig begint te kleuren van de opkomende zon. Ze rent het schelpenpad op dat haar naar het bewoonde gedeelte van het resort brengt. Ze kijkt niet meer om en dat had ze misschien wel moeten doen. Nu ziet ze de man niet die haar vanaf een donker plekje gadeslaat. Hij houdt haar nauwlettend in de gaten, zijn armen over elkaar, een verbeten blik in zijn ogen.

13

Buiten adem komt Hannah bij het huis van Kim en Jayden aan, dat zich vlak bij de receptie bevindt. Het huis zelf is stil en donker. Twee lampen bij de voordeur schijnen hun licht op de bloemrijke tuin en een kronkelend tegelpad. Voordat Hannah het tuinhekje opent en de tuin in loopt, checkt ze haar telefoon op nieuwe berichten. Helemaal niets. Ze rent naar de voordeur en zoekt tevergeefs naar een bel. Ze vindt alleen een klopper en ramt er een paar keer ongeduldig mee op de deur. Dan zet ze een stap naar achteren zodat ze de bovenverdieping kan zien. Er verschijnt geen licht achter een van de ramen. 'Kim! Jayden! Alsjeblieft!' schreeuwt ze zo hard als ze kan, terwijl ze afwisselend met haar vuisten op de deur bonkt en de klopper gebruikt. Eindelijk gaat er boven haar hoofd een licht aan en een raam open. Kim steekt haar hoofd naar buiten. Ze ziet er slaperig uit en haar ogen zijn gezwollen. Ze ziet er heel anders uit nu ze haar haren niet in een strakke staart draagt.

'Hannah,' zegt ze met een hese stem. 'We hadden toch afgesproken dat ik morgen, inmiddels al vandaag, met Jayden zou praten over je verzoek om de camerabeelden te checken?'

'Daar kom ik niet voor. Het gaat om mijn dochter. Vera is niet thuisgekomen na dat strandfeest en neemt haar telefoon niet op. Ik ben bang dat er iets gebeurd is.'

'Wacht, ik kom naar beneden.' Kim trekt zich terug en doet het raam dicht. Binnen een paar minuten doet ze de deur open in een roze joggingpak. 'Kom maar even binnen.' Terwijl Kim de woorden uitspreekt, verandert de blik in haar ogen van suf naar alert. 'Mijn hemel, Hannah, wat is er met jou gebeurd? Je bloedt.' Ze pakt Hannah bij haar kin en draait voorzichtig haar hoofd opzij om de wond op haar slaap te bekijken. 'Kom op, dit heeft verzorging nodig. O, en je benen! Helemaal onder de krassen. Het lijkt wel of je door de jungle bent geploeterd.'

'Zoiets,' mompelt Hannah. Kim trekt haar mee naar binnen en leidt haar naar een luxe ingerichte woonkamer. Daar zet ze haar op een stoel aan de achtpersoonseettafel. 'Even mijn EHBO-doos pakken.'

'Dat komt later wel, we moeten Vera zoeken,' roept Hannah haar na, maar Kim is al vertrokken en hoort haar niet meer. Hannah kijkt om zich heen en neemt de woonkamer in zich op. Er hangt een enorme tv aan de wand en er staan luidsprekers naast van het topmerk Bowers & Wilkins. Hannah kent het merk omdat het Christiaans droom als groot muziekliefhebber was een keer zo'n set aan te schaffen 'als hij nog eens geld overhad'. Maar de veertigduizend euro die het geheel zo'n beetje moest kosten waren natuurlijk nooit 'over'. Dat ze hier bij Jayden en Kim wel in de woonkamer staan, zegt iets over de winstgevendheid van het resort. De twee relaxfauteuils die voor het grote tv-scherm en de boxen staan, maken de thuisbioscoop af. Aan de andere kant van de ruime kamer is een zithoek gecreëerd. Er staat een enorme loungebank voor een grote sierhaard. Het gros van de wand beslaat een kast met glazen deuren die helemaal is afgetopt met cd's, dvd's en boeken. Maar hoe mooi en duur de spullen misschien ook allemaal zijn, Hannah kan geen gezelligheid ontdekken in het geheel. Ze vindt het allemaal té, en het past niet echt bij de relaxte sfeer die Kim en Jayden zo belangrijk vinden. 'Mooi spul,' zegt Hannah toch maar, terwijl ze naar de luidsprekers wijst als Kim terugkomt met haar EHBO-doos, omdat ze het gevoel heeft dat ze iets moet zeggen.

'Speeltjes van Jay,' zegt Kim nonchalant. 'Goed, terwijl ik je een beetje oppoets, vertel jij me wat er nou precies aan de hand is.' Kim draait een flesje met ontsmettingsmiddel open en laat wat van de vloeistof op een steriel gaas lopen. Hannah probeert de bijtende pijn zo goed en zo kwaad als het gaat te negeren wanneer Kim voorzichtig de wond op haar slaap begint schoon te maken. 'Het ziet er gelukkig erger uit dan het daadwerkelijk is,' mompelt ze.

'Vera is naar dat strandfeest gegaan bij Beach Club Blue en nog steeds niet thuis,' begint Hannah. 'Ik maak me grote zorgen, want dat is niks voor haar. We hadden afgesproken dat ze uiterlijk om twee uur thuis moest zijn. Vera is altijd stipt en maakt nooit misbruik van situaties. Dat is ook de enige reden dat ik haar per hoge uitzondering naar dat feest heb laten gaan. Thuis ben ik veel strenger als het op uitgaan aankomt. Malou had me beloofd een oogje in het zeil te houden en dat heeft me uiteindelijk over de streep getrokken. Au!'

'Sorry, er zat een houtsplinter in je huid. Maar nu niet meer.' Kim gooit wat bloederige gaasjes in een bakje en pakt weer een schone.

'Ik schrok om vier uur wakker en toen zag ik dat Vera's bed leeg was. Ik heb haar gebeld, geappt en het hele terrein hier en bij Beach Club Blue afgezocht, maar ze is spoorloos. Ik krijg geen enkel contact en Malou neemt haar telefoon ook niet op. Club Blue is ook niet bereikbaar. We moeten de politie inschakelen zodat ze een zoekactie op touw kunnen zetten.'

'De politie komt niet als iemand pas een paar uur vermist is,' is Kims resolute antwoord. 'We gaan eerst zelf nog weleens een rondje lopen, Malou uit haar bed trekken...'

'En Jayden. Je zei toch dat hij ook op dat feest was toen ik je eerder vannacht aan de telefoon had? Ik wil hem graag spreken. Misschien heeft hij Vera nog gezien en weet hij waar ze uithangt?'

'Jay ligt zijn roes uit te slapen. Die krijg ik nog niet wakker als ik een kanon naast hem afschiet.'

'Kom op, Kim, dit is serieus! Het is niet de eerste keer dat hier iemand verdwenen is, toch? Twee jaar geleden nog die Nederlandse jongen.'

'Wie heeft je dat verteld?' Kim wordt bleek en haar houding wordt gespannen.

'Wat doet dat ertoe? Maar als je het per se wilt weten, Gijs heeft het me verteld.'

'Dat had hij niet moeten doen. Het veroorzaakt alleen maar onrust en verpest de ontspannen sfeer die we hier zo zorgvuldig proberen te creëren. Als hij je dat verhaal niet had verteld, was je nu vast een stuk minder overstuur geweest.'

'Sorry hoor, maar is de sfeer hier belangrijker dan de veiligheid van jongeren? Is dat ook de reden dat je de politie niet wilt bellen over de verdwijning van mijn dochter?'

'Hannah, nu moet je ophouden. Ik bel de politie niet omdat het geen zin heeft. Vera is amper een paar uur onvindbaar. Waarschijnlijk ligt ze ergens op het strand haar roes uit te slapen. Leer mij die tieners van tegenwoordig kennen. Ik trommel zo het animatieteam op en dan ga ik samen met hen op zoek naar Vera. Wij kennen hier alle verscholen plekjes waar jongeren bij elkaar komen en hebben haar vast zo gevonden. Het lijkt me verstandig als jij in je chalet bent voor als Vera thuiskomt. Ik zou wel iets aan die wondjes doen, anders schrikt ze zich kapot. Wat is er trouwens gebeurd? Ben je gevallen?'

'Toen ik Vera aan het zoeken was ontdekte ik achter op het terrein een pad dat ik nog niet eerder had gezien. Dat heb ik genomen en het was niet bepaald makkelijk begaanbaar, laten we het daar maar op houden. Het kwam uit bij Blue Village, een of ander onherbergzaam terrein vol met houten krotten.'

'Daar mag je helemaal niet komen. Je hebt daar niks te zoeken, Hannah.' Kims stem klinkt schril.

'Jawel, mijn dochter. Ik vond het typisch zo'n plek waar een of andere creep weerloze meisjes mee naartoe neemt.'

'Ik wil niet dat je zonder toestemming gaat rondneuzen, Hannah. Op het resort kun je je gang gaan, maar wat als daar iets gebeurd was?' Kims blik staat ernstig.

'Voor Vera doe ik alles, hopelijk begrijp je dat.'

'Ga nu maar naar je chalet en hou je telefoon aan. Ik ga proberen Jay wakker te maken en trommel een zoekteam op. Ik zal Nikola ook even bellen om te vragen of hij je dochter gezien heeft. Dat is de man die de catering hier verzorgt en hij is mede-eigenaar van Beach Club Blue.'

'Ik heb zijn naam al een paar keer horen vallen. Hopelijk weet hij meer.'

'App me even een foto van Vera, dan kan ik die verspreiden onder het animatieteam en hem ook naar Nikola sturen. Dat zoekt wat makkelijker.'

Hannah appt Kim de foto door die ze van Vera heeft gemaakt vlak voordat ze naar het strandfeest ging. 'Zo zag ze er vanavond uit. Ik geef jullie twee uur de tijd en als ze dan nog niet terecht is, bel ik zelf de politie.'

'Hannah!'

'Twee uur, Kim, en dan ben ik nog heel coulant. Het gaat hier wel om mijn dochter, ja.' Zonder verder nog iets te zeggen of Kim te bedanken voor de verzorging van haar hoofdwond loopt Hannah vastberaden het huis uit en slaat de deur met een klap achter zich dicht. Kim komt haar niet achterna.

Als ze het tuinpad afloopt hoort Hannah dat er in het huis met stemverheffing wordt gepraat. Kim heeft Jayden blijkbaar toch heel snel wakker gekregen. Hannah staat even stil in de hoop iets op te vangen van het gesprek, maar ze kan er niets van maken. Wel hoort ze de toon, en die is niet bepaald vriendelijk. Haar zorgen om Vera zijn alleen maar groter geworden nu ze Kim heeft gesproken. Kims weigering om de politie in te schakelen en haar ontkenning van de ernst van de situatie nu er voor de tweede keer een jongere is verdwenen, hebben haar een nare bijsmaak gegeven. En dan is er nog de vraag hoe ze in godsnaam die twee uur doorkomt die ze Kim de tijd heeft gegeven voordat ze zelf de politie inschakelt.

14

De opkomende zon schildert de lucht in de kleur van gloeiende lava terwijl een paar vogels al het hoogste lied zingen. De klok slaat inmiddels halfzes als Hannah bij de voordeur van haar chalet aankomt. Haar oog valt op het bordje aan de deur met HAPPY dat ineens heel misplaatst voelt. Het liefst zou ze het van de deur meppen en kapotstampen. Er is weinig over van het happy gevoel dat ze had voordat ze de mysterieuze kaarten ontving en Vera verdween. Is er een verband tussen beide gebeurtenissen? Iets in haar zegt dat ze het niet los van elkaar kan zien, maar daar is geen enkele concrete aanwijzing voor.

Verzonken in haar eigen gedachten gaat ze het chalet binnen en loopt meteen door richting de woonkamer. Het is doodstil in het huisje, alsof het compleet verlaten is. Zou Joeps moeder in haar bed zijn gekropen en samen met de jongens weer in slaap zijn gevallen? Voorzichtig doet ze de deur van de woonkamer open en steekt haar hoofd om het hoekje van de deur. Alle lichten zijn uit, maar dankzij het ochtendlicht is het niet zo donker. Haar adem stokt en haar hart begint onregelmatig te kloppen als ze een gestalte op de bank ziet liggen.

In een reflex doet ze het licht aan in de kamer. 'Vera!' schreeuwt ze terwijl ze zich op het roerloze meisje op de bank stort. Haar gezicht is lijkbleek en ze reageert niet. Haar jurk is vies en als Hannah zich geschrokken over het meisje heen buigt, ruikt ze een misselijkmakende zure lucht. Nu ze zo dicht bij haar is hoort ze haar trage, diepe ademhaling en het kuiltje in Vera's keel gaat op en neer op het ritme van haar hartslag. 'Vera!' Hannah slaat het meisje met haar vlakke hand op haar wang. Eerst zachtjes, maar als er nog steeds geen reactie komt, harder. Ze schudt aan haar schouders en probeert haar overeind te zetten. Vera kreunt en smakt een paar keer, maar haar ogen blijven gesloten. Hannah loopt naar de keuken, vult een glas met koud water en gooit het in Vera's gezicht. Dat helpt. Haar stiefdochter vliegt met opengesperde ogen overeind en kijkt wild om zich heen. Hannah ziet meteen dat haar pupillen onnatuurlijk groot zijn en vloekt hartgrondig.

'Mama,' zegt Vera met een klein stemmetje, terwijl ze van schaamte in elkaar krimpt. Hannah kan wel janken van opluchting, maar ook van boosheid. Ze weet even niet hoe ze Vera moet aanspreken. Moet ze haar in haar armen nemen en rustig vragen wat er gebeurd is of moet ze haar meteen de wind van voren geven? 'Je zou om twee uur thuis zijn, waar was je?' bijt ze haar stiefdochter uiteindelijk toe. 'Weet je wel hoe ongerust ik ben geweest? Ik dacht dat ik gek werd.'

'Sorry, mama.' Vera begint zachtjes te huilen. 'Ik weet niet wat er gebeurd is. Het laatste wat ik weet is dat ik cola dronk en dat ik me even later niet lekker voelde. Ik ben denk ik in slaap gevallen of zo en daardoor de tijd vergeten. Ik werd ergens op het strand wakker in mijn eentje en ik kon de weg terug niet vinden. Alles zag er zo gek uit en mijn lijf voelde zo raar.'

'Waar waren je vriendinnen dan? Wat hadden jullie gedronken?'

Vera haalt haar schouders op. 'Geen idee. Het ene moment waren ze er nog en het volgende moment was ik alleen. En ik was echt niet dronken, mam.'

Aan de stugge, terughoudende manier waarop Vera het zegt, hoort Hannah dat er meer achter zit. Op die drank besluit ze later terug te komen, ze vreest het ergste, maar als haar vermoeden klopt en Vera ongemerkt iets heeft gedronken waar ze vervolgens out door is gegaan, moet ze dat zo rustig mogelijk met haar stiefdochter bespreken. 'Hebben jullie ruzie gehad?'

'Nee. Nee, niet echt.'

'Maar?'

'Ze deden gewoon stom en ik had geen zin om mee te doen.'

Hannah neemt geen genoegen met Vera's vage antwoorden en moet erachter komen wat er precies gebeurd is. Maar eerst moet ze Kim bellen om te zeggen dat Vera terecht is voordat ze met haar animatieteam een zoektocht start. 'Ik moet even een belletje doen, Veer, om te laten weten dat je thuis bent. Er zou net een zoekactie opgestart worden. Als ik Kim heb gesproken praten we verder. Waar is je broertje eigenlijk? Joeps moeder is hier op hem en Joep komen passen toen ik jou ging zoeken.'

'Ik heb geen idee. Ik kan me niet eens herinneren hoe ik hier op de bank terecht ben gekomen.' Vera probeert op te staan, maar kan haar evenwicht niet bewaren, grijpt naar haar hoofd en valt terug op de bank. Ze ziet lijkbleek.

'Kom, ga maar weer even liggen.'

Vera krult zich in foetushouding op de bank op en Hannah streelt haar bezwete voorhoofd.

'Het gaat wel weer,' mompelt Vera een paar minuten later.

'Zeker weten?'

'Ja. Ga je telefoontje maar doen.'

Hannah toetst Kims nummer in en brengt haar op de hoogte van de laatste stand van zaken.

'Ik zei het je toch, die lag gewoon ergens haar roes uit te slapen,' reageert Kim met enige triomf in haar stem en Hannah kan haar op dat moment echt niet uitstaan. 'Ik ga me weer om Vera bekommeren, dag Kim,' zegt ze afgemeten. Op een later tijdstip komt ze er nog wel op terug, maar nu wil ze eerst van Vera weten wat er precies is gebeurd tussen haar en die nieuwe vriendinnen. 'Ik check even of Max in zijn bed ligt en dan kom ik bij je,' laat ze haar stiefdochter weten. Er klinkt gesnurk vanaf de bank en verder geeft Vera geen reactie. Hannah rent vlug naar Max' kamer en treft twee lege bedden aan. De rugzak van Joep is weg, evenals zijn kleren die hij keurig over een stoel had gehangen nadat hij vannacht alsnog zijn pyjama had aangetrokken. Ze belt zijn moeder. 'Bea,' zegt ze meteen nadat er zuchtend wordt opgenomen. 'Waar is mijn zoon? Ik tref hier een leeg huis aan. Je zou op de jongens passen.'

'Rustig maar, Hannah, ik heb ze gewoon meegenomen naar mijn huisje. Ik lig lekkerder in mijn eigen bed en Max en Joep liggen te pitten op zijn kamer.'

'Het was wel fijn geweest als je even een briefje had neergelegd.'

'O, helemaal niet aan gedacht, joh. Verder nog iets?'

'Nou, Vera is goddank thuis.'

'Nou, kijk eens aan. Wel zonde van onze nachtrust.'

De stoom komt inmiddels uit Hannahs oren en het kost haar de grootste moeite om vriendelijk en beleefd te blijven. 'Ik kom Max straks ophalen, maar nu moet ik me eerst even om zijn zus bekommeren.'

'Ik denk dat Max de weg naar huis zelf wel vindt, Hannah, dus bespaar je de moeite van het ophalen. Zodra hij wakker is, stuur ik hem naar je toe zodat ik mijn gemiste slaap kan inhalen.'

'Prima,' sist Hannah. Kwaad verbreekt ze de verbinding. Ongelooflijk dat Joep zo lief is in vergelijking met zijn moeder. Ze probeert haar boosheid te temperen voordat ze de woonkamer weer in loopt. Als ze Vera aan het praten wil krijgen zal ze het gesprek rustig in moeten gaan. Doet ze dat niet, dan zal het meisje meteen dichtklappen zoals dat in het verleden wel vaker is gebeurd. Ze haalt een paar keer diep adem, dwingt zich tot een lach op haar gezicht en gaat bij Vera op de bank zitten. 'Veer, word je wakker? We zouden nog even praten.' Hannah streelt zachtjes over Vera's haren en ziet tot haar opluchting dat haar stiefdochter weer wat meer kleur op haar bleke wangen heeft.

'Mag het ook later? Moet slapen,' mompelt Vera.

'Nee, het mag niet later. Straks kun je wat mij betreft de hele dag slapen, maar je gaat me nu eerst vertellen wat er is gebeurd tussen jou en die meiden. Kom, ik help je even overeind.'

Met tegenzin gaat Vera rechtop zitten en laat zich tegen Hannahs schouder aan vallen. Hannah slaat beschermend een arm om haar heen. 'Je had het erover dat Chanty en de andere meiden stom deden. Wat bedoelde je daar precies mee?'

'Ze zijn gewoon anders dan ik. Ze doen dingen die ik van jou niet mag en die ik zelf ook niet wil. Ik heb geen dingen nodig om het leuk te hebben.'

'Dingen als drank en drugs?'

Vera haalt haar schouders op.

'Was er drugs aanwezig op dat feest, Vera?'

'Misschien.'

'Ja of nee?'

'Ik wil geen gezeik, oké. Ze vinden me allemaal al een brave bangerik en ik wil niet ook nog een verklikker zijn. Ik wil niemand in de problemen brengen.'

'Heeft iemand je drugs aangeboden, Vera? En ik wil dat je me nu eerlijk antwoord geeft.'

'Chanty had pillen, maar die heb ik niet genomen!'

Hannahs maag krimpt ineen. 'Hoe kwam Chanty aan die pillen? Was het xtc?'

'Hoe moet ik dat nou weten? Alsof ze dat tegen mij gaat zeggen. Ze had ze gewoon, oké. Zij en die andere meiden namen allemaal een stukje en ze wilden dat ik dat ook deed. Ze lachten me uit toen ik zei dat ik dat eng vond en dat ik het liever niet deed. "Mag het niet van je mammie?" zei Chanty en toen legde ze een halve pil op haar tong en stak hem naar me uit voor ze hem doorslikte.'

'En Nina en Renske namen het dus ook?'

'Die wilden het ook niet heel graag, maar ze zijn gewoon bang voor Chanty. Ze doet net of ze de baas is over iedereen. Renske werd er hartstikke ziek van. Volgens mij was het voor haar de eerste keer dat ze zoiets uitprobeerde. Nina had het thuis vaker gedaan met haar vriendinnen, vertelde ze.'

'Maar Veer, wees eens heel eerlijk tegen me, heb je echt niets genomen? Je ziet er namelijk wel zo uit en die black-out die je hebt gehad is ook niet vanzelf gekomen.'

'Waarom geloof je me niet? Ik héb niks genomen. Had ik het maar wel gedaan, dan had ik misschien niet zo'n rotavond gehad. Wedden dat iedereen me morgen uitlacht? Alleen Erik was aardig tegen me. Hij heeft met Chanty gepraat toen ze zo stom deed en daarna drinken voor me gehaald.'

'Wacht even, je bedoelt Erik van het animatieteam?'

'Ja.'

'En hij heeft drinken voor je gehaald?'

'Dat zeg ik toch.'

'Wanneer ging je je precies beroerd voelen?'

'Geen idee. Een halfuurtje later of zo. Ik was gaan dansen met Erik en ineens zakte ik bijna door mijn benen. Hij heeft me opgevangen en is met me meegelopen naar een rustig stukje op het strand. Daarna kan ik me niks meer herinneren en ik werd wakker op een kiezelstrand dat ik niet kende. Ik kon de weg terug niet vinden. Weet je wel hoe klote ik me voelde?' Vera begint te huilen. 'Ik weet gewoon niet hoe ik daar gekomen ben. Ik was helemaal alleen en mijn telefoon was weg, dus ik kon ook niemand bellen om me op te halen.'

Hannah hoort het verhaal knarsetandend aan. Die klote Erik heeft haar meisje in de steek gelaten, vermoedelijk iets in Vera's drankje gedaan en ze wil er niet over nadenken wat er nog meer gebeurd kan zijn. Waar was Malou verdomme? Ze had beloofd op Vera te passen en moet je zien wat ervan terecht is gekomen. 'Heb je Malou nog gesproken? Wist zij dat je je niet lekker voelde?'

'Malou was alleen maar bezig met Gijs. Ze valt op hem. Hij is ook wel heel hot.' Voor het eerst breekt er een voorzichtige lach door op Vera's gezicht, maar voor Hannah valt er niets te lachen. Malou is haar belofte niet nagekomen en dat valt haar vies tegen. Als ze zich een beetje om Vera had bekommerd, dan was deze ellende haar stiefdochter bespaard gebleven. En met die Erik is ze ook nog niet klaar. 'Vera, heeft Erik aan je gezeten of dingen gedaan die je niet wilde?'

'Nee, joh! Hij was heel aardig. Hij was de enige die zich iets van me aantrok. Maar ik val echt niet op hem, hij is veel te oud. En ik vind hem eerlijk gezegd ook niet echt knap.'

'Waar hebben jullie dan over gepraat?'

'Gewoon, over school, over thuis. Over papa,' voegt ze er zachtjes aan toe. 'Het was fijn om eens met iemand te kletsen die niet weet wat er allemaal is gebeurd. Thuis kijkt iedereen me toch altijd een beetje met zo'n blik aan dat ze het zielig vinden dat ik geen vader meer heb. Erik deed tenminste normaal tegen me en dat vond ik fijn.'

'Het is niet echt normaal toch, dat hij je in de steek heeft gelaten?' kan Hannah niet nalaten om te zeggen. Ze kan het niet uitstaan dat Vera die jongen zo ophemelt. 'Veer, je zit onder de viezigheid. En je kunt je niks herinneren. Weet je zeker dat hij niet...'

'Nee.' Vera denkt even na en dan worden haar ogen groter. 'Mam, je denkt toch niet dat Erik aan me heeft gezeten toen ik out was? Dat is echt niet zo, hoor.'

'Dat kun je toch niet weten? Je was bewusteloos! Zie je dan niet wat er gebeurd is? Hij heeft iets in je drankje gedaan, je aan de praat gehouden tot het begon in te werken en je daarna meegenomen...'

'Ik had het heus wel geweten als hij iets met me gedaan had. Dan had ik daar toch iets van pijn moeten voelen, en dat is echt niet zo. En waarom zou hij iets in mijn drankje hebben gedaan? Dat geloof ik gewoon niet. Hij was áárdig!'

'Heb je iets geks geproefd aan je cola?'

'Hoe bedoel je?'

'Zat er een zoutige of bittere smaak aan?'

'Weet ik veel. Ik had vlak ervoor een heel sterk mintkauwgompje gegeten, dus daardoor was mijn smaak sowieso anders. Het was gewoon cola.'

'Laat me raden, die kauwgom heb je zeker ook van Erik gekregen?'

'Ja, hoezo? Mag ik nou ook al geen kauwgom meer eten?'

'Hij heeft je die kauwgom gegeven om je smaak te verstoren, Vera, zodat je niet proefde dat hij iets in je drankje had gedaan.'

'Niet waar! Je zit gewoon allemaal dingen te verzinnen! Ga jij nou maar gewoon naar die geheimzinnige Stan van je en laat mij met rust.'

Hannah slikt als de naam van Stan valt. Ze dacht dat ze Vera gerust had gesteld en dat het geen probleem meer was, maar blijkbaar heeft ze zich daarin vergist. Koortsachtig denkt ze na hoe ze hierop moet reageren en besluit dat het waarschijnlijk het beste is om te doen alsof ze het niet heeft gehoord. Vera nu over Stan vertellen zou desastreus zijn. Ze moet vol blijven houden dat Stan een collega is totdat de tijd rijp is om het echte verhaal te vertellen. 'Als je maar weet dat ik Erik en Kim hierop ga aanspreken. Ik eis opheldering. Ik wil van Erik weten wat hij precies met je heeft uitgevoerd en van Kim wil ik weten of ze ervan op de hoogte is dat er drugs worden gebruikt op haar resort en dat er misschien zelfs wel wordt gedeald door haar eigen personeel.'

'Echt niet! Dan zet je me hartstikke voor lul. Ik voelde me gewoon even niet lekker. Ik kan gewoon niet zo goed tegen de warmte of zo. Ik ben er nu echt klaar mee hier!' Vera staat op en loopt zwalkend de kamer uit. Hannah ziet het met lede ogen aan, maar besluit niet in te grijpen. Een deur wordt keihard dichtgeslagen en vlak daarna hoort ze de douche lopen. Als ze het water uit hoort gaan wacht ze nog een paar minuten en gaat daarna een kijkje nemen. De badkamer is leeg en Vera's kamerdeur is gesloten. Ze opent hem zachtjes en kijkt door de kier naar binnen. Vera heeft zich met alleen een onderbroek aan op bed laten vallen en slaapt alweer. Vera's lichaam ziet er op een schaafwond op haar knie na verder ongeschonden uit. Geen blauwe plekken of wondjes. Liefde en trots voor haar prachtige stiefdochter duwen haar boosheid even naar de achtergrond. Teder legt ze een laken over Vera heen om haar te beschermen, minder kwetsbaar te maken, ook al weet ze dat het een illusie is. Vera nestelt haar hoofd nog eens in haar kussen en slaapt verder. Hannah sluipt op haar tenen de kamer uit en sluit de deur.

15

Als Hannah aan het eind van de ochtend vanaf de receptie van het resort terug naar het chalet loopt, wordt ze overvallen door een intense vermoeidheid. Ze wil het liefst alleen maar slapen. Weken slapen en nergens meer aan denken. Niet aan wat er met Vera is gebeurd, niet aan de verontrustende kaarten die beweren dat Christiaan ergens bij betrokken was waar zij geen weet van had en wat uiteindelijk misschien wel tot zijn dood heeft geleid. Wat een heerlijke vakantie had moeten worden waarin zij en de kinderen eindelijk een beetje op adem konden komen na het loodzware jaar dat ze achter de rug hebben, dreigt te veranderen in een tijd vol zorgen en stress. Ze wil absoluut niet dat deze vakantie een slechte herinnering voor Max en Vera zal worden, en wil er dan ook alles aan doen om dat te voorkomen. Hannah wil er juist daarom echt achter komen hoe Vera's nacht is verlopen, zodat ze hier vervolgens een goed gesprek met haar stiefdochter over kan hebben.

Hannahs bezoekje aan de receptie net was een eerste stap richting haar reconstructie van het strandfeest vannacht. Doordat Malou enigszins beschaamd Vera's telefoon kwam brengen, die ze blijkbaar in de club had gevonden, had Hannah de kans gekregen even weg te gaan zonder dat Vera mogelijk wakker zou worden zonder iemand om haar heen te hebben. Toen Hannah aangaf dat ze graag Kim zou willen zien na dit vreselijke voorval en Malou voorstelde bij Vera te blijven, nam Hannahs woede jegens haar iets af. Ze neemt het Malou nog steeds kwalijk dat ze uiteindelijk geheel tegen haar belofte in niet op Vera gelet heeft. Malou vertelde dat ze zich daar heel schuldig over voelt, maar dat ze door een privésituatie een tijdje alleen buiten heeft gezeten om bij te komen. Over die situatie wilde Malou verder niks zeggen. Wel had Malou haar op het hart gedrukt dat zijzelf absoluut geen drugs gebruikt en er fel tegen is. Ze zou eens rondvragen of er ooit iemand gedrogeerd is in die club en of anderen die nacht wel wat gezien hebben.

Hannah is zo in gedachten dat ze de man die haar tegemoetloopt niet ziet en tegen hem opbotst. Hij pakt haar bij haar schouders om te voorkomen dat ze allebei struikelen. Geschrokken kijkt ze op en verontschuldigt zich meteen. De man draagt een zwarte baseballpet en kijkt haar met zijn felblauwe ogen aan voordat hij haar loslaat. In zijn nek sprieten wat blonde plukken onder de rand van zijn hoofddeksel door. Hij lijkt iets te willen zeggen, maar slikt zijn woorden op het laatste moment in en loopt verder. Hannah kijkt hem verbaasd na, voelt een vreemd gevoel in haar buik en vervolgt dan zo snel mogelijk haar weg naar het chalet. De aanblik van die man bezorgt haar een naar gevoel, maar ze moet het nu wegdrukken, ze heeft genoeg aan haar hoofd.

Malou staat voor het keukenraam van het huisje en ziet haar aankomen. Ze zwaait en loopt naar de deur om open te doen voor Hannah. Zodra ze binnen is, hoort ze de schaterlach van Max.

'Hij speelt met Joep in de tuin. Die twee zijn echt twee handen op één buik. Leuk om naar te kijken,' zegt Malou vertederd.

'Zijn ze al lang terug?'

'Een halfuurtje, denk ik.'

'En hoe is het met mijn andere kind?'

'Vera slaapt nog steeds. Ik ben regelmatig even bij haar gaan kijken. Ze ademt rustig en de kleur op haar gezicht is goed, dus ik denk niet dat je je zorgen hoeft te maken. Hoe ging het gesprek met Kim? En heb je Jayden ook gezien?'

'Ik ben er niet zoveel wijzer van geworden. Volgens Kim wist Jayden van niks en zou hij absoluut hebben ingegrepen als hij zag dat er iets in een drankje werd gedaan of als hij zag dat iemand zelf iets gebruikte. Alles voor de reputatie van het resort, hè...'

'Ja, daar doen ze inderdaad erg hun best voor,' beaamt Malou. 'Maar je klinkt niet echt tevreden of gerustgesteld.'

'Nou, Kim was heel lief tegen me, hoor. Ze begrijpt dat ik me vreselijk zorgen heb gemaakt en wil weten wat er gebeurd is. Het inschakelen van de politie, want daar begon ik natuurlijk ook over, leek haar een minder goed idee. Zij gaat samen met Jayden haar best doen om het uit te zoeken. Voor nu wacht ik dat af, maar je snapt vast dat mijn geduld niet eindeloos is. Het gaat wel om Vera. En Erik moet zo snel mogelijk flink aan de tand gevoeld worden, dat staat vast.'

'En wat heb je nu afgesproken?'

'Dat Jayden me belt als hij met Erik heeft gesproken. Volgens Kim kent Jayden hem het best. En ze laten het me weten als Nikola er is, want zoals je weet wil ik ook met hem praten. Ik vind dat hij ervan op de hoogte moet zijn dat er drugs zijn gebruikt tijdens het feest gisteren, zodat hij daar bij een volgend feest korte metten mee kan maken. Maar Malou, ik moet het je toch nog een keer vragen, zeg eens eerlijk... Heb je écht nooit een van je collega's met drugs gezien?'

'Nee, ik zweer het. Als het wel zo was, dan zou ik het je zeggen. Maar ik moet je wel bekennen dat ik er ook nooit specifiek op heb gelet. Ik zal het beter in de gaten houden nu ik weet wat er met Vera is gebeurd. En deze keer kun je erop vertrouwen dat ik mijn belofte nakom,' voegt ze er nog aan toe. Malou kijkt op de klok die in de kamer hangt. 'Ik vrees dat ik ervandoor moet. Ik wil mijn kamer nog een beetje opruimen voordat ik weer aan het werk moet. Gaan jullie morgen nog mee met die kajaktocht?'

'Als Vera zich goed genoeg voelt, dan gaan zij en Max mee.

Ik twijfel nog. Een luie middag met een boekje bij het zwembad spreekt me ook wel aan na alle recente hectiek.'

'Nou, dan zie ik jullie morgen wel verschijnen. Of niet.'

'De kids vinden het geweldig, dus als het even kan, dan zijn ze erbij. Gaat die Erik ook mee?'

'Zou ik even na moeten kijken in het rooster. Gijs staat sowieso ingepland als begeleider, omdat hij de meeste ervaring heeft en het oudste crewlid is. Als hij zich morgen tenminste beter voelt, want hij lag vanochtend ziek in bed. Jayden gaat zelf volgens mij ook mee. Shanice heeft dacht ik receptiedienst. Misschien dat Erik dan ook wel op het resort blijft als een extra paar handen.'

'Als hij morgen nog een baan heeft,' zegt Hannah grimmig.

'Ik denk dat je er niet te vast op moet rekenen dat Jayden hem voor één overtreding wegstuurt.'

'Eén overtreding?'

'Sorry, zo bedoel ik het niet, maar ik kan me zo voorstellen dat Jayden hem het voordeel van de twijfel geeft als hij ontkent. Erik komt hier ook alweer heel wat jaartjes. Samen met Gijs werkt hij hier het langst. En Jayden en Erik hebben dus al flink wat met elkaar opgebouwd. Hoe dan ook hoop ik voor jou in elk geval dat je verder komt en dat je Erik vandaag nog te spreken krijgt.'

'Reken er maar op dat dat gebeurt. Jayden is nog niet van me af.' Hannah geeft Malou een knipoog, maar ze meent wel degelijk wat ze zegt.

'Gelijk heb je.'

'Dank je wel dat je hier even bent gebleven, Malou, en werk ze vanmiddag.'

'Ik ga eerst een paracetamolletje scoren voordat ik ook maar iets anders doe. Ik hoop dat een van mijn collega's díe pillen wel heeft,' knipoogt ze. 'Beetje koppijn van gisteravond...'

'Hé, maar in die pillen deal ik ook, hoor.' Hannah haalt een ongebruikt stripje uit haar tas en drukt er een paracetamol uit. Malou neemt hem dankbaar aan en slikt hem door met een restje water uit een glas dat op tafel staat. Ze knijpt haar ogen dicht tegen de felle zon als ze naar buiten stapt. Hannah sluit zachtjes de deur. Het eerste wat ze doet is een blik werpen op Vera. Het meisje ligt inderdaad vredig te slapen en de gezonde kleur die ze altijd heeft is terug op haar wangen. Hannah blijft een tijdje naar haar stiefdochter kijken en beseft maar weer eens hoeveel geluk ze heeft met twee van die geweldige stiefkinderen.

Als ze zich om wil draaien en de kamer wil verlaten komt er een berichtje binnen op Vera's telefoon. Als ze ernaartoe loopt en Eriks naam ziet verschijnen, heeft ze het even niet meer. Die gozer heeft wel lef! De liefde die ze net nog voelde maakt plaats voor woede. Ze wil weten wat er in dat bericht staat, maar het is tegen haar pedagogische principes om ongevraagd in de telefoons van Vera en Max rond te neuzen. Ze twijfelt even, want ze respecteert hun privacy, maar in dit geval... Ze kent Vera's pincode. Haar handen pakken als vanzelf het toestel en toetsen de code in om het scherm te ontgrendelen. Ze zet haar schuldgevoel opzij en klikt het bericht aan. Het bestaat slechts uit één zin: *Lekker geslapen, Veertje?* Hij heeft het bericht afgesloten met een knipogende smiley en een zoen. Hannah weet dat Vera boos zal zijn dat ze in haar telefoon heeft lopen neuzen, maar dat valt in het niet bij de woede die ze zelf voelt dat die creep haar koosnaampje voor haar stiefdochter gebruikt en doet alsof zijn neus bloedt nadat hij haar aan haar lot heeft overgelaten op dat strand. Vera is zich nergens van bewust en slaapt onverstoorbaar verder. Hannah onderdrukt de neiging om de telefoon hard op de grond te gooien en legt hem voorzichtig terug op het nachtkastje.

Hannah laat de deur van Vera's kamer op een kier staan en herpakt zichzelf voordat ze naar de tuin loopt om Max en Joep te laten weten dat ze er weer is. Als ze de jongens allebei een aai over hun bol heeft gegeven en een drankje heeft gebracht, trekt ze zich terug in de woonkamer om alles wat er is gebeurd nog eens rustig te overdenken. Wat is wijsheid? Ze stelt zichzelf opnieuw de vraag hoe veilig zij en de kinderen hier zijn. Zeker nu Erik nog steeds contact zoekt met Vera. Haar stiefdochter heeft aangegeven dat ze hem aardig vindt en verder niets, maar het werd Hannah tijdens hun gesprek wel duidelijk dat ze niet ongevoelig was voor zijn aandacht en geen kwaad woord over hem wilde horen. Als Erik zijn charmes – als hij die al heeft – een beetje handig inzet, dan acht Hannah het niet onmogelijk dat Vera uiteindelijk wel verliefd wordt op die gast. Ze hoeft maar aan zichzelf te denken op die leeftijd en hoe een beetje aandacht van een jongen al genoeg was om haar in vuur en vlam te zetten. Ze was zo'n beetje chronisch verliefd in haar puberteit. Als ze zeker wil weten dat Erik bij Vera uit de buurt blijft, dan zullen ze moeten vertrekken. Maar thuis zit ze dan meteen weer met het gedoe rond Stan en de vraag is ook daar: zijn ze veilig? Dat de eerste kaart, die speculeert dat Christiaan opzettelijk is doodgereden om hem het zwijgen op te leggen, naar haar huisadres is gestuurd, baart haar nog steeds grote zorgen. De afzender heeft haar zowel thuis als hier in het vizier. De cryptische kaarten roepen alleen maar meer vragen op en verschaffen op geen enkele manier duidelijkheid of ook maar enige aanwijzing waar ze verder mee komt. Misschien moet ze de beslissing aan Vera overlaten? Als haar stiefdochter naar huis wil omdat ze zich hier niet meer prettig voelt, dan vertrekken ze meteen. Aan Max hoeft ze het niet te vragen, die heeft amper door wat er allemaal speelt en is dolgelukkig met zijn nieuwe vriendje.

Met een koud glas water gaat ze op de bank zitten en trapt haar slippers uit. Als ze haar ogen een paar minuten dicht heeft, gaat haar telefoon. Het is een nummer dat ze niet kent en ze neemt op. 'Mevrouw Jonker, u spreekt met Erik. Jayden

heeft me gevraagd u te bellen. Kan ik iets voor u doen?'
'Reken maar dat je dat kunt,' snauwt ze. 'Vertel me alles. Wat heb je met mijn dochter uitgespookt?'
'Niks! Ik zweer het! Ik heb haar alleen getroost. Ze was nogal verdrietig.'
'Drugs in haar drankje stoppen, noem jij troosten?'
'Waar hebt u het over? Ik heb helemaal niks in haar drankje gestopt. Waarom zou ik dat doen?'
'Heb je aan haar gezeten toen je haar mee hebt genomen naar het strand?'
'Ik heb haar vastgehouden zodat ze niet viel. Bedoelt u dat?' Erik klinkt als de onschuld zelve en Hannah baalt dat hij niet voor haar staat zodat ze hem in de ogen kan kijken. Ze gelooft namelijk geen woord van wat hij zegt.
'*Cut the crap*, Erik. Dit zijn de feiten: je hebt drinken voor Vera gehaald en daarna is ze niet goed geworden. Ze werd alleen wakker op een vreemd strand. Je hebt haar daar mee naartoe genomen en bewusteloos achtergelaten.'
'Wow, u beschuldigt me van nogal wat zonder dat ik mijn kant van het verhaal heb verteld. Voor zover ik weet heeft niemand iets in Vera's drankje gestopt. Ik was het in elk geval niet. Vera is op een gegeven moment naar het toilet gegaan en toen werd ik aangesproken door iemand. Haar drankje stond nog op de bar, dus ik weet niet wat er toen mee gebeurd is, maar dat kunt u mij niet aanrekenen, eerder uzelf.'
'Pardon?'
'Les één die je meegeeft aan je kinderen als ze uitgaan: laat nooit je drankje onbeheerd achter. Als u haar dat niet heeft verteld, tsja, daar kan ik niets aan doen.'
'Je vindt jezelf wel een slimme jongen, hè?' zegt Hannah verontwaardigd.
'Hoezo?'
'De boel omdraaien en de schuld bij een ander leggen om jezelf vrij te pleiten.'

'Ik hoef mezelf niet vrij te pleiten, want ik heb niks verkeerds gedaan. En over dat strand: ik heb Vera inderdaad meegenomen naar een rustig stukje omdat ze zich zo beroerd voelde en de drukte en de harde muziek haar aanvlogen. Ze vroeg me of ik wat water voor haar wilde halen en dat heb ik gedaan. Toen ik terugkwam was ze weg. Ik heb haar nog een tijd gezocht, maar kon haar niet vinden. Als u wilt weten wat er met haar gebeurd is en hoe ze op dat andere strand terecht is gekomen, dan zult u dat aan haar moeten vragen.'

'Ze kan zich niks herinneren.'

'Tsja, ik snap dat dat heel vervelend is, maar ook dat kunt u niet op mijn bordje gooien. Misschien is ze zelf verder gelopen of heeft iemand anders haar meegenomen? Misschien wel degene die mogelijk iets in haar drankje heeft gedaan toen ze naar de wc was?'

Hoe graag Hannah ook wil geloven dat Erik liegt, ze kan zijn verhaal ook niet zomaar opzijschuiven. Hij lijkt op al haar vragen een antwoord te hebben dat steek houdt. Als Vera inderdaad haar drankje onbeheerd heeft achtergelaten, dan kan iedereen wat in haar drankje hebben gedaan.

'Stel dat iemand anders drugs in Vera's drankje heeft gedaan, heb je dan enig idee wie dat zou kunnen zijn?' Hannah weet van tevoren al dat Erik de vraag met nee gaat beantwoorden, maar ze moet hem stellen voor haar eigen gemoedsrust.

'Het spijt me, maar ik heb geen flauw idee. Ik wist niet eens dat er drugs wáren op dat feestje. Het team van Blue Lake Resort laat zich daar niet mee in. Jayden is daar altijd heel helder over geweest: drugs is onmiddellijk exit. We werken hier allemaal te graag om dat risico te lopen. Ik vind het echt heel erg wat er met Vera is gebeurd, maar ik kan u niet verder helpen. Misschien kunnen we het beter hierbij laten.'

'Ik ben het helemaal met Erik eens,' neemt Jayden het gesprek over. 'Ik begrijp je bezorgdheid, Hannah, en die deel ik met je, maar er is niks concreets wat ik voor je kan doen.'

'Je kunt Chanty vragen hoe ze aan die pillen kwam die Vera haar heeft zien nemen en uitdelen, we moeten nog met Nikola praten en dan is er nog dat andere dingetje met de beelden van de bewakingscamera's bij mijn chalet. Iemand heeft gisteravond iets bij me afgeleverd zonder zich bekend te maken en ik wil, nee, ik móét weten wie dat is.'

'Kim zei al zoiets. Maar voordat ik aan je verzoek kan voldoen, zul je wat meer informatie met me moeten delen. Ik kan in verband met de privacy van onze gasten niet zomaar beelden met je delen. Mochten die er zijn,' houdt Jayden een slag om de arm.

'Die beelden zijn er, het is alleen de vraag of er iets op staat en die vraag kun jij voor me beantwoorden.'

'Wat heb je precies gekregen?'

'Dat kan ik nu nog niet delen, maar als ik meer informatie heb over wie het heeft gestuurd, verandert dat mogelijk,' probeert Hannah.

'Oké,' verzucht Jayden nu. 'Ik ga kijken wat ik voor je kan doen. Als je maar weet dat dit een uitzondering is.'

'Fijn. Ik hoor het wel als Nikola er is en het zou fijn zijn als je vandaag nog naar die camerabeelden kunt kijken.'

'Ik ga mijn uiterste best voor je doen.' Jayden lijkt zich herpakt te hebben en zijn irritatie van zonet is niet meer te horen.

'O, en als je toch bezig bent, praat dan meteen met Chanty. Misschien weet zij wie er met Vera's drankje heeft gerommeld als Erik het niet is geweest. Als je dreigt met de politie of zegt dat je voornemens bent haar weg te sturen, dan wordt ze misschien wel wat loslippiger.'

'Dus je gelooft Erik als hij zegt dat hij er niets mee te maken heeft?'

'Daar denk ik nog over na. Eerlijk gezegd weet ik op dit moment even niet meer wat ik moet geloven. Het kan zijn dat

Erik de waarheid spreekt, maar als hij Vera niet heeft meegenomen naar dat kiezelstrand, wie dan wel? Iemand van Nikola's gasten moet dat toch gezien hebben? Misschien...'

'We kunnen niet iedereen die gisteren op het feest is geweest ondervragen, want dat is toch wat je wilde voorstellen? Het is niet realistisch om te denken dat dat mogelijk is. Het was geen besloten feest, dus we hebben geen namen van de aanwezigen. Er waren gasten die op het resort verblijven, maar ook mensen uit het dorp.'

'Dan kom ik toch weer uit op de politie,' kapt Hannah hem af. 'Zij kunnen wel een buurtonderzoek doen.'

'Besef wel dat bij die optie Vera uitgebreid wordt verhoord, lichamelijk onderzocht, ga zo maar door. Ze zullen haar eindeloos doorzagen, omdat ze zich volgens eigen zeggen niks kan herinneren. Wil je haar dat aandoen?'

Hannah vindt het maar niks dat Jayden duidelijk meer bezig is met zijn eigen ongemak en de reputatie van het resort als er politie aan te pas komt. 'Kom eerst maar eens met een paar antwoorden op mijn vragen en dan zien we wel of ik alsnog met Vera naar de politie ga. Je weet me te vinden als je nieuws hebt.' Hannah verbreekt de verbinding, maar rust is haar nog steeds niet gegund. Binnen vijf minuten gaat haar toestel weer.

'Jayden, zeg het eens.'

'Ik bel je over die bewakingsbeelden.'

'Ja?' Hannah gaat op het puntje van de bank zitten.

'Die zijn er niet.'

'Hoezo, die zijn er niet? Er staat een enorme camera voor mijn chalet.'

'Dat klopt, maar die stond niet aan, heb ik net geconstateerd. Ik zet sinds kort maar een aantal camera's aan om energie te besparen en "jouw" camera was daar gisteren niet bij.'

'Maar wat hebben die dingen dan voor zin als je ze niet gebruikt?'

'Ze hebben een afschrikkende werking, die meestal voldoende is om mensen die ongein willen uithalen te ontmoedigen.'

'Maar dat geldt niet voor de persoon die bij mijn deur heeft gestaan.'

'Tja, je hebt altijd uitzonderingen op de regel. Dit punt kun je dus vast van je lijstje strepen, want ik kan je helaas niet verder helpen.' Hannah twijfelt aan zijn oprechtheid. Zijn er echt geen beelden of liegt Jayden? Hannah heeft op dit moment geen andere keuze dan zijn woorden te accepteren. 'Nou, dat is dan niet anders,' perst ze er met moeite uit, 'maar ik ben het niet met je eens dat je me niet verder kunt helpen.'

'O ja?'

'Je zou vanaf nu de camera bij mijn chalet wel aan kunnen zetten. Mocht mijn ongenode gast weer langskomen, dan ligt het vast en kunnen we actie ondernemen. Zou je dat voor me willen doen, Jayden?' vraagt ze zo lief mogelijk. 'Je zou me er echt heel blij mee maken.'

'Tuurlijk, Hannah, regel ik.' Deze keer is het Jayden die na zijn zakelijke laatste woorden de verbinding verbreekt. Ze vraagt zich af wat Jaydens woorden nu echt betekenen en hoe graag hij haar wil helpen als Max en Joep binnen komen stuiven. 'Mam, mogen we een blikje?' Gezien de hyperactieve staat waar beide jongens in zijn, is het wellicht beter ze niet nog meer op te fokken met mierzoete frisdrank, maar ze heeft de puf niet om de discussie die bij een weigering zal volgen aan te gaan. 'Er staan nog een paar blikjes koud in de koelkast, jongen. Help jezelf.'

Max en Joep rennen naar de koelkast en verdwijnen met hun buit snel weer naar buiten, alsof ze bang zijn dat Hannah zich alsnog bedenkt. Nu de rust in het chalet weer is teruggekeerd, doet Hannah een nieuwe poging om op de bank te ploffen, maar voordat haar billen de bank raken wordt ze weer gebeld door Jayden. 'We kunnen wel een hotline beginnen,' grapt ze om de sfeer niet weer meteen op scherp te zetten.

'Als het goed is, is dit vandaag de laatste keer dat je me spreekt,' kaatst Jayden terug. 'Nikola belde net, zijn moeder is gevallen en het is ernstig. Hij is bij haar in het ziekenhuis. Hij heeft al zijn werkzaamheden overgedragen en het is onduidelijk wanneer hij die weer oppakt.'

'Wat afschuwelijk voor Nikola's moeder, en voor hemzelf uiteraard. Hij komt vanmiddag dus niet hierheen?'

'Inderdaad, Hannah. Niet vanmiddag en waarschijnlijk voorlopig niet, afhankelijk van hoe het met zijn moeder gaat. Ze bevindt zich in kritieke toestand en de vooruitzichten zijn niet best. De kans dat ze uiteindelijk overlijdt is groot en mocht ze het wel overleven, dan zal ze een lang herstel hebben waar ze Nikola bij nodig heeft. Ik wil je met klem verzoeken om Nikola met rust te laten. Hij heeft nu echt andere dingen aan zijn hoofd dan jouw gez... problemen.'

'Gezeur wilde je zeggen, toch?'

'Rustig maar, ik bedoel het niet zo. Ik heb ineens heel veel aan mijn kop, en stress brengt meestal niet het beste in me naar boven. Het spijt me als ik je heb beledigd of het gevoel heb gegeven dat ik je niet serieus neem, want dat doe ik wel. Ik weet gewoon even niet zo goed wat ik ermee aan moet. Het is veel, snap je. Ik begrijp je bezorgdheid, frustratie en je woede, maar ik geloof Erik als hij zegt dat hij er niks mee te maken heeft. Ik ken hem goed genoeg om te weten of hij liegt. Kunnen we het niet laten rusten, Hannah? Met een schone lei beginnen? Als jij Vera goed in de gaten houdt, neem ik de rest voor mijn rekening. Ik zal mijn team instrueren dat ze alert moeten zijn op de gasten en dat ze bij het minste signaal van drugs of alcoholmisbruik aan de bel moeten trekken. Zero tolerance, oké? Laten we proberen de rest van jullie verblijf hier zo aangenaam mogelijk te maken.'

Hannah laat Jayden uitpraten en weet niet zo goed wat ze

van zijn mea culpa moet denken. Ze heeft de afgelopen dagen verschillende versies van Jayden gezien. Waar ze bij Kim het idee heeft dat ze een warme, betrokken vrouw heeft leren kennen die het beste met de mensen om zich heen voorheeft, twijfelt ze over Jayden. Wie is hij echt? De wat dominante, zakelijke versie of de vriendelijke, behulpzame versie die bereid is in de spiegel te kijken en zijn eigen zwakheden onder ogen te zien? Probeert hij haar te manipuleren zodat ze hem niet meer zo op zijn huid zit of is ze te paranoïde en moet ze hem misschien het voordeel van de twijfel geven? De beste strategie is voor dit moment wellicht om Jayden in elk geval het idéé te geven dat ze in de oprechtheid van zijn woorden gelooft.

'Ik waardeer je eerlijkheid, Jayden. Laten we voor nu even een streep onder alles zetten en proberen het vakantiegevoel weer de boventoon te laten voeren. Daarom zijn we tenslotte hier.'

'Dat vind ik heel fijn om te horen. Hannah.' In Jaydens stem klinkt een zucht van opluchting door.

'Ik heb maar één voorwaarde: ik wil dat er morgen extra goed op mijn kinderen wordt gelet als ze meegaan met die kajaktocht. Bij voorkeur door Malou.'

'*Consider it done*, Hannah. Ik zorg ervoor dat ze bij de groep van Malou worden ingedeeld.'

'Dank je wel. Ik wens je een fijne dag.'

'Jij ook, Hannah, jij ook.'

16

Het kunstmatig aangelegde zandstrand bij het Meer van Ohrid ligt vol met kleurrijke een- en tweepersoons toerkajaks en peddels. Eromheen staat een groep enthousiaste gasten van het Blue Lake Resort, bestaande uit ouders met kinderen en zelfstandige tieners. Het middelpunt van de groep is Gijs die met heldere stem de indeling van de kajaks voorleest. Hannah staat ingespannen te luisteren tot de namen van Vera en Max voorbijkomen. Ze zucht opgelucht als blijkt dat Vera in de kajak bij Malou zit. Max en Joep delen een andere kajak. Jayden staat er op een afstandje naar te kijken en steekt glimlachend zijn duim op als ze tevreden naar hem knikt. Hij heeft zich in elk geval aan zijn belofte gehouden om Vera en Max bij de groep van Malou in te delen. Hannah kijkt met een schuin oog naar Vera, die er een beetje onbeholpen bij staat. Chanty en haar kliekje staan verderop en gunnen Vera geen blik waardig. Het kost Hannah grote moeite om niet de confrontatie te zoeken met de meiden. Het enige wat haar tegenhoudt is dat ze Vera's dag niet wil verpesten. Het meisje lijkt geen nadelige gevolgen meer te hebben van de drugs die in haar drankje zijn gestopt en ze is vastberaden om die nacht achter zich te laten en van de resterende vakantiedagen te genieten. Hannah heeft voor nu besloten om daarin mee te gaan. Vera heeft al genoeg voor haar kiezen gekregen en Hannah kan haar nu beter steunen dan dat ze het haar nog moeilijker maakt.

Hannah geeft Vera en Max een dikke knuffel en drukt ze

voor de zoveelste keer op het hart om voorzichtig te zijn. Malou hoort het en reageert: 'Ik verlies ze geen seconde uit het oog, daar kun je op rekenen.'

'Fijn, Malou. Hebben jullie de extra zonnebrand mee?' vraagt ze aan Vera.

'Jaha, maar reken er maar niet te vast op dat ik hem ga gebruiken. Ik plak nou al helemaal van die troep.'

'Ik spreek je straks nog wel een keer als je zo rood als een kreeft en onder de blaren terugkomt. De zon is hartstikke fel vandaag en op het water verbrand je zeven keer zo snel. Hou jij ook een beetje in de gaten of Max niet verbrandt?'

'Misschien moet je toch zelf meegaan?' merkt Vera op. 'Dan kun je alles lekker zelf in de gaten houden en ons de hele dag van boven tot onder insmeren.'

'Nee, ik ga vandaag bij het zwembad liggen met een boek dat ik al heel lang wil uitlezen. Check jullie zwemvest nog een keer,' drukt ze de kinderen op het hart. Hannah is blij dat alle deelnemers verplicht een zwemvest moeten dragen.

'Oké jongens, allemaal even opletten,' schreeuwt Gijs over het geklets van iedereen heen. 'Iedereen mag zo zijn kajak uitzoeken en meelopen naar de steiger verderop. Als we daar zijn, laat ik jullie zien hoe je in de kajak stapt. Nu laat ik vast zien hoe je moet peddelen.' Hij pakt de peddel die naast hem in het zand ligt en steekt hem voor zich uit om te laten zien dat het ding een holle en een bolle kant heeft. 'Met de holle kant, die ook wel het werkblad wordt genoemd, zet je af.' Hij demonstreert hoe je de peddel het beste kunt vasthouden en maakt er daarna afwisselend links en rechts van zijn lijf soepele peddelbewegingen mee. 'Zorg dat je de kracht uit je bovenste hand haalt en draai goed mee met je lichaam.' Als hij een paar slagen heeft voorgedaan, legt hij uit hoe je moet sturen en dat je kunt remmen door achterwaartse peddelslagen te maken. 'Is het zo duidelijk voor iedereen? Oké, dan mag iedereen nu een kajak uitzoeken.'

Max en Joep rennen meteen naar de kajaks toe en kiezen een felgele uit. Malou en Vera gaan voor een blauwe. Met de kajaks tussen zich in lopen ze naar de steiger. Hannah neemt het dragen van de peddels voor haar rekening. Iedereen dromt om de steiger heen als Gijs zijn kajak in het water laat glijden en begint met de instapinstructie. Hij gaat op de steiger zitten en legt zijn peddel gedeeltelijk achter het kuipvormige zitgedeelte en gedeeltelijk op de steiger. Vervolgens pakt hij met zijn rechterhand de rand van de kuip vast terwijl hij met zijn linkerhand leunt op het stuk van de peddel dat op de steiger ligt. Op die kant laat hij ook het meeste gewicht rusten als hij zichzelf soepel in de kuip laat glijden. De kajak schommelt even onder zijn gewicht en blijft dan keurig recht op het water liggen.

Het ziet er allemaal makkelijker uit dan het is, blijkt uit het gestuntel van de mensen die na Gijs in hun boot proberen te komen met behulp van Jayden en Erik. Elke keer als Erik ziet dat Hannah hem in de gaten houdt, kijkt hij schichtig weg. Als het de beurt is van Vera en Malou om in hun kajak geholpen te worden, bekommert hij zich met een ongemakkelijke uitdrukking op zijn gezicht om Malou. Jayden helpt Vera. Hannah wendt haar blik af, omdat ze bang is dat Erik fouten maakt waardoor haar stiefdochter in het water kan belanden, en ziet op afstand van de groep een gestalte staan. Aan het postuur te zien is het een man. Hij houdt zijn handen in zijn zakken. Ze knijpt haar ogen wat samen voor beter zicht, maar een zwarte baseballpet voorkomt dat ze zijn gezicht goed kan zien. De korte spijkerbroek en het zwarte shirt dat hij draagt komen haar echter bekend voor. Ze zou zweren dat het de man is tegen wie ze gisteren op is gebotst. Waarom staat hij daar zo in zijn eentje en houdt hij zich afzijdig van het groepsgebeuren waar hij overduidelijk wel in geïnteresseerd is?

Net als ze overweegt om naar hem toe te lopen wordt ze geroepen door een enthousiaste Max. 'Mam, opletten hoor!

Kijk hoe ik de boot in ga!' De schaterlach die volgt en de blije high five die hij met Joep doet, doen haar smelten. Kon zij dingen maar zo makkelijk van zich af laten glijden als Max. Het zou het leven een stuk eenvoudiger en aangenamer maken.

Max en Joep dobberen naast Malou en Vera op het water terwijl de laatste mensen in hun kajak worden geholpen. Erik en Jayden stappen als laatsten allebei in een eenpersoonskajak. Erik roept zijn groepsleden bij elkaar voordat hij verder het meer opgaat. Jayden peddelt langs iedereen heen naar voren en neemt de leiding, en Gijs volgt als hekkensluiter van alle groepen. Hannah blijft als enige achter op de steiger en zwaait iedereen uit. Als ze zich omdraait, ziet ze dat de man met de pet is verdwenen. Ze staart het strand af, maar er is geen spoor meer van hem te bekennen.

17

Hannah schrikt wakker van een hoop rumoer en schiet overeind. Verward realiseert ze zich dat ze in slaap is gevallen bij het zwembad. Het boek dat ze aan het lezen was, ligt opengeklapt en met de rug omhoog naast haar ligbed. Het moet van haar afgegleden zijn op het moment dat ze ongemerkt wegdoezelde. Ze controleert de inhoud van haar strandtas en constateert opgelucht dat haar portemonnee en haar telefoon er nog in zitten. Haar opluchting duurt niet lang, want tussen haar zonnebrand en een paar tijdschriften zit een envelop die verdacht veel lijkt op de vorige twee exemplaren die ze heeft ontvangen. Haar hart slaat een slag over als ze zich realiseert dat de afzender naast haar heeft gestaan om die kaart in haar tas te stoppen. Zich misschien wel over haar heen gebogen heeft om zijn poststuk af te leveren, toen ze lag te slapen. Ze vervloekt zichzelf dat ze zich zo kwetsbaar heeft gemaakt. Die persoon had haar wel wat aan kunnen doen.

Ze kijkt op als ze schelle stemmen hoort en iets wat op gesnik lijkt. Steeds meer mensen komen naar het zwembad. Hun gezichten staan verslagen. Ze graait haar spullen bij elkaar en ziet de man met de zwarte pet staan die ze eerder op het strand zag. Nu weet ze zeker dat het de man is tegen wie ze gisteren opgebotst is. Ze herkent hem aan zijn kleding en aan de blonde plukken die onder zijn pet uit piepen. Hij staart haar met lege ogen aan. Vastberaden stapt ze op hem af. 'Hi, ik ben Hannah, volgens mij hebben we gisteren al kennisgemaakt maar zijn we vergeten namen uit te wisselen,' zegt ze met een toeschietelijk lachje op haar gezicht. 'Ik zag je vandaag op het strand ook al staan en was van plan om je daar aan te spreken, maar ik kon je niet meer vinden.'

Het lijkt net of de man haar niet hoort. Hij staart stoïcijns langs haar heen.

'Hallo.' Hannah zwaait haar hand heen en weer voor zijn gezicht.

'Het is weer gebeurd,' mompelt de man, terwijl hij haar blik nog steeds mijdt.

'Wat is weer gebeurd?'

'Er is weer iemand verdronken.'

'Iemand verdronken? Waar heb je het over?' vraagt Hannah paniekerig, terwijl ze een schok door haar lichaam voelt gaan. 'Is er iets misgegaan bij de kajaktocht? Mijn kinderen doen daaraan mee.'

Voordat de man de kans krijgt om te antwoorden staat Jayden ineens tussen hen in. Hannah had hem niet aan zien komen. 'Jayden, wat is er aan de hand? Is alles goed met mijn kinderen?'

Jayden negeert haar en trekt de man ruw bij haar vandaan terwijl hij sist: 'Wat doe je hier, Tobias? Je weet dat het resort verboden terrein voor je is. Je hebt vijf minuten de tijd om vrijwillig te vertrekken en anders laat ik je verwijderen door de beveiliging.' Hij geeft de man – die blijkbaar Tobias heet en geen onbekende voor hem is – een stevige duw in zijn rug.

'Deze keer kom je er niet mee weg, Jayden, daar zal ik persoonlijk voor zorgen,' schreeuwt Tobias terwijl hij achterwaarts bij hen vandaan loopt. De groepjes samengedromde gasten vallen stil en kijken met open mond van Tobias naar Jayden.

'Rustig blijven, mensen,' zegt Jayden sussend. 'Deze verwarde persoon wordt nu van het terrein verwijderd. Ik wil u vragen om u te verzamelen in de ontspanningsruimte. Kim wacht u daar op met koffie, thee en andere drankjes. De kajakkers zijn daar al en hebben uw steun hard nodig.' Jayden zwaait aanmoedigend met zijn armen en de gasten komen langzaam in beweging. Hannah staat er nog steeds als versteend bij, totdat ze ziet dat Jayden weg wil lopen zonder haar ook maar enige uitleg te geven. 'Jayden!' Ze rent achter hem aan en pakt hem bij zijn schouder. Hij probeert haar van zich af te schudden, maar ze laat niet los. 'Wat is er gebeurd? Is het waar wat Tobias zegt? Is er iemand verdronken tijdens de kajaktocht?'

Ze krijgt haar antwoord, maar niet van Jayden. Er komen twee agenten op hen aflopen en in de verte klinkt het geluid van een helikopter. Het lawaai van de rotor wordt steeds indringender. Politie én een helikopter: dat kan alleen maar betekenen dat het goed mis is. Zonder verder nog na te denken rent ze langs hem heen. Ze moet naar die ontspanningsruimte. Max en Vera, o, laat ze alsjeblieft ongedeerd zijn. De angst om haar stiefkinderen geeft haar vleugels. Haar voeten raken de grond nauwelijks en haar tempo neemt toe. Het lukt haar zelfs om nog wat te versnellen als ze het gebouw ziet waar de ontspanningsruimte zich in bevindt. Ze roept achter elkaar sorry terwijl ze mensen opzijduwt om zo snel mogelijk het gebouw binnen te komen. De verontwaardigde commentaren die haar worden toegeworpen hoort ze niet. Ze is volledig gefocust op het enige wat ertoe doet: Max en Vera veilig terugvinden.

Hannah perst zich verder tussen de mensen door en valt uiteindelijk struikelend het door airco gekoelde gebouw binnen. De koude lucht is een schok voor haar oververhitte, bezwete huid en bezorgt haar ongecontroleerde rillingen. Hoe dichter ze bij de ontspanningsruimte komt, hoe harder het gehuil en de geschokte kreten worden. Een paar tieners troosten elkaar met de armen om elkaar heen geslagen. Tot Hannahs schrik staan Max en Vera er niet tussen. Voor de zekerheid neemt ze alle gezichten nogmaals in zich op. Misschien heeft ze niet goed gekeken? Iets gemist? Ze wordt licht in haar hoofd en haar adem stokt. Ze moet zich even vastgrijpen aan een van de pilaren die zowel een sierlijk als een ondersteunend doel dienen. Terwijl ze zich op haar ademhaling probeert te focussen trekt de duizeling in haar hoofd langzaam weer weg. Met een klomp in haar maag en trillende handen loopt ze naar de deur van de ontspanningsruimte en trekt hem open. Een weeïge wierooklucht dringt haar neus binnen, samen met de geur van de talloze kaarsen die op een tafel in het midden staan te branden. Kim staat achter een tafel die vol staat met grote thermoskannen, flessen frisdrank en kopjes en glazen. Kim ziet haar staan en haar gezicht krijgt een trieste uitdrukking voordat ze haar ogen verslagen neerslaat. Hannahs ogen schieten paniekerig door de zaal als ze haar stiefkinderen niet direct ziet. Waar zijn Max en Vera? Ze ziet hen nergens. De kaart die iemand in haar tas heeft gestopt is ze volledig vergeten.

Deel 2
Malou, drie weken eerder

18

Na nog een flinke gaap kijkt Malou op haar horloge. Binnen een halfuur zal de bus die ze vanochtend om 7.00 uur vanuit Skopje heeft genomen eindelijk aankomen op haar eindbestemming: het busstation in Ohrid. Het leek zo'n goed idee om de reis vanuit Maastricht met het openbaar vervoer te maken en het vliegtuig links te laten liggen, maar na bijna twee dagen non-stop reizen voelt ze zich behoorlijk geradbraakt. Niet handig om al moe aan te komen bij haar nieuwe werkgever bij wie ze de komende maanden flink aan de bak moet. Maar het avontuurlijke element sprak haar aan. Een vliegreis is rechttoe rechtaan, terwijl haar reis langs veel plaatsen komt waar ze weer van alles ziet en veel verschillende mensen tegenkomt. Daar was het haar met name om te doen. Mensen hebben verhalen en dát is waar haar interesse ligt.

Al van jongs af aan wil ze schrijver worden. De eerste keer dat ze een bibliotheek vanbinnen zag, is nog steeds een van de meest magische momenten uit haar jeugd. Vanaf dat moment verslond ze boeken en schreef ze schriftjes vol met zelfverzonnen sprookjes. Maar er kwam een kink in de kabel: op het moment dat ze na de havo wilde kiezen voor de hbo-studie Creative Writing van ArtEZ in Arnhem, liet haar pleegvader zijn invloed gelden. Frans ten Cate, zelf eigenaar van een succesvolle hotelketen in Zuid-Limburg, zag geen toekomst in haar schrijfambities en drong er stevig op aan dat ze zich zou aanmelden bij de Hotel Management School in Maastricht. Als ze die opleiding in haar zak had, kon hij haar meteen een baan aanbieden en zou hij zijn zakenimperium uiteindelijk aan haar kunnen overdoen. Een gespreid bedje voor de toekomst.

Uiteindelijk was ze overstag gegaan. Meer uit schuldgevoel dan dat ze ook echt achter haar beslissing stond. Frans en Laura ten Cate hadden haar altijd behandeld als hun eigen kind en waren altijd goed voor haar geweest. Het had haar nooit aan iets ontbroken en ze was overladen met warmte en liefde vanaf het moment dat ze op driejarige leeftijd bij hen was gekomen, nadat ze was weggehaald bij haar verslaafde ouders. De dramaverhalen over de jeugdzorg die je regelmatig in het nieuws hoorde waren niet op haar van toepassing en daar was ze ongelooflijk dankbaar voor. Het zou makkelijk en misschien ook wel logisch zijn als ze zich zou afsluiten voor die vreselijke verhalen omdat ze niet voor haar golden, maar dat deed ze niet. Ze wilde geen dag uit het oog verliezen hoe het ook had kunnen zijn en hoeveel mazzel ze had gehad met Frans en Laura. Dat besef was ook de reden dat ze had ingestemd met een opleiding aan de hotelschool. Het was Frans' grote droom om zijn hotels over te doen aan zijn dochter en ze vond niet dat ze hem die droom mocht afnemen na alles wat hij en Laura voor haar hadden gedaan en nog steeds deden.

Ruim een maand geleden had ze de vierjarige opleiding voltooid en na de zomer zou ze voor de Ten Cate Groep gaan werken. De lange ontspannen zomer die ze zich samen met haar vriendje en studiegenoot Rutger had voorgesteld leek goed te beginnen, totdat hij haar na een week vertelde dat hij haar inruilde voor een ander, met wie hij haar al een halfjaar bedroog. En niet zomaar een ander, haar beste vriendin Janine. Door dit dubbelbedrog kwam er abrupt een einde aan de relatie van drie jaar waar ze zich met hart en ziel aan had gegeven en aan de al meer dan tien jaar durende vriendschap. Haar vertrouwen in mensen en het vertrouwen in haar eigen intuïtie liepen een flinke deuk op. Dat Rutger en Janine haar al een halfjaar belazerden was erg, maar dat ze het niet door had gehad vond ze misschien nog wel erger. Ondanks het feit dat haar hart was gebroken wilde ze niet bij de pakken neer gaan zitten. Toen ze op Instagram een oproep zag van het Blue Lake Resort dat ze iemand zochten om tijdens de zomer hun animatieteam te versterken, reageerde ze in een opwelling. Zo'n vakantiebaan zou haar de nodige afleiding bezorgen en ze zou meteen wat extra ervaring opdoen voordat ze na de zomer echt aan de slag ging. Stiekem hoopte ze ook dat ze in haar vrije uurtjes wat zou kunnen schrijven, want daar was ze ondanks haar horecaopleiding nooit mee gestopt. Het afgelopen jaar waren twee van haar korte verhalen gepubliceerd in een tijdschrift en dat had haar passie voor het geschreven woord weer flink doen opvlammen. De stille wens om een thriller te schrijven was weer in volle hevigheid terug en ze wilde er nu serieus mee aan de slag.

Terwijl ze in afwachting was van haar sollicitatie bij het Blue Lake Resort had ze Ohrid en de omgeving uitgebreid gegoogeld. Ze was gestuit op de Bay of Bones bij het dorp Pestani aan de zuidelijke kant van het Meer van Ohrid. De spookverhalen die over die plek de ronde deden, hadden haar fantasie op hol doen slaan. Hoe meer ze las over de archeologische vondsten van een paaldorp dat daar in de late bronstijd en begin van de ijzertijd had gelegen en uiteindelijk onder water was verdwenen, hoe meer ideeën ze kreeg voor een verhaal dat zich afwisselend in het verleden en in de huidige tijd afspeelt. Ze had een berichtje gevonden over de verdwijning van een Nederlandse jongen bij het meer. De paar lokale mensen die de journalist had gesproken beweerden dat hij waarschijnlijk het slachtoffer was geworden van de geesten van de inwoners van het paaldorp, die nog steeds op de bodem van het meer zouden verblijven. Zij zouden mensen die te dicht bij hun domein kwamen aan hun enkels naar beneden trekken en zich met hen voeden. Malou gelooft niet in spookverhalen, maar het is een mooi uitgangspunt voor haar thriller. Op haar vrije dagen wil ze dan ook meer onderzoek doen naar de plek door het nabijgelegen museum te bezoeken, waar vondsten als dierenbotten en objecten van brons, ijzer, vuursteen, keramiek en steen uit die tijd tentoongesteld liggen. Haar grootste interesse gaat uit naar de replica van het prehistorische paaldorp met de naam Plocha Michov Grad. Op een houten plateau zijn twintig huisjes uit 1200 voor Christus nagebouwd die via een loopbrug met het vasteland te bereiken zijn. Door die huisjes te zien en te voelen hoopt ze wat van de sfeer van destijds te kunnen opsnuiven en zich beter te kunnen verplaatsen in wat er zich daar duizenden jaren geleden afspeelde. Want dat is de grootste uitdaging en het aannemelijkste struikelblok: schrijven over een tijd die letterlijk en figuurlijk heel ver van haar af staat. Of dat te hoog gegrepen is zal moeten blijken, want ze wil het wel proberen. Ambitie brengt mensen soms verder dan ze ooit voor mogelijk hebben gehouden en ze hoopt dat dat ook voor haar geldt.

19

De volle bus komt met een schok tot stilstand en Malou maakt zich met tegenzin los uit haar dromerige toestand. Om haar heen beginnen mensen op te staan en naar de beide uitgangen te schuifelen. Ze laat het gros van de mensen passeren voordat ze opstaat van haar eigen zitplaats. Ze houdt niet van dat geduw en getrek dat onvermijdelijk is als er te veel mensen in een te kleine ruimte staan. Voordat ze de bus verlaat, groet ze de chauffeur met een glimlach en een zwaai. Daarna zet ze zich schrap om haar veel te zware koffer naar buiten te tillen. Zodra ze buiten staat, schuift ze haar zonnebril op haar neus tegen de felle zon en kijkt om zich heen. Verderop staat een man met een stuk karton te zwaaien waarop in grote zwarte letters haar naam staat. Ze steekt haar hand op en loopt naar hem toe. Een briesje speelt met een paar van haar krullen en ze wrijft ze uit haar gezicht. 'Jij moet Jayden zijn,' zegt ze met een glimlach.

'Dag Malou.' Jayden schuift het karton onder zijn arm om haar de hand te kunnen schudden. 'Welkom in het prachtige Macedonië. Je was hier nog nooit eerder geweest, hè?'

'Nee, ik ben altijd meer een Spanje- en Portugal-ganger geweest, dus ik ben heel benieuwd hoe het me hier gaat bevallen. De temperatuur is in elk geval heel zomers.' Ze wappert even demonstratief met haar kleffe shirt.

'Het klimaat is hier echt zalig. Gelukkig beginnen de toeristen zich dat ook steeds meer te realiseren. Macedonië wordt steeds populairder als vakantieland en dat is ook volkomen terecht. Mijn vrouw en ik wonen en werken hier nu al heel wat jaartjes en we krijgen het alleen maar drukker. We moeten tegenwoordig zelfs steeds vaker nee verkopen omdat we helemaal zijn volgeboekt. De komende maanden hebben we ook een volle bezetting, dus van luieren zal niet veel komen,' zegt hij met een knipoog.

'Ik kom hier om te leren en te werken. Daar heb je me voor aangenomen, toch? Vrije dagen zijn meegenomen, maar geen must,' antwoordt ze met pijn in haar hart, omdat ze haar geplande bezoekje aan de Bay of Bones meteen op losse schroeven ziet staan. Jayden merkt haar teleurgestelde ondertoon niet op en antwoordt enthousiast: 'Ik wist wel dat ik er goed aan deed om jou aan te nemen. Jouw werklustige instelling is precies wat we zoeken bij het Blue Lake Resort. Mijn auto staat daar trouwens.' Hij dirigeert haar naar een grote zwarte 4x4 en houdt galant de deur voor haar open. Voordat hij de zware motor start, zegt hij: 'Het team zit al vol verwachting op je te wachten. Ze willen heel graag kennis met je maken.'

'Ik ben ook heel erg benieuwd naar mijn nieuwe collega's,' antwoordt ze terwijl ze haar gordel vastklikt.

'Airco of Arko?'

'Sorry?'

'Arko. Alle ramen kunnen open. Flauw grapje uit het boerengebied waar ik oorspronkelijk vandaan kom.'

'O, haha, die kende ik nog niet. Doe mij maar de airco.'

Jayden doet de ramen die nog op een kier stonden dicht en Malou verwelkomt de koele lucht die zich al snel door de auto verspreidt. Het vlammende gevoel op haar wangen neemt af en ze zakt genietend tegen de rugleuning van haar stoel aan. Een enorme vermoeidheid overvalt haar en ze moet moeite doen om haar ogen open te houden.

'Slecht geslapen?' grinnikt Jayden.

Malou onderdrukt gegeneerd een gaap. 'Twee dagen openbaar vervoer is niet heel bevorderlijk voor je nachtrust. Ach-

teraf gezien had ik beter het vliegtuig kunnen pakken.'
'Doe gerust je ogen even dicht. Ik breng je veilig naar het resort.'
'Klinkt heel verleidelijk, maar ik kijk liever uit het raampje om alvast een glimp op te vangen van de omgeving.'
'Dan zal ik je in alle rust laten genieten voordat je in de Blue Lake-hectiek belandt. We kletsen wel verder als we op het resort zijn.'
'Dank je wel.' Malou draait haar hoofd naar rechts en geeft haar ogen de kost door het zijraam.

Na een rit die in Malou's ogen veel te kort duurt, rijdt Jayden door de geopende slagboom het resort op. Het eerste wat Malou opvalt is de kleurrijke bloemenpracht die zo ver ze kan kijken aanwezig is. Er is veel zorg besteed aan het planten van struiken en bomen die meteen een vakantiegevoel oproepen. Jayden parkeert zijn auto op de grote geasfalteerde parkeerplaats, die behoorlijk vol staat met auto's uit het duurdere segment. De kentekens verraden verschillende nationaliteiten, maar ze ziet in de gauwigheid dat het gros uit Nederland komt. Jayden tilt haar koffer uit de auto alsof het niets is en Malou kijkt vol bewondering hoe zijn spieren opbollen onder de mouwen van zijn shirt.
'Heb je je hele huis ingepakt?'
'Oeps,' lacht ze. 'Iets te veel boeken, vrees ik. Ik lees elke avond in bed, anders kan ik niet slapen en aangezien ik hier twee maanden blijf...'
'E-reader?'
'Heb ik ook bij me, maar er gaat niks boven het vasthouden van een echt boek. Dat vind ik althans. Ben jij een lezer?'
'Nee, nooit geweest ook. Ik ben er niet mee opgevoed en ik heb er de rust niet voor. Ik moet altijd wat doen. Te veel energie. Ik ben graag fysiek bezig. Klussen op het resort en dagelijks een rondje in onze gym voordat de gasten wakker zijn.

Daarna even afblussen in het meer. Ik kan je zo'n frisse duik 's ochtends voor het werk zeer aanbevelen.'
'Klinkt verleidelijk. Wie weet.'
'Zal ik je meteen maar even naar je kamer brengen zodat je even op je gemakje kunt acclimatiseren? Kom ik je over een uurtje of zo halen voor een kennismaking met mijn vrouw Kim en je nieuwe collega's.'
'Goed plan, dank je wel!' Malou trekt het handvat van haar koffer uit en rolt hem achter zich aan terwijl ze Jayden volgt. De wieltjes maken een schrapend geluid op het flagstonepad dat slingerend over het resort gaat.
'De zijpaden kun je links laten liggen, die gaan allemaal naar de chalets toe. Al onze medewerkers verblijven in een apart gebouw dat helemaal aan het einde van dit pad ligt. Er is een gezamenlijke eetzaal waar iedereen kan aanschuiven voor de maaltijden en we hebben een ontspanningsruimte met een biljart, tafelvoetbal en tafeltennistafel en een aparte zitkamer met een barretje waar iedereen 's avonds als het werk erop zit nog even gezellig kan kletsen of in jouw geval in de loungehoek een boekje kan lezen. En als je daar allemaal geen zin in hebt, dan kun je natuurlijk ook lekker op je eigen kamer blijven.'
'Bedoel je met eigen kamer dat ik een kamer voor mezelf heb?'
'Dat heb je goed begrepen. Tenzij je heel graag een kamergenoot wilt, dan valt er ook wel wat te regelen, maar in principe heeft iedereen zijn eigen toko. Het is prettig om af en toe ook wat privacy te hebben, toch?'
'Heel prettig! Wauw, wat een luxe zeg, een eigen kamer. Ik was ervan uitgegaan dat ik hem minstens met één persoon zou moeten delen. Wat ik natuurlijk ook wel had overleefd, maar een plekje waar ik me af en toe even rustig kan terugtrekken, vind ik wel heel fijn.'
Het pad loopt wat omhoog en Malou moet flink aanpoten

met haar zware koffer. Ze probeert niet te hard te hijgen, omdat ze zich niet wil laten kennen tegenover Jayden, die zo lichtvoetig loopt dat het lijkt of hij zweeft. 'Kijk eens naar links,' zegt hij. Malou draait haar hoofd en houdt op slag haar adem even in. 'Wauw!' Met open mond staart ze naar het azuurblauwe Meer van Ohrid, dat in het zonlicht schittert als een schatkamer vol diamantjes.

'Mooi, hè? Ik woon hier nou al heel wat jaartjes, maar van dit uitzicht geniet ik nog steeds elke dag en ik denk niet dat dat ooit verandert. Ik kan soms nog steeds niet geloven dat het mij en Kim is gelukt om een resort te beginnen dat aan een van de oudste en diepste meren van de wereld ligt. Toen we deze kans kregen hebben we geen seconde geaarzeld en er uiteindelijk ook geen seconde spijt van gehad. Als het aan mij ligt gaan we hier nooit meer weg.'

'En Kim? Denkt die er ook zo over?'

'Die heeft af en toe wel heimwee naar Nederland en wil uiteindelijk als we met pensioen gaan wel terug, maar ik denk dat ik haar tegen die tijd wel heb overgehaald om te blijven. Nederland is niet meer wat het geweest is en als ik mijn vader moet geloven, worden ouderen steeds meer aan hun lot overgelaten. Ik moet er eerlijk gezegd niet aan denken om met mijn bejaarde reumatische botten in dat wisselvallige Nederlandse weer te zitten wegkwijnen terwijl een robot mijn billen wast,' lacht hij.

Het valt Malou op hoe wit en perfect Jaydens tanden eruitzien. Een echt celebritygebit dat met veel zorg gebleekt en gepolijst is. Uit zijn keurig gestylede kapsel, getrimde wenkbrauwen, egaal gebruinde huid en sportieve lichaam maakt ze op dat hij zijn uiterste best doet om in het perfecte plaatje te passen. Hij ziet er goed uit, maar ondanks het feit dat ze hem zo op het eerste gezicht heel vriendelijk en behulpzaam vindt, is dit niet het type man op wie zij valt. Haar ideale man moet een 'randje' hebben, want in perfectie heeft ze nooit geloofd. Daar is ze te nuchter voor en eerlijk gezegd wordt ze er ook een beetje achterdochtig van. Niemand is zo volmaakt; daar moet iets achter schuilgaan. Of Jaydens karakter net zo mooi is als zijn uiterlijk zal moeten blijken en ook of ze in staat is om dat goed te beoordelen. Ze dacht altijd dat ze vrij goed was in het doorzien van mensen, maar door dat hele gedoe met Rutger en Janine heeft haar vertrouwen op dat vlak een fikse deuk opgelopen. Ze kijkt nog even verlangend naar het meer en volgt Jayden dan naar het personeelsgebouw dat de komende twee maanden haar thuis zal zijn.

20

Samen met Jayden loopt Malou de eetzaal binnen. Haar haren zijn nog een beetje vochtig van de douche die ze net heeft genomen. Er staan drie grote tafels in de ruimte, waarvan er twee grotendeels bezet zijn. Aan de middelste tafel zitten jongens en meiden van haar leeftijd. De voorste tafel, waar Jayden naartoe loopt, lijkt voor de iets oudere garde bestemd te zijn. 'Jongens, mag ik even jullie aandacht!' Jayden tikt met een lepel tegen een glas, zet het terug op tafel en slaat zijn arm om Malou heen. Het geroezemoes in de eetkamer verstomt en alle ogen zijn op haar gericht. Ze voelt zich hierdoor en door de arm van Jayden die losjes op haar schouders rust, uiterst ongemakkelijk. Als ze alleen met hem was geweest had ze hem subtiel laten weten dat ze daar niet van gediend is, maar nu iedereen haar zo staat aan te gapen blijft ze staan en laat ze het over zich heen komen.

'Dit is jullie nieuwe collega Malou. Ze komt in de maanden juli en augustus ons team versterken. Misschien kun je even wat over jezelf vertellen?' Jayden kijkt haar bemoedigend aan.

'Hoi, uhm, ik ben dus Malou. Tweeëntwintig jaar en ik ben dit jaar afgestudeerd aan de hoge hotelschool in Maastricht. Na de zomer ga ik bij mijn vader in het hotel werken en de komende twee maanden hoop ik hier wat ervaring op te doen en lol te maken.'

'Dat lol maken gaat wel lukken.' Een jongen met plakkerig gitzwart haar en een pokdalige huid geeft haar een vette knipoog.

'Stel je eerst eens even normaal voor, hork,' zegt een andere jongen met donkere krullen en knalgroene ogen, die naast hem zit. 'Ik ben Gijs, trouwens.' Hij kijkt Malou lachend aan. 'Die eikel daar is Erik.' Gijs geeft zijn collega een speelse tik tegen zijn achterhoofd.

'En ik ben Shanice.' Een meisje met prachtige *braids* zwaait vriendelijk naar haar. 'Kom maar lekker naast mij zitten, ik bescherm je wel tegen die kwijlbakken. Ze hebben een grote bek, maar het stelt weinig voor.' Er klinkt wat verontwaardigd gebrom van beide heren als Malou zich onder Jaydens arm uit wurmt, vriendelijk zwaait naar de mensen aan de middelste tafel en op de lege stoel naast Shanice gaat zitten.

Er komen twee vrouwen en een man binnen met bladerdeegtaarten van groente, kaas en vlees en Malou is even afgeleid door de heerlijke geuren die ervanaf komen. 'Is die voorste vrouw Kim?' vraagt ze zachtjes aan Shanice.

'Yep.'

Als de taarten op tafel staan, komt Kim op Malou aflopen. 'Welkom op het Blue Lake Resort. We hebben ons allemaal erg verheugd op je komst.' Kim lacht haar tanden bloot, die al net zo perfect gepolijst zijn als die van Jayden. Kims haren zijn in zo'n strakke staart gebonden dat Malou zich afvraagt of de vrouw niet de hele dag met hoofdpijn rondloopt. Een beetje jaloers kijkt ze naar Kims afgetrainde lichaam, dat haast nep lijkt. Shanice geeft haar een subtiele por in haar zij en Malou pakt Kims uitgestoken hand aan, die al even in de lucht hangt. 'Fijn om je in het echt te ontmoeten, Kim. Ik heb er heel veel zin in en het is fijn om meteen in zo'n warm bad terecht te komen.'

'We zijn hier één grote familie, hè jongens?' bemoeit Jayden zich ermee.

'Gatver, wat klinkt dat incestueus,' reageert Erik meteen.

'Geef jij hem een klap of ik?' zegt Gijs lachend tegen Jayden.

'Zo kan-ie wel weer, mannen. Wat moet Malou wel niet van

jullie denken?' Shanice rolt met haar ogen en kan een lach nauwelijks onderdrukken.

'Op dit moment denk ik vooral aan die overheerlijke taarten, ik val om van de trek.' Grinnikend pakt Malou een voorgesneden punt van de kaastaart en neemt een flinke hap. De anderen volgen daarna meteen haar voorbeeld en in no time vult de kamer zich met goedkeurende eetgeluiden, gezellig geroezemoes en gelach. Kim, Jayden en het keukenpersoneel zijn aan de achterste tafel gaan zitten. Malou moet bekennen dat ze het helemaal niet erg vindt dat Jayden een eind bij haar vandaan zit. Zijn arm om haar heen had iets beklemmends, iets dwingends waar ze zich niet prettig bij voelde. Jayden bedoelde er waarschijnlijk niets mee en ze weet dat ze overgevoelig reageert door het bedrog van Rutger, maar toch. Als ze Kim was, zou ze het niet prettig vinden als haar man zo amicaal met andere vrouwen doet. Maar sommige mensen zijn nu eenmaal knuffeliger dan andere. Ze steekt nog een stuk taart in haar mond en geniet van de smaak van gesmolten kaas die zich vermengt met het knapperige bladerdeeg. Shanice begint naast haar zachtjes te lachen.

'Wat?'

'Elke keer als je een hap neemt, zit je te kreunen.'

'O, sorry, maar ik vind het ook zo lekker.'

'Wacht maar tot je de zalmforel proeft die ze hier in Ohrid kweken. Voorheen haalden ze die rechtstreeks uit het meer, maar er geldt een visverbod omdat die beesten dreigen uit te sterven. Anyway, ook die gekweekte beesten zijn niet normaal lekker. Als je tenminste van vis houdt?'

'Ja, hou ik van. Ik ben eigenlijk nogal een alleseter.'

'Dat is je niet aan te zien.'

'Ik ben gezegend met een snelle stofwisseling.'

'O, dat lijkt me de hemel. Ik moet echt wel opletten wat ik eet en flink bewegen om de boel een beetje in proportie te houden. Ik wil niet als mijn tante worden. Die heeft een aparte stoel nodig voor elke bil.'

Malou verslikt zich bijna in haar hap taart en slaat haar hand voor haar mond om te voorkomen dat ze het uitproest. De tranen springen haar in de ogen en met moeite weet ze de klont deeg met gesmolten kaas door te slikken zonder erin te stikken. Shanice klopt haar zachtjes op haar rug als Malou nog wat nakucht. 'Het is levensgevaarlijk om met mij om te gaan, ik waarschuw je maar vast.'

'Goed om te weten, maar eh, had je dat niet eerder kunnen zeggen?' grinnikt Malou. Ze pakt het glas water dat ze net voor zichzelf heeft ingeschonken en neemt een paar flinke slokken om de laatste kruimels weg te spoelen.

Als er na het eten uitgebreid wordt nagepraat en gedronken, kijkt Shanice Malou met een schuin lachje op haar gezicht aan. 'Je vindt hem leuk, hè?'

'Uhm, over wie heb je het?'

'Dat weet je heus wel, maar oké, ik heb het over Gijs.'

Er fladdert iets in Malou's buik als Shanice de naam van hun oudste collega uitspreekt. 'Waarom denk je dat?'

'Kom op, Malou. Ik zie je wel de hele tijd stiekem kijken. En je hoeft je er niet voor te schamen, hoor. Gijs ís ook een onwijs lekker ding. Heel toevallig weet ik dat hij dat van jou ook vindt.' Shanice speelt met haar ingevlochten haren en windt er eentje om haar vinger.

'Hoe weet je dat?' Malou gaat meer rechtop zitten en probeert de opwinding niet in haar stem door te laten klinken.

'Gijs en ik hebben nog weleens een onderonsje,' zegt ze met een knipoog. 'Ik sprak hem kort toen ik naar de wc ging.'

Er gaat een steek van jaloezie door Malou's buik. 'Een onderonsje?' vraagt ze zo nonchalant mogelijk.

'Ja, je weet wel, als vrienden onder elkaar. We werken nu al twee zomers samen en door het jaar heen houden we contact.'

'Hebben jullie nooit iets met elkaar gehad?'

'Nee, joh. We zijn elkaars type niet. Ik val niet op van die Hollandse boys. Gijs en ik zijn gewoon goede vrienden, meer niet. En hij houdt Erik een beetje bij me vandaan.'

'Wat is er met Erik dan?'

'Hij heeft pas geprobeerd om me te zoenen en daar had ik dus echt geen zin in. Het is zo'n creep met die grote bek en die pukkelkop van hem. We hebben hier regelmatig met het team en de gasten strandfeestjes die eindigen in Beach Club Blue. Een paar weken geleden probeerde hij me te versieren. Gijs heeft hem bij me vandaan gehouden. Erik vond het niet zo tof om een blauwtje bij me te lopen en zette het daarna op een zuipen. Hij was helemaal lam, gênant gewoon. Toen hij me begon uit te schelden heeft Gijs hem naar zijn kamer gebracht.'

'Wat rot voor je. Zeker omdat je met hem moet samenwerken. Laat hij je nu wel met rust dan?'

'We negeren elkaar zo veel mogelijk en ik zorg ervoor dat de gasten er niets van merken. Dat lukt Erik soms wat minder goed, maar daar kan ik niks aan doen.'

'Relaties op het werk leveren meestal gezeik op. Maar ik snap je weerzin tegen Erik. Ik ken hem natuurlijk nog niet echt, maar hij heeft iets afstotelijks of zo.'

'Dus je zou niet een keer zijn kamer willen bekijken?'

'Nee, gadverdamme, alleen de gedachte al.'

Shanice moet lachen. 'Erik vindt zichzelf nogal een toffe gast, maar dat is niemand met hem eens. Hij is stikjaloers op Gijs omdat alle meiden altijd op hem vallen.'

'Nou, dan zal Gijs genoeg meiden om zich heen hebben uit wie hij kan kiezen. Ik vind hem heel knap, maar ja, zo'n jongen heb je nooit voor jezelf. Ik zou helemaal gek worden als ik elke keer bang moet zijn dat hij vreemdgaat.'

'Zo is Gijs niet. Sinds ik hem ken heeft hij nog geen vaste vriendin gehad.'

'Nee, dat hoeft ook niet als je tien meiden aan elke vinger hebt.'

'Ik denk dat hij die tien meiden graag voor jou inruilt.'
'Ik ben nog aan het bijkomen van alle shit uit mijn vorige relatie. Ik kom hier gewoon om te werken en een beetje lol te hebben zonder allerlei moeilijk gedoe.'
'Wat voor shit, als je dat wilt zeggen tenminste?' Shanice kijkt haar uitnodigend aan.
'Hij ging vreemd met mijn beste vriendin.'
'Aiiii, dat is echt walgelijk.'
'Ja. Dus ik heb het even gehad met mannen.'
'Snap ik, maar je kunt toch ook lol maken met Gijs zonder dat het serieus wordt? Je hoeft niet meteen met hem te trouwen.'
'Nee, dat is ook zo, maar sinds Rutger is de lol er voor mij even af. Ik ben hier juist naartoe gekomen om even weg te zijn van alles en helemaal op mezelf te focussen.'
'Je gevoel kun je niet sturen. Ik zie toch gewoon dat je Gijs leuk vindt. Wedden dat je hem niet kunt weerstaan als jullie meer tijd met elkaar doorbrengen?'
'Er gaat echt niks gebeuren, hij kan hier met iedereen gaan. Maar oké, waar wedden we om?'
'Een corveedienst. Als jij met Gijs hebt gezoend, dan neem je een corveedienst van me over en als je hem een blauwtje laat lopen, dan neem ik de jouwe over.'
'Oké, deal.' Malou klapt haar hand tegen de uitgestoken hand van Shanice aan.
'Wedden dat ik win?' grinnikt Shanice. 'Stroop je mouwen maar vast op.'

21

Op haar derde dag op het resort hangt Malou 's avonds met een biertje in haar hand tegen Shanice aan. De afgelopen dagen zijn ze al behoorlijk close met elkaar geworden en zoeken ze elkaar steeds weer op. Nu zitten ze op een loungebank in de ontspanningsruimte en het loopt al tegen middernacht. Voor hen staat nog een bodempje wodka en ernaast liggen lege blikjes Red Bull. Shanice voert het hoogste woord en wordt vol bewondering aangekeken door de jongere teamleden die in de ruimte aanwezig zijn. Erik probeert Shanice steeds te overtroeven, maar ze weet hem elke keer weer op zijn nummer te zetten, tot grote hilariteit van de rest van de groep. Gijs heeft zich de hele avond nog niet laten zien en Malou moet toegeven dat ze daarvan baalt. Want natuurlijk had Shanice gelijk. Ze vindt hem stiekem hartstikke leuk. Misschien wel een beetje meer dan leuk. 'Waar is Gijs eigenlijk?' vraagt ze als ze haar nieuwsgierigheid niet meer kan bedwingen.

'Op zijn kamer of zo? Of ergens heen. Ik weet het niet. Hij is weleens vaker een avond op pad in zijn eentje.' Shanice schenkt wat wodka in haar glas en slaat het in één keer achterover. 'Hoezo? Wil je zo graag mijn corveedienst overnemen?' Shanice tovert een grote grijns op haar gezicht en Malou geeft haar een speelse klap.

'Oeh, je hebt rode wangetjes.'
'Komt door de alcohol.'
'Yeah, right. Ah, kijk nou, je wordt op je wenken bediend.'

Shanice geeft haar een por als Gijs binnenkomt. Zijn haar zit een beetje door de war en hij heeft een zorgelijke blik in zijn ogen.

'Hé Gijs, Malou wil weten waar je vanavond was,' schreeuwt ze zijn kant uit.

'Shanice!' Maar het is al te laat. Gijs draait zich naar hen om en als zijn groene ogen zich in die van Malou boren, wil ze het liefst ter plekke door de grond zakken. Ze glimlacht aarzelend naar hem en probeert niet te laten merken dat ze zich geneert. Zijn gezicht klaart op en hij loopt op haar af. Voordat hij aan de andere kant naast haar gaat zitten pakt hij de fles drank. Hij neemt een slok en biedt Malou dan de fles aan. Ze schudt haar hoofd en houdt haar biertje in de lucht.

'Vrouwen die bier drinken, ik hou ervan,' zegt Gijs voordat hij de rest van zijn eigen drankje achteroverslaat. 'Weet je wat? Ik doe er eentje met je mee.' Hij staat weer op en ploft even later weer met een biertje in zijn hand naast haar neer. Hij houdt zijn flesje in de lucht en Malou tikt het hare ertegenaan. 'Cheers.' Ze gaat wat rechter zitten en voelt Gijs' been en elleboog tegen zich aan. De warmte van zijn huid gaat dwars door de dunne stof van haar jurkje heen. Er roert zich iets in haar onderbuik. Ze bedwingt de neiging om dichter tegen hem aan te kruipen en neemt nog maar een slok bier. Ze probeert zich te concentreren op de bittere smaak om haar aandacht af te leiden van Gijs, maar haar zintuigen nemen een loopje met haar. Het enige waar ze zich op kan concentreren is de geur van deodorant en aftershave die van Gijs afkomt en haar nog meer kriebels bezorgt. Ze probeert rustig te blijven ademen als hij zijn hand op zijn been legt en daarmee het hare ook subtiel aanraakt. Malou blijft doodstil zitten om het moment niet te verstoren en bedenkt in haar hoofd een geschikte openingszin om een praatje te beginnen, maar alles wat ze verzint is stom en cheesy.

'Ik ga even een frisse neus halen.' Gijs staat abrupt op en Malou wordt overspoeld door teleurstelling.

'Heb je zin om mee te gaan?' Zijn groene ogen boren zich vragend in die van haar.

'Ik?' vraagt ze om zeker te weten dat zijn vraag niet voor Shanice bedoeld is. Zijn antwoord is een uitnodigende uitgestoken hand waarmee hij haar van de bank trekt.

'Ben even een luchtje scheppen,' laat ze Shanice weten.

'Veel plezier,' zegt haar nieuwe vriendin met een knipoog terug. Malou loopt achter Gijs aan naar buiten. Hij haalt een pakje sigaretten tevoorschijn en houdt het haar voor.

'Nee, dank je, ik rook niet.'

'Vind je het erg als ik er wel eentje opsteek?'

'Zolang je niet in mijn gezicht blaast.'

'Dat is een subtiele manier om te zeggen dat je het ranzig vindt en eigenlijk liever niet hebt.'

'Je hebt me door,' zegt ze lachend. Hij stopt het pakje demonstratief terug in zijn zak. 'Ik kan best even zonder. Het is meer een gewoonte en een manier om stress af te reageren. Ik neem me al heel lang voor om te stoppen, maar doe het steeds niet. Ik vind het te lekker en had tot nu toe niet echt een stok achter de deur.'

Malou glimlacht verlegen als hij haar veelbetekenend aankijkt.

'Kom, dan lopen we een stukje langs het meer.'

Malou gaat naast hem lopen.

'En, hoe zijn de eerste dagen hier je bevallen?'

'Wel goed eigenlijk. Het is hard werken, maar dat is niet erg. De sfeer onderling is leuk, ik voel me hier al thuis. En het werken met kinderen is nog leuker dan ik dacht. Ook vermoeiender trouwens,' zegt ze lachend.

'Ja, die kids kunnen je helemaal leegtrekken. Er zit geen stop op, ze staan altijd aan. Maar daar leer je steeds beter mee omgaan als je hier wat langer bent. Ze vreten energie, maar persoonlijk krijg ik er juist ook energie van. Die levenslust en dat ongedwongene vind ik prachtig om te zien. Ik zou ook wel weer eens zo zorgeloos willen zijn.' Gijs laat even een korte stilte vallen. 'Oeh, nu klink ik als een oude man.'

'Valt wel mee, hoor,' lacht Malou. 'Hoe oud ben je eigenlijk?'

'Zevenentwintig, en jij?'

'Tweeëntwintig.' Ze slenteren even zwijgend langs de waterlijn en de stilte die tussen hen in hangt, is niet ongemakkelijk. 'Zullen we hier even gaan zitten?' stelt Gijs voor als ze een paar honderd meter hebben gelopen. Ze ploft naast hem in het zand, trekt haar benen op en slaat haar armen eromheen. Gijs laat zich achterovervallen en vouwt zijn handen onder zijn hoofd. 'Je kunt hier echt prachtig sterrenkijken. Ik lig hier wel vaker een beetje voor me uit te dromen in mijn eentje. Niet aan de anderen vertellen hoor, want dat is niet goed voor mijn stoere imago,' zegt hij lachend. 'Stiekem ben ik heel romantisch...' laat hij erop volgen. Zijn woorden blijven even in de lucht hangen terwijl Malou naast hem gaat liggen. 'Vindt je vriendin dat ook, dat je romantisch bent?' Malou weet dat Shanice heeft gezegd dat hij geen vriendin heeft, maar ze wil het van hemzelf horen.

'Ik heb geen vriendin.'

'Hoe kan dat nou?' zegt ze lachend.

'Gewoon. De ware nog niet tegengekomen of zo. En jij? Wacht er thuis iemand op je?'

'Ik ben na een relatie van drie jaar weer vrijgezel. Dat is ook de reden dat ik hier ben. Even weg van alles.'

'Was het jouw keuze om de relatie te beëindigen?'

'Nee.'

'En?'

'Ik wil er eigenlijk niet over praten als je het niet erg vindt. Allemaal negatieve energie.'

'Het kan ook opluchten om er wel over te praten. Het verzwijgen van emoties betekent niet dat ze er ook niet zijn. Je kunt ze nog zo goed wegstoppen, maar uiteindelijk komen ze toch een keer boven drijven. Meestal op een moment dat je er niet op zit te wachten...'

'Het klinkt alsof je daar ervaring mee hebt.'

'Misschien is dat wel zo, ja. Ik sprak me vroeger ook nooit uit, maar tegenwoordig doe ik dat wel. Ik laat het niet meer oplopen totdat het ontploft. Dan hou ik zelf de controle over mijn emoties in plaats van andersom. Dat bevalt me een stuk beter.'

'Ik zal er eens over nadenken. Het is gewoon allemaal nog erg vers en ik wil het eerst voor mezelf op een rijtje zetten voordat ik het met anderen deel.'

'Heb je nog gevoelens voor diegene?'

'Reken maar. Woede, afkeer, spijt.'

'Maar je bent niet meer verliefd op hem?'

'Zeker weten van niet.'

'Waar heb je spijt van?'

'Dat ik drie jaar van mijn leven aan hem heb vergooid terwijl hij het niet waard was. Maar hé, nu zijn we er toch over aan het praten.'

Gijs kijkt haar met een grijns aan en kruipt wat dichter naar haar toe. Ze laat het gebeuren.

'Kijk ze eens shinen!' zegt hij en hij wijst naar de heldere sterrenlucht. 'Als ik hier in mijn eentje ben rook ik weleens een jointje, maar ik neem aan dat je dat ook niet zo kunt waarderen, gezien je afkeer voor sigaretten?'

'Dat heb je goed aangenomen. Ik heb eigenlijk nogal een hekel aan drugs.'

'Je hebt ook gelijk. Komt alleen maar ellende van.'

'Heb je er weleens mee geëxperimenteerd?'

'In het verleden een beetje met pillen, maar daar blijf ik nu ver bij uit de buurt.'

'Gelukkig.'

'Nu nog stoppen met die vieze verslaving.'

'Als je per se wilt roken, is het echt niet erg.' Malou gaat rechtop zitten, maar Gijs duwt haar zachtjes weer op haar rug. Zijn gezicht hangt boven dat van haar. 'Fuck die sigaretten. Ik lig hier met het mooiste meisje van het resort.' Zijn gezicht komt dichterbij en hij streelt een paar krullen uit haar gezicht voordat hij haar zachtjes op haar mond kust. Eerst aarzelend en aftastend of ze ervoor openstaat. Gretig als ze haar lippen opent om zijn tong te proeven. De zwerm vlinders in haar buik vliegt weg met haar voorgenomen principe om niet te daten met collega's. Ze weet zeker dat ze nooit lekkerder heeft gezoend dan nu met Gijs.

'Ik vind je echt heel leuk,' zegt Gijs terwijl hij zijn mond hijgend van de hare haalt en weer naast haar gaat liggen. Het bezorgt Malou een korte steek van teleurstelling.

'Laten we daarom niet te hard van stapel lopen.' Hij trekt haar tegen zich aan en ze legt haar arm over zijn borst en nestelt zich in het holletje van zijn oksel. Zo blijven ze een tijdje liggen. Het geluid van zijn hartslag en het rustige rijzen en dalen van zijn borstkas werkt door op haar. Ze voelt de spanning die zich de afgelopen weken in haar lijf heeft vastgezet wegvloeien in het zand en dat is een enorme bevrijding. Ze wil hier wel voor eeuwig in zijn armen blijven liggen, want met zijn armen om haar heen lijken alle problemen te vervagen. Toch blijft er één ding steeds door haar hoofd spoken: de verdwijning van die Nederlandse jongen die voor het laatst in de buurt van het meer is gezien. De verleiding om Gijs erover uit te horen nu hij zo ontspannen naast haar ligt, kan ze niet weerstaan. 'Twee jaar geleden is hier een jongen verdwenen, toch?' valt ze met de deur in huis.

'Wow, jij weet een romantische stemming wel om zeep te helpen,' zegt Gijs grinnikend. 'Ik hoopte dat je romantische gedachten over mij had, maar jij denkt aan een andere man.'

'Nou ja, mijn hoofd staat nooit stil, daar kan ik niks aan doen. Ik heb wat geruchten opgevangen en ik was gewoon benieuwd.'

'Je hebt gelijk, in 2021 is hier inderdaad iemand verdwenen.

Het was een Nederlandse jongen en hij heette Dave. Hij was hier op vakantie met zijn vader en trok veel op met Erik. Op een avond na een van de strandfeesten is hij verdwenen. Was wel heftig, hoor. Grote zoekactie met helikopters, duikers, honden, de hele boel stond hier op zijn kop. Na een paar dagen zijn ze gestopt met zoeken. Er is nooit meer wat van die jongen vernomen. De laatste keer dat hij gezien is, was hij strontlazarus, dus het vermoeden is dat hij met zijn dronken kop het meer in is gelopen en is verzopen.'

'Maar hadden de duikers hem dan niet moeten vinden?'

'Dat zou je wel denken, maar dat is niet gebeurd. Het meer is groot, weet je, en er mocht niet op alle plekken worden gezocht. De Bay of Bones bijvoorbeeld is een soort heilige plek. Nadat in 2005 de archeologische onderzoeken en opgravingen zijn afgerond, is dat gebied als no-goarea aangemerkt om het prehistorische gehalte te beschermen. In die tijd zijn ook de spookverhalen ontstaan over de geesten van de bewoners van het prehistorische dorpje dat door het water is opgeslokt. Ze zouden hun leven onder water hebben voortgezet en hun plek tot het uiterste verdedigen. Er gaan verhalen rond dat ze zwemmers die in de buurt komen aan hun enkels naar beneden trekken, naar de bodem van het meer, en niet meer laten gaan. Een van de luguberste versies van het verhaal is dat ze de mensen die ze hun domein binnenhalen opeten.'

'Zo luguber. Geloof jij in die verhalen?'

'Nee, daar ben ik te nuchter voor. Die verhalen zijn in het leven geroepen om mensen nog eens extra af te schrikken zodat ze het wel uit hun hoofd laten om daar het meer in te gaan. Het wordt de kinderen hier al op jonge leeftijd geleerd. We vertellen het verhaal op het resort ook altijd aan de kids in het donker bij een kampvuur, volgens mij staat het voor donderdag op de planning. Het is altijd wel grappig, die bange witte snuitjes en het gekrijs en gegil. Jayden kan ze als geen ander de stuipen op het lijf jagen met spookverhalen. We sluiten altijd af met het roosteren van marshmallows en het drinken van limonade zodat ze een beetje tot bedaren zijn gekomen voordat ze weer naar hun chalet gaan.'

'En durven die kinderen de dag erna dan nog in het meer te zwemmen?'

'Het gros wel omdat ze niet voor elkaar willen onderdoen. Een enkeling heeft wat extra aansporing nodig.'

'En wat zeg je dan tegen ze?'

'Dat de onderwatermensen hier niet kunnen komen. Dat ze vastzitten op die plek en dat er niks aan de hand is als ze daar vandaan blijven.'

'Zo'n verhaal kan angst oproepen, maar ook *daredevils* aansporen om juist naar die plek te gaan, toch?'

'Je hebt altijd wel een paar onbezonnen types die elkaar opfokken, dat hou je toch. Maar over het algemeen valt het mee.'

'Hoe dan ook zal het best traumatisch voor jullie allemaal zijn geweest wat er gebeurd is.'

'Ja, dat was het ook. Ik mocht die Dave wel, als hij nuchter was tenminste. Hij kon onder invloed van Erik flink zuipen tijdens de strandfeesten en raakte dan de controle een beetje kwijt. Een paar mensen van het vaste team zijn niet meer teruggekomen na Daves verdwijning. Jayden en Kim hebben er een pittige kluif aan gehad om alles af te wikkelen en de strandfeesten werden daarna een tijdje onder verscherpt toezicht gesteld.'

'Was het niet beter geweest om er even helemaal mee te stoppen?'

'Jayden en Kim wilden zo snel mogelijk weer over tot de orde van de dag om de schade te beperken. In de orde van de dag zaten ook de wekelijkse strandfeesten. Die feesten zijn nogal populair en er zijn zelfs gasten die er elk jaar voor terugkomen. Het tijdelijk stoppen van die feesten zou tot een hoop gemor hebben geleid en het imago van het resort is alles voor Jayden en Kim.'

'En Erik, hoe heeft hij dat allemaal verwerkt?'

'Moeilijk. Dave was zijn vriend. Ze waren in korte tijd heel close geworden. Erik is zo getraumatiseerd dat hij zich weinig meer van die avond kan herinneren. Hij verwijt zichzelf dat hij Dave uit het oog is verloren toen hij stond te flirten met een meisje. Ik denk dat hij het zichzelf te zwaar aanrekent. Dave was oud genoeg om op zichzelf te passen.'

'Blijkbaar toch niet...'

'Ik bedoel, hij had ook eigen verantwoordelijkheid. Het was niet Eriks taak om de hele avond zijn handje vast te houden.'

'Maar hij had hem misschien wel wat kunnen afremmen in zijn drankgebruik.'

'Daar heb je wel een punt.'

'Pfff, maar hoe dan ook, het lijkt me vreselijk als je als ouders te horen krijgt dat de zoektocht naar je kind wordt gestaakt. Het niet weten wat er gebeurd is, dat moet afschuwelijk zijn.'

'Daves vader kon het niet loslaten. Omdat er nooit een lichaam is gevonden, bleef hij toch een sprankje hoop houden. Het was echt vreselijk om aan te zien. Hij is erna ook meermaals teruggekomen naar het resort, op zoek naar antwoorden. Uiteindelijk kreeg hij ruzie met Jayden omdat Jayden die onrust hier niet wilde hebben,' zegt Gijs.

'Onrust past niet bij het "open karakter" dat Kim en Jayden willen uitstralen, hè?'

'Jij hebt goed opgelet,' lacht Gijs terwijl hij Malou tegen zich aan trekt en een kus op haar mond geeft. 'Oeh, je neus is ijskoud. Kom, we gaan naar binnen voordat je bevriest.'

Malou realiseert zich dat hij gelijk heeft. Haar blote benen en armen zijn flink afgekoeld en ze rilt. Hij helpt haar overeind en ze klopt het zand van haar jurkje en uit haar haren.

'Dat wordt douchen,' zegt Gijs met een suggestieve knipoog. Hand in hand lopen ze terug naar het personeelsverblijf. Jayden ziet hen binnenkomen en trekt lachend zijn wenkbrauwen op. Hij is de laatste dingen aan het opruimen en heeft de ontbijttafel voor de volgende dag gedekt. De rest van het team is blijkbaar al naar bed.

'Ik moet even naar het toilet, zo terug. Verroer je niet.' Gijs laat haar hand los en verdwijnt. Malou zwaait hem lachend na.

'Kan ik je nog ergens mee helpen, Jayden?' biedt ze aan.

'Nee, ik moet nog even wat pakken en dan ben ik klaar. Maar aardig dat je het vraagt.' Ook Jayden vertrekt en Malou blijft alleen achter. Ze ploft neer op een stoel en laat haar kin op haar hand rusten terwijl ze terugdenkt aan het zoenen met Gijs. Ze voelt zijn warme, verrassend zachte handen weer over haar lichaam gaan. Handen die zo anders aanvoelden dan die van Rutger. Ze is blijer dan ooit dat ze van die eikel verlost is. Gijs heeft haar vanavond laten voelen dat er een leven is na Rutger en door uit te spreken dat hij voorzichtig met haar wil zijn, heeft hij haar laten zien hoe zorgzaam hij is. Ze is blij dat Shanice op haar heeft ingepraat en haar in de armen van Gijs heeft gedreven.

Malou kijkt op haar horloge en realiseert zich dat Gijs al bijna een kwartier weg is. Dat is niet 'even' naar het toilet. Jayden is ook nog steeds niet terug. Ze staat op en legt wat bestek recht op de tafel om zichzelf af te leiden van de doemgedachte die haar hoofd binnendringt. Vond Gijs haar toch niet zo leuk als hij beweerde en is hij ervandoor gegaan? Ze zou zweren dat hij oprecht was, maar ja, dat dacht ze van Rutger ook. Wat moet ze doen? Hier nog even wachten? Hem gaan zoeken? Ze heeft geen zin om als een hondje achter hem aan te lopen. Nog even wachten dan maar. Een paar minuten later hoort ze de deur van de ontbijtzaal opengaan en ze kijkt hoopvol op. Tot haar teleurstelling is het Jayden.

'Hé, zit je hier nog?' vraagt hij verbaasd.

'Ik wacht op Gijs, heb je hem gezien?'
'Gijs? Nee, geen idee waar hij is. Heeft hij je laten zitten?'
'Ik zit al even op hem te wachten. Hij zou naar de wc gaan en dan terugkomen.'
'Hm, dan vrees ik dat hij ervandoor is. Verbaast me eerlijk gezegd niets. Het is zo'n womanizer. Alsof hij en Erik een soort competitie met elkaar voeren wie de meeste meisjes kan versieren.'

'Nou, hij zoekt het maar uit, ik ga naar bed.' Malou voelt tranen opkomen en ze rent de ontbijtzaal uit. Ze wil niet dat Jayden haar ziet huilen, dat is haar eer te na. Ze staat al genoeg voor gek omdat ze als een wanhopig meisje op hem heeft staan wachten. Als ze op haar kamer is, laat ze haar tranen de vrije loop. Ze is er gewoon weer in getrapt! Waarom valt ze toch altijd op zulke gasten? Ze zal Shanice vertellen dat ze zich enorm in Gijs heeft vergist en dat ze spijt heeft dat ze naar haar heeft geluisterd. Met haar zanderige jurk laat ze zich op bed vallen. Douchen doet ze morgen wel. Ze heeft het even helemaal gehad en ziet er nu al tegen op om Gijs morgen weer onder ogen te moeten komen. Wat was haar stokpaardje ook alweer? Geen relatie met collega's. Vlak voor ze uitgeput in slaap valt, realiseert ze zich dat Jayden vlak na Gijs vertrok omdat hij iets moest 'pakken' maar dat hij niets bij zich had toen hij terugkwam.

22

'Malou!'
Ze schrikt wakker als ze hard haar naam hoort, gevolgd door gebonk op haar deur. Malou werpt een blik op haar wekkerradio en ziet dat het al halfnegen is. Shit, ze is totaal vergeten een wekker te zetten toen ze gisternacht haar bed in kroop.
'Malou? Is alles goed met je? We missen je in de ontbijtzaal.'
Er trekt een ongecontroleerde steek van teleurstelling door haar lijf als ze de stem van Shanice hoort en niet die van Gijs. Ze schraapt haar keel. 'Ik kom eraan, ogenblikje.' Ze trekt vlug een kamerjas over haar smoezelige, gekreukelde jurkje, opent de deur op een kier en steekt haar hoofd om het hoekje. Shanice duwt haar aan de kant en stampt haar kamer binnen.
'Jemig, wat zie jij eruit. Heb je een kater?'
'Nee, maar ik heb me wel verslapen.'
'Weet je het zeker? Je ziet er namelijk wel uit alsof je een kater hebt en je hebt je kleren van gisteravond nog aan.'
Malou kijkt naar beneden en trekt haar opengevallen badjas vlug dicht. 'Misschien heb ik wel een kater, maar...'
'Zie je wel!'
'Maar niet zo eentje als jij bedoelt.' Ze vertelt Malou over Gijs en hoe hij haar heeft laten zitten nadat ze een fijne avond hadden gehad.
'Pfff, wat raar. Dat is helemaal niks voor Gijs. Ik ga hem er meteen op aanspreken.'
'Nee, nee, ik wil niet dat je dat doet. Dat maakt het alleen

maar gênanter. Het zal wel zijn zoals Jayden zei, dat-ie weer een naam op zijn lijstje kan zetten. Het schijnt dat hij en Erik een soort wedstrijdje doen.'

'Jayden moet niet uit zijn nek lullen. Gijs houdt absoluut geen lijst met veroveringen bij, laat staan dat hij zo'n kinderachtige strijd met Erik aangaat. En Erik kijkt ook wel beter uit, want hij kan het nooit winnen van Gijs.'

'Jayden zegt dat toch niet zomaar?'

'Jayden vindt het niet tof als zijn personeel met elkaar scharrelt. Hij kan het niet verbieden, dus probeert hij een beetje te stoken. Daar moet je niet in trappen.'

Malou weet even niet meer wie ze moet geloven.

'Hé, Gijs had vast een goede reden. Hij komt vandaag vast naar je toe om het uit te leggen. Hij is een goeie jongen,' verzekert Shanice haar.

'Whatever, ik ga me gewoon weer op mijn werk concentreren. Kijk wat ervan komt. Ik heb me verslapen, ben te laat voor het ontbijt en over een kwartier moet ik staan te shinen achter de receptie omdat er onverwachts een gat in het rooster zat. Ik heb niet eens tíjd om te ontbijten.'

'Oké, douchen jij. Ik sneak wel een paar broodjes mee voor je en drop die bij de receptie op weg naar mijn knutselklasje. We gaan vandaag schilderen, terwijl ik nog geen fatsoenlijk poppetje kan tekenen, hilarisch toch? Gelukkig is Kim er ook bij, dus ik heb al mijn hoop op haar gevestigd om deze ochtend tot een goed einde te brengen. Nou, zie je zo. En vergeet je haar niet te wassen. Het zit nogal, uhm, wild.' Shanice verlaat lachend Malou's kamer en de deur valt met een klap achter haar in het slot. Malou blijft even beduusd staan en spurt dan het bescheiden badkamertje in. Ze blijft even staan voor de spiegel die boven de wasbak hangt en kreunt. Jezus, wat ziet ze eruit. Dat haar haren wild zitten is een understatement, haar mascara loopt in de kronkelende sporen van haar opgedroogde tranen ergens tot halverwege haar wangen en rond haar mond zitten nog wat laatste restjes aangekoekte rode lippenstift. Ze keert zich vlug van de spiegel af en zet het water van de douche aan. Ze wacht niet tot het water warm is, maar springt er zo onder.

Door de koude schok is ze meteen goed wakker. Als een bezetene boent ze al het achtergebleven zand en de resten make-up van haar lijf en gezicht. Haar haren moet ze twee keer wassen voordat alle klitten eruit zijn. Tijd om het te föhnen heeft ze niet meer, dus het moet maar aan de lucht drogen. Vlug trekt ze het donkere shirt en de kakikleurige korte cargobroek aan met het logo van het resort. Daarna spuit ze een klodder tandpasta in haar mond, lengt het aan met water en gorgelt er even mee door haar mond om de muffe slaapsmaak te verdrijven. Ze gooit haar natte handdoek op de grond, spuit wat parfum achter haar oren en op haar polsen en graait haar spullen bij elkaar. De puinhoop in haar kamer negerend spurt ze naar buiten. In volle sprint sjeest ze naar de receptie en rent hijgend het gebouw binnen. Vijf over negen, het had erger gekund. Gelukkig staan er nog geen rijen gasten te wachten die op zoek zijn naar tips voor een dagje sightseeing in de omgeving. Tot haar verbazing ziet ze Shanice achter de balie staan. 'Mijn creaklasje begint pas om halftien, dus ik dacht ik neem even waar voor je tot je er bent.'

'Ah, zo lief, dank je wel.' Malou gaat naast Shanice achter de balie staan. *'You're dismissed.'*

'Thank you, ma'am.'

Shanice pakt haar tas, zet hem op de desk en haalt er een pakketje uit. 'Ik heb wat börek met kaas voor je meegenomen en een bekertje yoghurt. Dat was alles wat er nog over was.'

'Je bent echt een heldin, Shanice.' Hoewel Malou niet heel veel honger heeft, kan ze de geur van filodeeg en gesmolten kaas die

vrijkomt als ze de servetten openvouwt moeilijk weerstaan.
'Water en koffie kun je achter pakken, maar dat weet je, hè? Ik heb de espressomachine vast voor je aangezet.'
'Nogmaals dank. Ik red me verder wel, echt! Het is niet mijn eerste baliedienst en ik weet de instructies te vinden als ik ergens niet uit kom.'
'Oké, dan ga ik ervandoor om het kunstwerk van de eeuw te maken.'
'Maak me gek,' zegt Malou grinnikend terwijl ze haar vriendin uitzwaait. Omdat er nog geen gasten staan te trappelen aan haar balie zet Malou de bel er prominent op en loopt naar achteren. Ze zet een kop zwarte koffie voor zichzelf voor de hoognodige cafeïne en stalt haar ontbijt uit op het tafeltje naast het apparaat. Ze neemt een hap van de börek en geniet van het geluid van knisperend filodeeg tussen haar tanden.
'Ah, ik dacht al dat je hier zou zijn.' Gijs komt het kantoortje achter de desk in lopen en Malou's kaken verstrakken. De half gekauwde klomp deeg met vulling blijft even op haar tong liggen voordat ze langzaam weer verder kan kauwen. Ze kijkt Gijs alleen maar aan en zegt niks.
'Ai, je bent boos. Nou ja, ook wel terecht misschien.'
Malou slikt de homp börek door en veegt haar mond af aan een van de servetten. 'Ik heb een halfuur als een idioot op je zitten wachten, Gijs, en toen ben ik gegaan. Niemand gaat zo lang naar het toilet. Je had ook meteen kunnen zeggen dat je me niet meer nodig had, omdat je me kon afvinken.'
'Afvinken, waar heb je het over?'
'Over dat wedstrijdje dat je hebt met Erik wie de meeste meisjes kan krijgen.'
'Sorry hoor, maar wie heeft je die onzin wijsgemaakt? Erik?'
'Nee, Jayden.'
'Nou, ik weet niet wat hij zich allemaal in zijn hoofd haalt, maar het is klinkklare onzin wat hij beweert. Ik heb respect

voor vrouwen en heb nog nooit meegedaan aan dat soort onzinnige wedstrijdjes. Eerlijk gezegd ben ik wel een beetje teleurgesteld dat je meteen klakkeloos gelooft wat hij zegt.'

'Waarom zou hij liegen?'

'Om ons uit elkaar te drijven.'

'Ons?'

'Ah, Malou, kom op nou. Ik heb het gisteravond heel leuk met je gehad en ik meende elk woord dat ik tegen je heb gezegd.'

'Dan is het extra vreemd dat je me aan het einde liet barsten.'

'Ik heb je niet laten barsten. Ik ging naar het toilet omdat ik me ineens niet lekker voelde. Beetje te veel gedronken misschien. Ik was zo draaierig dat ik bijna out ging en ik heb de hele boel onder gespuugd. Ik heb daar denk ik wel een halfuur op de grond gezeten voordat ik me weer stabiel genoeg voelde om op te staan en daarna moest ik de zooi nog opruimen. Toen ik daarna langs de ontbijtzaal liep, waren alle lichten uit en was jij vertrokken.'

'Je had me een appje kunnen sturen, dan was ik naar je toe gekomen.'

'Nou, ik weet niet of jij ooit echt misselijk bent geweest, maar als je hele binnenste zich omkeert, dan is appen niet echt haalbaar.'

'Je had naar mijn kamer kunnen komen.'

'Ik was bang dat je al sliep en wilde je niet wakker maken. Bovendien schaamde ik me omdat ik mezelf onder had gespuugd. Ik wilde zo snel mogelijk die gore kleren uit en douchen. Het leek me beter dat ik je vandaag zou vertellen wat er was gebeurd, dan dat ik je midden in de nacht wakker had gemaakt.' Gijs gaat tegenover haar aan het tafeltje zitten en pakt haar handen vast. 'Ik vind je echt heel leuk, Malou, en wat mij betreft was gisteravond pas het begin. Ik hoop dat je me nog een kans geeft.'

'Ik moet erover nadenken. Ik vind gedoe op het werk niet bepaald chill.'

'Maar je zegt niet meteen nee.'

'Ik moet erover nadenken.'

'Snap ik. Weet je wat, ik laat je de hele week met rust en vrijdag zien we elkaar op het strandfeest bij Beach Club Blue. Deal?'

'Oké, deal.'

Er verschijnt een grote lach op het gezicht van Gijs en hij knijpt even in haar handen voordat hij ze loslaat. Even denkt ze dat hij haar gaat zoenen en als hij wegloopt zonder dat te doen, merkt ze dat ze hem ondanks alles dolgraag wil zoenen. De bel van de receptie voorkomt dat ze kan gaan zitten piekeren. '*Let's go*,' mompelt ze terwijl ze vlug nog een slok koffie naar binnen klokt. Ze zet haar grootste lach op en loopt naar de balie, waar een paar gasten staan te trappelen om informatie over de omgeving en tips voor leuke uitstapjes. Malou weet ze allemaal naar tevredenheid te helpen.

De rest van de ochtend is druk en chaotisch en tegen de lunch heeft ze een mooie lijst verzameld van mensen die willen deelnemen aan Kims eerstvolgende yogaklasje. Na de lunch verwacht ze nog wat nieuwe gasten die vandaag op het resort arriveren. Net als ze de lijst met nieuwe namen erbij wil pakken, komt er een vrouw met lange donkerblonde haren en een vriendelijk gezicht de receptie binnenlopen. Ze draagt een oranje jurk die mooi om haar lichaam valt. 'Hi,' zegt de vrouw. 'Ik ben net met mijn kinderen gearriveerd. Ons chalet was open, dus we hebben onze spullen vast binnen gezet, maar ik kom me nog even officieel aanmelden.'

'Van harte welkom op ons mooie Blue Lake Resort,' zegt Malou met een stralende lach. Ze steekt haar hand uit naar de vrouw en stelt zich voor.

'Hannah Jonker, aangenaam.'

Malou pakt het klembord dat op een plank onder de balie

ligt en laat haar vinger langs het rijtje namen gaan van gasten die vandaag worden verwacht. 'Hannah Jonker zei u, hè? Ha, familie Jonker, hier bent u.' Ze zet een krulletje op de vierde plek van boven in het rijtje. 'Hannah, Max en Vera.'

'De kids liggen al in het meer,' zegt Hannah grinnikend, 'dus je zult het met mij moeten doen.'

Terwijl Malou wat administratieve dingen afhandelt, kletst Hannah gezellig door. Ze mag de vrouw meteen. Ze is tenminste niet zo snobistisch als een aantal andere gasten met wie ze de afgelopen weken kennis heeft gemaakt. Het gros van de gasten hier heeft veel te veel geld en gedraagt zich daar ook naar. Sommigen van hen behandelen het personeel ronduit als voetveeg en het kost Malou moeite om in die gevallen haar zonnige gezicht op te zetten en vriendelijk te blijven. Daarom is ze blij dat ze over het algemeen voornamelijk met de kinderen te maken heeft, want ondanks het feit dat daar ook een paar raddraaiers tussen zitten, kan ze die prima aan. Op verzoek van Hannah belt ze Kim en als ze die twee de receptie uit ziet lopen, gaan haar gedachten automatisch weer naar Gijs. Hij heeft meer bij haar losgemaakt dan ze wil toegeven. Zijn uitleg over wat er gisteravond met hem aan de hand was, klonk oprecht. Haar achterdocht is daardoor wat afgenomen, maar nog niet helemaal weg. Hij zal zich eerst moeten bewijzen voordat ze hem weer wil toelaten. Eerst maar eens zien of hij zich aan zijn woord houdt en haar tot het strandfeest met rust laat. Ergens hoopt ze dat haar beginnende gevoelens voor hem tegen die tijd bekoeld zijn. Het maakt alles alleen maar ingewikkelder, en was ze hier juist niet naartoe gegaan om aan ingewikkelde toestanden te ontsnappen? Bovendien zit het haar ondanks Gijs' uitleg en Shanice' pleidooi voor hem niet lekker wat Jayden heeft gezegd over het wedstrijdje meiden scoren tussen Gijs en Erik. Zou hij het echt gezegd hebben om haar te manipuleren en een wig tussen haar en Gijs te drijven of zit er toch een kern van waarheid in?

23

Na een intensieve week werken heeft Malou zich voor haar doen behoorlijk opgedirkt. Shanice komt haar zo halen om naar het strandfeest te gaan en stiekem hoopt ze dat ze Gijs meeneemt. Haar gevoelens voor hem zijn in de afgelopen week niet minder geworden en ze weet niet of ze zichzelf kan inhouden als ze vanavond bij hem in de buurt komt. Gijs heeft zich keurig aan zijn afspraak gehouden en haar de hele week met rust gelaten. De keer dat ze samen waren ingeroosterd voor een animatiedienst als teamleider van een beachvolleybalwedstrijd gedroeg hij zich vriendelijk en sportief. Alleen de twinkeling in zijn ogen als hij haar aankeek, verraadde dat hij haar nog steeds leuk vond. Soms was zijn blik zo indringend dat ze er verlegen van werd.

Om de tijd te doden geeft Malou extra aandacht aan haar haren. De krullen die niet meewerken krijgen een overdosis haarlak om op hun plek te blijven zitten. Als ze eindelijk tevreden is maakt ze haar kapsel af met Hair & Body Mist van Rituals. De geur van heilige lotus en organische witte thee nestelt zich in haar donkerblonde krullen. Ze verlaat de badkamer met haar lippenstift en mascara en stopt ze in haar clutch bij het cashgeld dat ze voor vanavond heeft gepind. Voor de zekerheid stopt ze haar creditcard er ook nog bij en dan valt er echt niets anders meer te doen dan wachten. Gelukkig wordt haar geduld niet lang op de proef gesteld en klopt Shanice stipt op het afgesproken tijdstip op haar deur. Teleurgesteld ziet Malou dat ze alleen is.

'Gijs komt ietsje later,' zegt Shanice als ze Malou eerst langs haar heen ziet kijken voordat ze haar kamer afsluit en met haar vriendin naar buiten loopt. 'Hij moest nog iets doen.'
'Wat dan?'
'Geen idee, hij deed er een beetje vaag over. Maar ik moest je alvast een knuffel van hem geven.'
'O, oké.'
'Niet zo zorgelijk kijken, hij komt heus wel. En tot die tijd gaan wij samen heel veel lol maken met dansen en shotjes.'
'Ik kan me niet helemaal klem zuipen, want ik heb een van de gasten beloofd dat ik een oogje op haar dochter zal houden.'
'Wie dan?'
'Vera Jonker. Haar moeder vindt het nogal spannend om haar uit te laten gaan.'
'Ah, ja, die Vera. Leuk meisje wel. Maar die is toch zestien? Dan heb je toch geen oppas meer nodig?'
'Vera wordt vrij beschermd opgevoed en is nog behoorlijk bleu. Ik geloof dat ze thuis zelfs nog helemaal niet mag uitgaan. Bij hoge uitzondering mag ze vanavond naar het strandfeest omdat het vakantie is, maar onder de voorwaarde dat ik een oogje in het zeil hou.'
'Kan die moeder zelf niet meegaan dan? Heb je eindelijk een vrije avond, kun je nog niet je gang gaan.'
'Hannah kan Vera's broertje Max niet alleen laten. Maar buiten dat, zou jij het zien zitten om met je moeder te gaan stappen?'
'Nee, dat zou ik niet bepaald chill vinden. Oké, ik snap je punt. Je bent gewoon echt te aardig.'
'Ach, kleine moeite, toch? Ik blijf in het begin een beetje bij haar in de buurt en als ze haar draai gevonden heeft, kan ik heus wel een shotje en een dansje doen met jou.'
'En wat als Gijs weer een stukje met je wil "wandelen"? Dan ga jij echt geen nee zeggen omdat je op dat meisje moet passen.'

'Eerst maar eens zien of hij komt en dan zien we wel verder.'

'Tijd voor feest, geen gepieker meer om boys!' Shanice pakt Malou's hand en trekt haar enthousiast mee richting het feestgedruis voor Beach Club Blue. Als ze na een stukje over het strand aankomen, zien ze Erik staan, omringd door een groepje meiden waar Vera ook bij staat. Erik torent boven de meiden uit en voert het hoogste woord. Zodra hij Malou en Shanice ziet, komt hij met twee shotjes op hen aflopen. 'Ha, blij dat jullie er zijn. Dat gaf me eindelijk een goed excuus om me los te weken van die tienermeisjes. Cheers.' Hij tikt zijn shotje tegen dat van Shanice en Malou aan en slaat het vervolgens in één keer achterover. Shanice volgt zijn voorbeeld, maar Malou houdt zich aan haar voornemen om het rustig aan te doen en neemt een voorzichtig slokje van de sterkedrank die ook iets zoets heeft. Shanice grist het shotje uit haar hand en drinkt het in één teug leeg. 'Geen dank voor de hulp,' giechelt ze als Malou haar verbaasd aankijkt. 'Ik haal wel even een cola voor je.' Shanice verdwijnt richting de buitenbar die links van de ingang van de beachclub staat. Erik kijkt ongegeneerd naar haar billen en bijt op zijn onderlip.

'Je kwijlt,' stoot Malou hem grinnikend aan.

'Maar kijk haar dan... Ik denk dat ik vanavond toch nog eens een poging ga wagen.'

'Gratis tip: ik zou het niet doen.'

'Wie weet wat de avond en nog wat rondjes shots ons brengen, toch?'

'Als je dat maar uit je hoofd laat.' Malou voelt haar clutch trillen van een berichtje en pakt haar telefoon eruit. Vol verwachting kijkt ze op het scherm in de hoop dat het een app van Gijs is. Tot haar teleurstelling ziet ze dat het van Hannah is, die zich afvraagt of Vera het naar haar zin heeft.

Malou kijkt achter zich en ziet Vera dansen met het meidenclubje met wie Malou haar de afgelopen week vaker gezien heeft. Ze maakt een foto en stuurt hem naar Hannah om

haar gerust te stellen. Na wat heen en weer geapp stopt ze haar telefoon weer terug in haar clutch. Erik is intussen een stukje verderop gaan staan kletsen, maar komt meteen weer terug als hij Shanice met drie shotjes en een cola ziet aankomen. Hij grist een shotje uit haar handen. 'Ha, lekker. Had je niet hoeven doen.'
Shanice rolt met haar ogen en probeert hem te negeren, maar Erik laat zich niet zomaar aan de kant zetten. 'Ah, Niesje, geef me nou gewoon een kus,' bedelt hij terwijl hij zijn lippen tuit en smakgeluidjes maakt.
'Rot op, Erik.' Voor ze er erg in heeft trekt hij de cola uit haar hand.
'Hé, die was voor Malou.'
'Nu niet meer.' Grijnzend steekt hij het plastic glas in de lucht en mengt zich tussen de feestende mensen.
'Wat is het ook een lul. Ik haal wel even een nieuwe cola voor je.'
'Nee joh, hoeft niet. Ik neem wel een shotje. We zijn eindelijk vrij!'
'Nice,' grinnikt Shanice terwijl ze Malou meetrekt richting de club. 'Kom, we gaan dansen.'
Malou werpt nog een blik op Vera, die het nog steeds naar haar zin lijkt te hebben, en rent dan achter haar vriendin aan naar de beveiliger die bij de ingang van Beach Club Blue staat. Ze laten allebei het stempel zien dat ze eerder die avond hebben gekregen en worden binnengelaten. Malou krijgt kriebels in haar buik van de opzwepende beat en de kleurrijke verlichting die meepulseert op het ritme van de muziek. Ze volgt Shanice meteen naar de dansvloer. Shanice trekt haar naar zich toe en steekt haar telefoon in de lucht. 'Even een selfie voor Gijs maken. Kan hij zien wat hij mist,' zegt ze lachend. Shanice steekt lachend haar tong uit en Malou volgt haar voorbeeld. 'App mij die foto ook even,' schreeuwt Malou boven de muziek uit. Shanice knikt terwijl haar duimen vlie-

gensvlug over het toetsenbord van haar telefoon gaan. 'Foto verstuurd aan Gijs. Wedden dat hij nu heel snel voor je neus staat?'

Bij de gedachte trekt er een kriebel door Malou's buik. Ze mag van zichzelf nog wel wat drinken tegen de zenuwen, dat kan prima. Als de eerste klanken van 'Bam Bam' van Camila Cabello en Ed Sheeran klinken, barst de club los. 'Nu is het mijn beurt om drinken te halen. Shots?'

Shanice knikt instemmend. 'Ik lust nog wel een sambuca.'

'Yes, en ik haal een cola voor ons,' zegt Malou voor ze zich door de massa heen naar de bar wurmt. Achter de tap staat de man die op het resort de leveringen van voedsel en drank verzorgt. Malou is even zijn naam kwijt, maar dan herinnert ze zich hem: Nikola. Als ze aan de beurt is, lacht hij haar vriendelijk toe terwijl hij haar bestelling opneemt. 'Jij bent nieuw dit jaar op het resort, toch?' vraagt hij als hij haar een koude cola en twee shotjes overhandigt.

'Ja, klopt.'

'Bevalt het?'

'Ja, hartstikke goed.'

'Dus volgend jaar ben je weer van de partij?'

'Wie weet. Het is altijd lekker om een extra centje bij te verdienen.'

'Betalen Kim en Jayden je een beetje fatsoenlijk?'

'Ach, het is geen vetpot, maar het is oké. Voor kost en inwoning wordt gezorgd, dus het geld dat ik verdien kan ik aan mezelf besteden.'

'Als je nog wat extra's wilt verdienen, dan moet je het maar laten weten. Ik kan altijd mensen gebruiken.'

'Voor achter de bar, bedoel je?'

Nikola lacht en geeft haar een vette knipoog. 'Onder andere.' Daarna wendt hij zich van haar af en richt zich op de volgende klant. Malou pakt haar drankjes en weet zonder gemors weer bij Shanice te komen. Ze geeft haar vriendin een shotje sambuca en drinkt gulzig de halve beker cola leeg voor ze die ook aan Shanice overhandigt.

'Ik kreeg net nog een baan aangeboden,' zegt Malou lachend nadat ze haar shotje tegen dat van Shanice heeft aangetikt en ze hem tegelijkertijd achterover hebben geslagen.

'Een baan? Van wie?'

'Die Nikola, je weet wel, die vent...'

'Ja, ik weet wie Nikola is. Wat moest hij van je?'

'Hij deed wat vaag, maar ik denk dat hij bedoelde dat ik nog wat kon bijklussen achter de bar van Club Blue.'

'Alsof je daar tijd voor hebt.'

'Nee, en geen zin in ook. Als ik deze vakantie in de horeca had willen werken, dan was ik wel in Nederland gebleven.'

'Precies. Als je het maar niet in je hoofd haalt om voor hem te gaan werken...' zegt Shanice. Malou schrikt van de serieuze toon die haar vriendin aanslaat. 'Want ik wil je elke vrije minuut voor mezelf hebben.' Ze geeft Malou een zoen op haar wang. 'De enige met wie ik je misschien wil delen is Gijs.'

'Loopt hij hier al ergens rond?'

'Ik heb hem niet gezien en niks meer van hem gehoord. Misschien is hij wel in slaap gevallen. Hij klaagt de hele week al dat hij moe is.' Shanice kijkt om zich heen, drinkt de rest van de cola op en werpt een vlugge blik op haar horloge.

'Denk je dat hij helemaal niet meer komt dan?' vraagt Malou teleurgesteld.

'We geven hem nog een uurtje en dan sleep ik hem persoonlijk zijn nest uit voor je. Oeh.' Shanice buigt vooruit met haar armen voor haar maag.

'Gaat het?'

'Ik word ineens heel misselijk. Ik denk dat ik wat te snel gedronken heb. Mijn maag kan niet zo goed tegen al die shotjes. Ik loop even naar buiten.'

Malou maakt aanstalten om met haar mee te gaan, maar Shanice steekt haar hand op. 'Laat me maar even. Ben zo terug.'

Met tegenzin laat Malou haar gaan. Ze loopt weer richting de dansvloer en blijft aan de rand staan zodat ze de plek waar ze Shanice zo terugverwacht in de gaten kan houden. Ongemakkelijk beweegt ze wat op de muziek heen en weer terwijl ze om zich heen kijkt. Als er vier liedjes zijn gepasseerd en het vijfde inzet, begint ze zich zorgen te maken. Shanice blijft wel erg lang weg. Ze verlaat de dansvloer en loopt naar buiten om haar te zoeken. Ze laat haar ogen over de mensen gaan die kletsen en feestvieren op het strand. In de gauwigheid ziet ze dat Vera niet meer op de plek staat waar ze haar voor het laatst zag. Het groepje meiden met wie ze mee was, staat er nog wel. Ze kijkt straks wel even waar Vera is gebleven, eerst moet ze Shanice vinden. Haar ogen zoeken naar Erik die met zijn bijna twee meter vaak ruim boven de meeste mensen uitsteekt, maar ook hem ziet ze niet.

Malou loopt naar het clubje meiden toe en vraagt of ze Shanice gezien hebben. Chanty kijkt haar triomfantelijk aan. 'O ja, zeker hebben we Shanice gezien. Ze is met Gijs achter de club verdwenen. Blijkbaar hadden ze wat privacy nodig.' Chanty maakt een obsceen gebaar met haar handen en Malou hoort haar krijsende schaterlach als ze wegloopt. Het stelt haar enigszins gerust dat Gijs blijkbaar is gearriveerd en Shanice heeft opgevangen, maar ze wil toch ook met eigen ogen zien dat het goed met haar gaat. Ze loopt om de club heen en ziet Gijs en Shanice van een afstandje staan. Ze wil hun iets toeroepen, maar slikt haar woorden in als ze hen dicht bij elkaar ziet staan. In een reflex duikt ze achter een vuilcontainer. Voorzichtig kijkt ze vanuit haar gehurkte positie langs de container omdat ze niet kan geloven wat ze zojuist heeft gezien, maar de aanblik is hetzelfde: Gijs en Shanice staan met hun voorhoofden tegen elkaar aan. Gijs' arm leunt op haar schouder en hun lichamen staan tegen elkaar aan gedrukt. Hoewel ze praten en niet zoenen, ziet het er ongelooflijk intiem uit. In een opwelling maakt ze een foto. Gijs trekt Sha-

nice verder tegen zich aan en omhelst haar. Shanice kruipt weg in zijn armen en zo blijven ze een tijdje staan. Uiteindelijk laten ze elkaar los en lopen met de armen om elkaar heen geslagen richting de containers. Malou houdt haar adem in en maakt zichzelf nog kleiner. Hoe dichterbij ze komen, hoe meer ze opvangt van hun gesprek: 'Wat moeten we Malou vertellen? We kunnen dit niet voor haar verborgen houden.'
'Nee, het is beter als we eerlijk tegen haar zijn, ze moet weten hoe het zit. Maar niet vanavond, oké? Laten we het in elk geval nog minimaal vierentwintig uur tussen ons houden zodat we er goed over na kunnen denken of we dit echt willen. Als we het vertellen, dan kunnen we niet meer terug, dat besef je toch wel?'
'Ik durf het gevecht wel aan te gaan. Zolang we elkaar hebben, kunnen we het aan.' Shanice klampt zich aan Gijs vast en hij blijft vlak voor de container waar Malou achter verborgen zit even staan om haar een knuffel te geven. Malou houdt ongemerkt haar adem in. Ze is boos en jaloers tegelijk en het kost haar moeite om niet schreeuwend uit haar schuilplaats te komen. Uiteindelijk laten Gijs en Shanice elkaar los.
'Ik moet terug voordat Malou me komt zoeken. Ik heb haar wijsgemaakt dat ik me niet lekker voelde en even wat frisse lucht nodig had. Ik kon even niks beters verzinnen om alleen weg te komen. Ze is al de hele avond naar je op zoek.'
'Dan lijkt het me beter dat ik nu naar mijn kamer ga. Ik wil niet het risico lopen dat ze ons samen ziet zolang we nog niet met haar gepraat hebben. Ik ben ook niet in de mood nu, dus ik rook zo even een jointje of pak misschien iets sterkers om even te ontspannen en dan ga ik slapen.'
Iets sterkers? Had Gijs die avond dat ze met hem op het strand lag niet gezegd dat hij los van een jointje ver uit de buurt bleef van drugs? Is er überhaupt iets waar van alles wat hij haar die avond heeft verteld? Ze voelt zich misbruikt en een ongelooflijke sukkel. Ze had zich gevleid gevoeld door al

zijn lieve woorden en ze allemaal klakkeloos voor waar aangenomen. Het voelde allemaal zo oprecht en eerlijk. *Ja, dat voelde Rutger in eerste instantie ook en kijk hoe dat heeft uitgepakt.* Ze kan gewoon niet geloven dat ze weer in dezelfde situatie is beland. Shanice en Gijs hebben haar net zo verraden als Rutger en Janine. Ze had nooit in zo'n korte tijd mensen weer dichtbij moeten laten komen, maar ze heeft zich totaal laten meeslepen door de bubbel waarin ze hier verkeert. Dat bord voor haar kop moet wel van onbreekbaar beton zijn. Shanice en Gijs lopen verder en ze durft weer adem te halen. Voordat de mensen die ze als haar vrienden beschouwde uit elkaar gaan, verstrengelen hun vingers zich nog even innig met elkaar. Dan gaat Gijs er in hoog tempo eerst vandoor. Shanice wacht nog even een paar minuten voordat ze achter het gebouw vandaan stapt en zich weer in het volle zicht begeeft. Op dat moment laat Malou haar tranen de vrije loop. Het is een mix van woede en verdriet die elkaar in rap tempo afwisselen.

24

Inmiddels is Shanice al een kwartier geleden teruggelopen naar Beach Club Blue, maar Malou is nog steeds niet uit haar schuilplaats gekomen. Ze heeft nog niet genoeg moed verzameld om de confrontatie met haar zogenaamde vriendin aan te gaan. Een paar minuten geleden heeft ze een appje ontvangen van Shanice, maar ze heeft het nog niet bekeken. Toch maar even doen voordat ze de club weer binnenstapt. Ze komt overeind, klopt het zand van haar kleren en strekt haar stijve benen voordat ze haar toestel ontgrendelt.
Waar ben je? Kan je niet vinden? Voel me nog steeds niet zo chill. Wil eigenlijk mijn bedje wel opzoeken. x S
Ben buiten aan het dansen. Hebben elkaar net gemist denk ik. Ga lekker slapen, joh, ik vermaak me wel. Malou verstuurt het bericht zonder de gebruikelijke kus. Ze kan het niet opbrengen. Ze loopt naar de hoek van het clubgebouw zodat ze de ingang, die tevens uitgang is, in de gaten kan houden. Na een paar minuten komt Shanice naar buiten. Ze kijkt vluchtig om zich heen naar de feestende mensen op het strand, maar het lijkt allesbehalve een serieuze poging om Malou nog even te vinden voordat ze vertrekt. In rap tempo maakt ze zich uit de voeten. *Kruip maar lekker bij Gijs in bed, bitch.*

Als Shanice uit het zicht is, loopt Malou weer richting de ingang van de club. Ze passeert een paar lege statafels waarop half opgedronken drankjes staan. Op een van de tafeltjes ligt zelfs een onbeheerde telefoon. Ze pakt hem op en klikt op de thuisknop. Het scherm licht op en er verschijnt een foto van Vera met Hannah en Max in beeld. God, Vera. Ze heeft helemaal niet meer aan het meisje gedacht of aan de belofte die ze haar moeder heeft gedaan om een oogje in het zeil te houden. Verderop ziet ze Chanty en haar gang staan, omringd door andere feestgangers. Vera zal er wel bij staan. Ze heeft niet de puf om het meisje te zoeken, ze heeft even genoeg aan haar eigen sores. Ze loopt de club in en neemt plaats op een kruk aan de bar. Nikola staat erachter en komt op haar aflopen. Ze werpt hem een flauw lachje toe.

'Wat mag het zijn, jongedame?' vraagt hij joviaal.

'Doe maar wat van dat sterke spul, die Rakija.'

'Weet je het zeker? Je wordt er heel snel dronken van.'

'Misschien is dat ook wel de bedoeling.'

Nikola zet een borrelglaasje voor haar neer. 'Heb je een rotavond, meissie?'

'Waarom denk je dat?'

'Als een meisje als jij naar de sterkedrank grijpt, dan is er meestal wat loos.' Malou haalt haar schouders op.

'Vertel op, ik kan goed luisteren.'

'Ik wil er niet over praten.' Malou pakt het borrelglaasje op en tikt de inhoud in één keer achterover. Haar keel staat in brand en de tranen springen in haar ogen. Nikola lacht als ze begint te hoesten.

'Doe me er nog maar eentje.'

Nikola knijpt zijn ogen even bedachtzaam samen, maar vult haar glaasje uiteindelijk toch bij. Weer drinkt ze hem in één teug leeg. Het komt hard binnen op het bodempje shotjes dat ze eerder op de avond al heeft gelegd.

'Als je echt op zoek bent naar een verdoving waar je geen kater van krijgt, dan heb ik misschien wel wat voor je.' Hij haalt iets uit zijn broekzak en houdt zijn vuist gesloten. Samenzweerderig buigt hij naar haar toe en opent zijn hand lang genoeg om haar een glimp te laten opvangen van een plastic zakje waar wat vrolijk gekleurde pilletjes in zitten. Voordat ze kan reageren, heeft hij het alweer diep weggestopt in zijn broekzak. Het gaat zo snel dat Malou betwijfelt of ze het wel goed gezien heeft.

'Je weet me te vinden, als je hulp nodig hebt.' Hij kijkt haar aan, knipoogt en loopt weg naar een volgende klant. Malou blijft even beduusd zitten en wenkt de tweede barman. Ze laat haar glaasje voor de derde keer bijvullen. Ze drinkt de inhoud een stuk minder enthousiast op dan de vorige twee. Een wazige roes sleept haar steeds verder mee en ze begint misselijk te worden. Ze moet zien dat ze in haar bed komt en weer nuchter wordt, anders kan ze morgen niet fatsoenlijk functioneren. Het is de tweede keer in haar leven dat ze zich om een jongen zo heeft laten gaan met drank. Ze stuntelt van de barkruk en moet zichzelf even vasthouden aan de toog totdat ze zich stabiel genoeg voelt om richting de uitgang te lopen. Een van de twee beveiligers voert een felle discussie met een man die de toegang wordt ontzegd. Malou denkt hem ergens van te herkennen, maar de alcohol maakt het onmogelijk om diep in haar geheugen te graven. Ze wankelt op haar benen en het kost haar grote moeite om overeind te blijven. Ze laat de man links liggen en focust zich op naar buiten komen.

Het gros van de feestgangers op het strand heeft zich naar binnen verplaatst. Her en daar staan nog wat mensen te kletsen, maar twee crewleden van Club Blue lopen met grote vuilniszakken rond en zijn alvast begonnen met het verzamelen van afval. De draaitafel van de dj produceert nog maar een kwart van het aantal decibellen en de snelle dansmuziek aan het begin van de avond heeft plaatsgemaakt voor loungemuziek. Malou sluit even haar ogen en begint zachtjes met haar heupen te wiegen terwijl ze de rustgevende klanken in zich opneemt en haar zorgen even probeert weg te drukken. Hoe fijn zou het zijn als ze gewoon zo kon blijven dansen en ze zich nergens meer druk om hoefde te maken?

Ze schrikt als iemand haar van achteren vastpakt, zijn handen op haar buik legt en met zijn kin op haar schouder leunt. Ze ruikt zweet, alcohol en sigaretten. Het haalt haar bruut uit haar gelukzalige roes en als ze zich losworstelt, verliest ze haar evenwicht en valt ze op haar kont in het zand.

'Heb je het een beetje naar je zin?' Erik torent grinnikend boven haar uit. Als hij haar een helpende hand toesteekt, slaat ze die weg. 'Rot op, sukkel, blijf met je gore poten van me af.'

'Zo, heeft iemand hier even een kwade dronk. En ik vond je nog wel zo schattig. Waar is dat lekkere vriendinnetje van je?'

'Shanice, want ik neem aan dat je haar bedoelt, is allang vertrokken. En ze is mijn vriendinnetje niet.'

'Ai, ai, ai, hebben jullie ruzie gehad? Ach, Gijs wil vast wel de rol van bemiddelaar op zich nemen. Hij is tenslotte de oudste en de wijste van het team.' Erik begint overdreven hard te lachen en Malou kan alleen maar walging voor hem voelen. Vanuit haar ooghoek ziet ze dat de uitsmijter de man met wie hij ruzie had inmiddels de tent uit heeft gewerkt. Tot haar schrik ziet ze dat Jayden zich bij hen heeft gevoegd. Jayden en de uitsmijter hebben de man tussen zich in en houden hem niet bepaald zachtzinnig vast. Het gezicht van de man is rood aangelopen van woede en hij schreeuwt wat onverstaanbare dingen. Malou duikt weg, want ze wil niet dat haar baas haar zo dronken ziet, maar Jayden heeft alleen maar oog voor de man. Nog steeds schiet haar niet te binnen waar ze hem eerder heeft gezien. Erik richt zijn aandacht nu ook op het schouwspel en ze maakt gebruik van het moment om weg te komen. Hij heeft niet eens door dat ze opstaat en struikelend bij hem vandaan loopt. Erik staart naar de schreeuwende man en lijkt niets anders meer te zien. Zijn gezicht staat verbeten en zijn ogen staan bezorgd, zelfs angstig. Malou ziet nog net dat hij een blik uitwisselt met Jayden voordat ze zich zwalkend uit de voeten maakt.

25

Een knallende koppijn hamert door Malou's hoofd als ze wakker wordt van het snerpende geluid van de wekker. Ze zet dat rotding uit en doet een poging om overeind te gaan zitten. De hoofdpijn wordt nog erger en ze gaat vlug weer liggen. Een zure stank dringt haar neus binnen. Naast haar bed staat een emmer waar ze vannacht zo te zien naarstig gebruik van heeft gemaakt. Ze kan het zich niet herinneren. Haar mond is kurkdroog en de smaak op haar tong is ronduit goor. Ze grijpt naar het glas water dat naast haar bed staat en drinkt het gulzig leeg. Haar maag protesteert en ze weet net op tijd bij het toilet te komen. Het duurt even voordat haar maag voldoende tot rust is gekomen en ze strompelt terug naar haar bed. Ze blijft even op de rand zitten om het gebonk in haar hoofd wat tot rust te laten komen voordat ze een strip paracetamol uit haar nachtkastje pakt en weer terug naar de badkamer loopt met twee pillen in haar hand. Ze neemt ze met kleine slokjes in om haar maag niet weer overstuur te maken.

Vervolgens zet Malou de douche aan zodat het water vast op temperatuur kan komen terwijl ze de emmer schoonmaakt en onder de wastafel zet. Als ze daarna onder de warme waterstraal stapt, lopen de rillingen over haar lijf. Man, wat voelt ze zich beroerd. Haar herinneringen aan gisteravond en -nacht zijn wazig, maar één ding kan ze zich nog heel goed herinneren: het bedrog van Gijs en Shanice. Ze slaat beschermend haar armen om zichzelf heen en blijft even zo staan. Met tegenzin zet ze het water uit en droogt zich af.

De wekkerradio naast haar bed geeft aan dat ze nog een halfuur heeft tot het gezamenlijke ontbijt. Naast het feit dat ze niet moet denken aan eten ziet ze ontzettend op tegen het weerzien met Shanice en Gijs. De verleiding om zich ziek te melden is groot, maar ook haar eer te na. Ze wil haar baan niet op het spel zetten voor die twee verraders. Nee, ze laat zich niet kennen.

Malou pakt een schoon setje van haar resorttenue uit de kast en trekt het aan. Ze vindt de korte broek en het shirt niet echt mooi, maar het is wel makkelijk dat ze niet hoeft na te denken over wat ze aan moet trekken. Het jurkje dat ze gisteren naar het strandfeest droeg, propt ze in de tas waarin ze haar was verzamelt. Dat heeft ze toch niet meer nodig, want voor wie zou ze zich op moeten doffen? Haar focus ligt vanaf nu volledig op haar werk en de rest kan haar gestolen worden. De vrije tijd die ze dan nog overheeft, kan ze wellicht invullen met het draaien van extra diensten of het werken aan haar boek, waar tot nu toe nog niets van gekomen is. Als ze heel eerlijk is, vreest ze dat ze de komende tijd geen letter op papier krijgt. Haar hoofd staat er niet naar en haar onrust is alleen maar toegenomen dankzij Gijs en Shanice. Misschien moet ze haar ambitie maar helemaal laten varen. Ze is een van de miljoen Nederlanders die een boek willen schrijven. Het is tegenwoordig bijna onmogelijk om een uitgever te vinden en door te breken als debutant. Er zijn maar weinig aspirant-auteurs die het zover weten te schoppen en eerlijk gezegd begint ze het geloof te verliezen dat zij ooit tot de gelukkigen zal behoren. Dat ze altijd hoge cijfers haalde voor haar schoolopstellen en in het verleden een dagboek bijhield, wil nog niet zeggen dat ze een goede schrijfster is. Haar onzekerheid werkt verlammend, maar wat zal ze zich ook druk maken? Als ze thuiskomt na haar Macedonische avontuur komt ze in het gespreide bedje van een vaste baan terecht met een mooi vooruitzicht voor de toekomst.

Ze pakt haar telefoon en zet hem aan. Na het appje van Shanice over waar ze was heeft ze hem uitgezet. Tot haar verbazing ratelen er talloze appjes en een aantal meldingen van voicemails binnen. Ze scrolt erdoorheen en ziet dat ze allemaal van Hannah afkomstig zijn, omdat Vera niet volgens afspraak is thuisgekomen. Elk bericht wordt wanhopiger. Malou's hoofdpijn speelt weer op. Deze keer door schuldgevoel. Als ze een beetje op Vera had gelet, was dit waarschijnlijk niet gebeurd. Ze kijkt naar Vera's telefoon op haar nachtkastje en pakt hem op. Als het scherm zwart blijft wanneer ze op de thuisknop duwt, concludeert ze dat de batterij vannacht is leeggelopen. Ze zet het geluid van haar eigen toestel uit en stopt hem samen met Vera's telefoon diep weg in het heuptasje met paspoort, rijbewijs, bank- en verzekeringspassen dat ze om haar middel draagt. Ze voelt zich nog niet sterk genoeg om de confrontatie aan te gaan met een hysterische moeder die haar waarschijnlijk voor van alles en nog wat wil uitmaken. Ze weet dat ze haar kop in het zand steekt en dat uitstel geen afstel is. Dan schrikt ze omdat er op haar deur wordt geklopt. Even is ze bang dat het Hannah is, maar als ze aarzelend de deur opendoet, ziet ze Shanice staan. Net zo erg als Hannah.

'Hé, ben je klaar?' Shanice ziet er net zo stralend en blij uit als de andere ochtenden dat ze haar kwam halen voor het ontbijt. Malou weet even niet hoe ze moet reageren en weet er uiteindelijk met moeite een nukkige '*Morning*' uit te persen.

'Ochtendhumeur?' grinnikt Shanice.

'Kater. Laat me maar.' Ze stapt naar buiten, slaat de deur achter zich dicht en loopt zonder om te kijken langs Shanice heen.

'Oké dan...' Shanice komt naast haar lopen, maar Malou gunt haar geen blik waardig. Ze wisselen geen woord tot ze bij de ontbijtzaal zijn en nemen plaats op hun vaste plek. Kim loopt al rond met een thermoskan koffie en Shanice wijst haar op het kopje bij Malou's bord. 'Ze kan het gebruiken,' zegt ze en ze lacht samenzweerderig. Kim schenkt Malou's kopje vol en knijpt even zachtjes in haar schouder. 'Kan ik je zo even onder vier ogen spreken?'

'Uhm, ja. Nu of na het ontbijt?'

'Eet eerst maar even wat en loop dan naar de personeelstoiletruimte. Ik hou je wel in de gaten en kom er dan achteraan.'

'Oké...'

Kim gaat verder met haar koffieronde en laat Malou met een vertwijfeld gevoel achter. Wat wil Kim van haar? Heeft Jayden haar gisteren toch stomdronken gezien en heeft hij Kim de opdracht gegeven om haar de les te lezen? Maar dat past eigenlijk niet in het beeld dat ze inmiddels van Jayden heeft. Hij heeft het hart op de tong en laat geen kans onbenut om te laten merken dat hij de baas is. Personele zaken zijn zijn pakkie-an. Of zou Hannah over haar hebben geklaagd omdat ze Vera uit het oog is verloren? Malou voelt de misselijkheid die net wat begon af te zakken weer opkomen. Ze betwijfelt of ze ook maar een hap door haar keel kan krijgen, laat staan het binnen kan houden. Met tegenzin pakt ze een stukje bladerdeegtaart en zet haar tanden in het deeg met gesmolten kaas. Ze kauwt het geheel samen tot een kleffe bal en weet hem zowaar door te slikken. Als ze een tweede muizenhap wil nemen stoot Shanice haar aan. 'Ik moest je de groeten doen van Gijs en zeggen dat het hem spijt dat hij gisteren niet naar het feest kon komen.'

Malou kijkt Shanice indringend aan en is geschokt dat ze op haar gezicht geen spoor ziet van de keiharde leugen die ze verkondigt.

'Hij is gisteravond ziek geworden en voelt zich nog steeds niet goed. Zomergriepje of zo. Hij blijft vandaag in bed zodat hij morgen fit genoeg is voor die kajaktocht.'

'Ziek, hè? Ach arme, arme Gijs.'

Shanice fronst haar wenkbrauwen door de cynische toon in Malou's stem.

'Pas maar op dat je die "zomergriep" niet overneemt.'
'Uhm, wat reageer je gek. Is er iets aan de hand?'
Malou pakt haar telefoon en duwt Shanice de foto onder haar neus die ze gisteren van haar en Gijs heeft gemaakt. 'Dít is er aan de hand.'
Shanice wordt bleek en begint te stamelen. 'Het is... het is niet wat je denkt.'
'O, en wat denk ik dan volgens jou?'
Shanice valt stil.
'Ik zal je een handje helpen. Zou ik soms denken dat jij en Gijs me daar ontzettend staan te belazeren? Met je: hij vindt je leuk en je moet ervoor gaan.' Woede raast door Malou's lijf en het kost haar grote moeite om haar stem gedempt te houden. 'Ik vertrouwde jullie. En jou helemaal na wat ik je verteld heb over mijn ex, die me bedroog met mijn beste vriendin.'
'We hebben je niet bedrogen, Malou, dat zweer ik je. Dat zou ik nooit doen en Gijs ook niet. We geven allebei om je. Gijs en ik hadden ruzie.'
'Ruzie, *yeah right*. Het ziet er nou niet bepaald uit alsof jullie elkaar de hersens inslaan.' Malou duwt haar nogmaals de intieme foto onder haar neus.
'Gijs zag uiteindelijk in dat hij fout zat en maakte zijn excuses, dat is wat je ziet op die foto. Gijs en ik hebben nooit iets anders dan vriendschap voor elkaar gevoeld. Hij is mijn type niet en hij valt ook echt niet op mij. Je moet me geloven.'
'Dus je blijft volhouden dat jullie ruzie hadden?'
'Ja, want dat is de waarheid.'
'En waar ging die ruzie dan over?'
'Een meningsverschil over de spelregels van een activiteit. Niks bijzonders. Echt, ik zweer het.'
'En die zogenaamde ziekte van Gijs heeft er zeker niets mee te maken dat hij me ontloopt? Ik had gisteravond op het feest met hem afgesproken en hij heeft me gewoon laten barsten

zonder iets te laten horen. Hoe denk je dat ik me voelde toen ik hem daar sneaky met jou zag staan en hij hem daarna smeerde? Hij was blijkbaar niet ziek genoeg om met jou af te spreken, maar het was te veel moeite om contact met mij te zoeken. Echt, ik ben er helemaal klaar mee.'
Shanice krijgt niet de kans om te reageren, omdat Jayden opstaat en met een lepel tegen een glas tikt. Het geroezemoes in de eetzaal valt abrupt stil.

'Sommigen van jullie hebben het misschien al meegekregen, maar er was vannacht wat commotie omdat een van de gasten, een zestienjarig meisje wiens naam ik niet noem in verband met de privacy, een paar uur spoorloos is geweest. Het bleek uiteindelijk allemaal een misverstand te zijn. Gebrekkige communicatie, zoekgeraakte telefoon. Anyway, loos alarm, maar het gonst nog wel over het park. Mochten jullie de gasten erover horen praten, dan wil ik jullie vragen om ze te vertellen dat het een uit de hand gelopen roddel is die nergens op gebaseerd is. De moeder van het meisje was nogal overstuur en is mogelijk nog niet helemaal bijgekomen hiervan. We moeten voorkomen dat ze de andere gasten onnodig overstuur maakt of het goede imago van ons prachtige resort in gevaar brengt. Kan ik op jullie rekenen?'

Er wordt driftig geknikt.

'Mooi. Eet lekker verder en we gaan er weer een mooie dag van maken.'

'Zou dat over die Vera van jou gaan?' smoest Shanice samenzweerderig in Malou's richting.

'Ik zou het niet weten en het is "mijn" Vera niet,' kaatst Malou terug. Het laatste waar ze behoefte aan heeft, is haar kennis over het gebeurde met iemand delen die niet te vertrouwen is. Ze wil eerst met Hannah en Vera zelf praten om te horen wat er nu precies aan de hand is en Hannah proberen zo mild te stemmen dat ze in elk geval niet haar beklag over haar gaat doen bij Jayden. Als ze dat al niet gedaan heeft, want waarom wil Kim haar anders spreken? Zenuwachtig kijkt ze Kims richting uit en ze ziet dat Kim ongeduldig haar wenkbrauwen optrekt en subtiel met haar hoofd naar de uitgang van de eetzaal beweegt. Malou knikt onopvallend en laat haar ogen naar Jayden dwalen. Hij oogt volledig ontspannen en is in een geanimeerd gesprek verwikkeld met het jongste lid van het animatieteam. Het is duidelijk dat Jayden het geheel zo snel mogelijk wil vergeten en weer over wil gaan tot de orde van de dag.

'Even naar het toilet,' bromt ze tegen Shanice. 'Misselijk.'
'Moet ik even met je meelopen?'
'Nee, laat me maar even.'
'Ik doe het graag, hoor.' Shanice probeert duidelijk toenadering te zoeken.

'Nee, zeg ik toch! Ontferm je maar over die arme zieke Gijs, die snakt vast naar wat persoonlijke aandacht van je.' Met een ruk schuift ze haar stoel naar achteren en verlaat zonder om te kijken de eetzaal. Ze hoopt dat Kim haar ziet vertrekken en achter haar aan komt en dat Shanice haar met rust laat. Ze is eigenwijs genoeg om toch nog even haar hoofd om de deur te steken. In de toiletruimte loopt Malou linea recta naar een van de wasbakken en laat wat koud water over haar polsen stromen. Ze is zweterig van de alcohol die nog steeds niet helemaal uit haar lichaam is en zoekt verkoeling. Daarna maakt ze een kommetje van haar handen en drinkt eruit. Haar mond lijkt een bodemloze put en blijft droog en plakkerig. Achter haar gaat een deur open en hoewel ze Kim verwacht, schrikt ze er toch van. Kim komt naast haar staan en wast haar handen in de wasbak naast die van Malou. Met haar natte handen dept ze haar gezicht voordat ze zich nerveus tot Malou wendt:
'Jij was gisteren ook op het strandfeest, toch?'
'Ja.'
'Heb jij Erik daar gezien?'
'Erik is altijd moeilijk te missen. Hij is nogal aanwezig.'

'Je hebt hem dus gezien?'
'Ja, hoezo?'
'Was hij er van begin tot eind?'
Malou fronst haar wenkbrauwen. 'Wat bedoel je precies?'
Hij was er, maar ik heb niet de hele avond zijn hand vastgehouden. Sterker nog, ik moet er niet aan denken.'
'Je bent hem dus ook periodes uit het oog verloren?'
'Ik ben hem op een gegeven moment zelfs gaan mijden. Hij had te veel gedronken en was nogal handtastelijk.'
'Heeft hij aan je gezeten?'
'Dat probeerde hij, maar ik heb hem duidelijk laten merken dat ik daar niet van gediend was.'
'Heeft hij zich ook misdragen tegenover andere meisjes?'
'Heeft dit soms iets te maken met dat meisje dat even spoorloos was? Is er iets met haar gebeurd?'
'Daar probeer ik achter te komen. De moeder van het meisje heeft wat insinuaties gedaan. Jay neemt ze niet serieus, maar het zit me toch niet helemaal lekker.'
'Die moeder en dat meisje zijn Hannah en Vera, toch?'
Kim knikt instemmend.
'En waar bestaan die insinuaties dan uit?'
'Dat laat ik liever in het midden. Het enige wat ik van jou wil weten is of je Erik met die Vera samen hebt gezien.'
'Ik was van plan om een oogje op haar te houden omdat het de eerste keer was dat ze naar zo'n feestje ging, maar om eerlijk te zijn is dat niet helemaal gelukt,' zegt Malou stug. Ze vertelt er niet bij dat Hannah haar specifiek gevraagd had om dat te doen. Met deze halve waarheid hoopt ze zichzelf een beetje in te dekken, mocht Hannah toch nog haar beklag doen bij Jayden of Kim. 'Ik heb Vera aan het begin van het feest gezien met een clubje meiden en daarna ben ik haar uit het oog verloren in alle drukte. Ik heb wel haar telefoon gevonden, die had ze op een tafeltje laten liggen. Ik wil hem straks na mijn dienst even gaan teruggeven.'

'Ben je ingeroosterd voor het pannenkoeken bakken met de groep van tien tot twaalf jaar?'

'Ja, samen met Shanice en Erik.'

'Weet je wat? Ik neem je dienst over en dan ga jij Vera haar telefoon terugbrengen. Bied Hannah je excuses aan omdat je hebt verzuimd op Vera te letten en probeer haar wat te kalmeren. Vertel haar vooral niet dat Erik wat opdringerig was.'

'Maar...'

'Kan ik op je rekenen, Malou?' Kim klinkt vastberaden, maar ze oogt onzeker en nerveus.

'Ik zal mijn best doen.'

'Verder wil ik dat je Erik zo veel mogelijk negeert en hem niks vraagt over gisteravond. Jayden en ik zullen ons over hem ontfermen.'

'Wow, dat klinkt wel serieus.'

'Ik heb alles onder controle. En nu ga ik terug naar de eetzaal voordat het op gaat vallen dat ik wel erg lang wegblijf.' Als Kim met de deurklink in haar handen staat voegt ze er nogmaals ten overvloede aan toe: 'Ik verwacht volledige discretie van je. Je mag hier met niemand over praten. Voor jouw en mijn bestwil.' Ze glipt door de deur en is weg.

Malou blijft verward achter. Waar sloeg dat laatste zinnetje op? 'Voor jouw en mijn bestwil'? En waarom die geheimzinnigheid, haar 'contactverbod' met Erik, Jayden die doet alsof er niets aan de hand is? Er lijken ineens verdacht veel dubbele agenda's te zijn. Aan de oppervlakte lijkt het hier allemaal zo fantastisch en perfect, maar is dat wel zo? Onder normale omstandigheden zou ze Shanice en Gijs proberen uit te horen, maar na wat ze haar geflikt hebben kijkt ze wel uit. Ze voelt zich ineens heel eenzaam nu ze niet meer weet wie ze kan vertrouwen. Ze dept haar bezwete voorhoofd met een papieren handdoekje en loopt vertwijfeld terug naar de eetzaal. Kim gunt haar geen blik waardig en loopt alweer rond met een thermoskan koffie en thee alsof er niets is voorgevallen. Behoedzaam schuift ze naast Shanice aan tafel.

'Voel je je wat beter? Moet ik verse koffie voor je halen?'

Malou schudt haar hoofd. 'Nee en nee. Ik ga me zo ziek melden voor vandaag. Misschien kan Kim mijn dienst overnemen.'

'Nou, dat hoop ik voor je. Omdat Gijs ook al is uitgevallen. En anders moeten Erik en ik maar twee keer zo hard werken,' voegt Shanice eraan toe. 'Chaos wordt het toch wel als die kids beslag moeten maken en met bussen poedersuiker aan de slag gaan.'

Malou hoort het maar half. Ze brengt het stuk bladerdeegtaart waar ze voor ze naar het toilet ging dapper aan begonnen was naar haar mond, maar legt het uiteindelijk weer terug. Ze staat op, loopt naar Kim toe en fluistert: 'Dus jij neemt mijn dienst over, hè? Meld me maar ziek en dan sneak ik er nu tussenuit naar Hannah voordat iemand me ziet.'

Kim knikt kort. 'Wegwezen.'

Malou verlaat de eetzaal en negeert de overdreven lach van Erik, die indruk probeert te maken op het meisje met wie Jayden eerder geanimeerd in gesprek was.

26

Malou zakt neer op de bank in Hannahs chalet en laat haar hoofd in haar handen rusten. Hannah is vertrokken om met Kim te praten over Vera en ze heeft aangeboden om op het slapende meisje te passen tot Hannah terug is. Max logeert bij zijn vriendje Joep en kan elk moment terugkomen. Het is een grote chaos in haar hoofd na de dingen die Hannah haar verteld heeft over Vera's verdwijning en het vermoeden dat Erik daar iets mee te maken heeft. Het verhaal dat er op het strandfeest drugs aanwezig zouden zijn geweest en dat iemand wellicht iets in Vera's drankje heeft gedaan, heeft haar geschokt. Toen Hannah vroeg of ze haar collega's weleens drugs heeft zien gebruiken of dat er gedeald wordt, heeft ze in alle toonaarden ontkend met de opdracht van Kim om te sussen in haar achterhoofd en omdat ze haar collega's niet in de problemen wil brengen voordat ze precies weet wat er aan de hand is. Maar ze staat in enorme tweestrijd. Ze wil het juiste doen, maar worstelt met de vraag waar haar loyaliteit ligt.

Het viel haar zwaar om tegen Hannah te liegen en ook om haar zorgen over Erik nonchalant weg te wuiven. Zou het kunnen zijn dat hij zich op Vera heeft gestort nadat zij – en eerder al Shanice – hem had afgewezen? Het was duidelijk dat Erik er gisteravond op uit was om te scoren en het gebruik van drank en misschien wel drugs zou tot grensoverschrijdend gedrag hebben kunnen leiden. Het stelt haar enigszins gerust dat Vera zelf niet denkt dat er iets lichamelijks gebeurd is, maar het feit dat ze zich niets meer kan herinneren is toch behoorlijk heftig. Dat zou inderdaad kunnen komen doordat iemand iets als GHB in haar drankje heeft gedaan. In een flits schiet er een beeld van een grote hand waar een zakje met gekleurde pilletjes in ligt door haar hoofd. Het beeld voelt echt, maar ze kan niet garanderen dat het niet uit haar verbeelding komt. Kan het niet zijn dat ze op basis van Hannahs verhaal zelf een plaatje in haar hoofd heeft gemaakt? Haar fantasie is er levendig genoeg voor. Haar herinneringen aan gisteravond zijn wazig omdat ze uit ellende veel te veel gedronken heeft. Ze herinnert zich vaag iets van een bar en Nikola die haar een drankje kwam brengen. Na haar eerste Rakija werd alles steeds mistiger en als die hand met die pillen al echt heeft bestaan, dan heeft ze geen flauw idee bij wie hij hoorde. Ze moet het maar vergeten.

Het laatste wat ze wil is ongefundeerde beschuldigingen uiten, dat is voor niemand goed. Maar wat ze nog wel weet, is dat Gijs gisteren tegen Shanice zei dat hij ging blowen of iets sterkers ging nemen. En dat terwijl hij op die avond op het strand tegen haar had gezegd dat hij vroeger wel wat geëxperimenteerd had met drugs, maar erna absoluut niet verder ging dan af en toe blowen. Iets sterkers zou op pillen kunnen wijzen. Een confrontatie met Gijs lijkt onvermijdelijk om de waarheid te achterhalen. Want ondanks het feit dat ze woest is op die gast wil ze Jayden en Kim niet op zijn spoor zetten voordat ze concreet bewijs in handen heeft.

Het is zaak dat ze zo snel mogelijk uitvogelt wat er allemaal aan de hand is en aan wiens kant ze staat. Hannah heeft haar wel duidelijk gemaakt dat het gedoe rond Vera nog weleens een staartje kan krijgen en dat ze het er niet zomaar bij wil laten zitten. De nonchalante houding van Jayden wakkert dat vuurtje alleen maar verder aan. Hannah is een tijger op oorlogspad die haar welp probeert te beschermen en bereid is ver te gaan. Hannah op dit moment tegen zich in het harnas jagen zou heel dom zijn. Daarom heeft ze haar maar de indruk gegeven dat ze wat dingen zal proberen uit te zoeken voor zover dat binnen haar macht ligt. Ze baalt nu des te meer dat het tussen haar en Shanice geklapt is. Het meisje is hier helemaal ingeburgerd en heeft contacten en antwoorden die zij niet heeft. Ze zal het dus zelf moeten uitzoeken. *Ben ik toch nog in een detectiveverhaal beland.*

27

Elk woord dat in het conceptbericht op haar scherm staat heeft Malou zorgvuldig afgewogen en zo vaak gelezen dat ze het uit haar hoofd kent. Nu moet ze nog de laatste stap zetten: het bericht daadwerkelijk verzenden. Als ze verder wil komen zal ze over haar trots heen moeten stappen. Haar vinger zweeft al een paar minuten boven de verzendknop. Ze ademt nog een keer diep in en laat hem vallen, meedogenloos als een guillotine. Al snel merkt ze dat het niet oplucht dat ze de stap heeft gezet. De spanning die door haar lichaam raast, neemt alleen maar toe. Nu begint het wachten en als ze ergens niet goed in is...

Haar ongeduld wordt sneller gesust dan verwacht. Binnen vijf minuten klinkt er een ping vanuit haar telefoon. Ze klikt het bericht aan en verslindt de woorden zo haastig dat ze het nogmaals moet lezen om te begrijpen wat er staat. Er verschijnt een glimlach op haar gezicht. Haar prooi heeft gehapt. Over een halfuur heeft ze een afspraak met Gijs op het strand. Althans, dat denkt hij, want ze zal helemaal niet naar de afgesproken plek gaan. Ze heeft heel andere plannen en voor die plannen moet ze Gijs zijn kamer uit lokken. Haar voorstel om af te spreken heeft hij gretig beantwoord 'omdat hij haar graag alles uit wil leggen'. Ze kan niet uit het bericht opmaken of Shanice hem al heeft ingefluisterd dat ze hen gisteravond samen betrapt heeft, maar voor het gemak gaat ze daar maar van uit. Wat zou hij haar anders uit willen leggen? Op haar vraag of hij zich al wat beter voelt, heeft hij positief geantwoord. *De migraine en de misselijkheid beginnen gelukkig af te zakken. Het slapen heeft me goed gedaan.*

Fijn voor je, klootzak.

Nu moet ze de tijd tot de afspraak nog zien door te komen. Ze stort zich op het stapeltje was dat nog gevouwen moet worden en legt het in haar kast. Daarna boent ze wat tandpastavlekken uit de wasbak en poetst ze het toilet. De chalets van de gasten worden schoongemaakt door een schoonmaakploeg, maar personeelsleden worden geacht hun eigen kamer op orde te houden in ruil voor de kost en inwoning die ze krijgen. Het zweet drupt in straaltjes langs haar rug als ze klaar is en ze neemt nog even een snelle lauwe douche om zich wat op te frissen. Ze bindt haar natte haren in een hoge staart zodat ze er geen last van heeft. De gang is leeg als ze haar kamer verlaat en het trappenhuis in sluipt. De kamer van Gijs ligt een verdieping lager dan de hare. Als hij zijn kamer verlaat, zou ze dat moeten horen. Op dit moment is het nog muisstil. Ze spiekt even over de balustrade en trekt zich snel terug als ze beneden zich een deur hoort dichtslaan. Even is het weer stil en dan hoort ze voetstappen. Het geluid klinkt eerst heel dichtbij en ze houdt haar adem in. Zolen glijden piepend over traptreden steeds verder bij haar vandaan. Ze wacht nog even en gluurt weer over de balustrade naar beneden. Ze vangt een glimp op van Gijs die zich in hoog tempo naar de uitgang begeeft. Ze gaat op een traptrede zitten wachten tot ze het geluid van de benedendeur hoort. Hij slaat met een klap dicht en dan is het weer stil. Voorzichtig staat ze op en werpt nogmaals een blik naar beneden voordat ze aan haar eigen afdaling begint. Zo snel als ze kan, rent ze op haar tenen naar de verdieping waar Gijs' kamer zich bevindt. Ze heeft niet veel tijd, want als hij doorheeft dat ze niet op komt dagen is hij waarschijnlijk in no time weer terug. Zijn kamerdeur is vergrendeld, maar ze kent de code van het elektronische slot uit haar hoofd. Ze heeft goed opgelet toen ze een keer meeliep naar zijn kamer omdat hij zijn telefoon was vergeten. Ze steekt haar vinger uit om het eerste cijfer in te toetsen.

'Hé Malou, wat ben je aan het doen?' klinkt het achter haar en ze springt opzij van schrik. Ze wankelt even en draait zich om. Keukenhulp Jaimie kijkt haar lachend aan. 'Zo, heb jij even een slecht geweten.'

'Ik, eh, wilde even kijken hoe het met Gijs ging. Hij schijnt ziek te zijn.' Demonstratief klopt ze op de deur. Jaimie blijft naast haar staan wachten. 'Nou, hij voelt zich blijkbaar nog niet goed genoeg om naar de deur te komen.'

'Misschien ligt hij te slapen en heeft hij me niet horen kloppen. Ik wacht nog even en probeer het dan nog een keer.' Ze kijkt Jaimie bijna de gang uit. *Ga weg, alsjeblieft, ga.*

'Nou, wens hem beterschap van me.' Jaimie loopt langzaam naar de deur die toegang geeft tot het trappenhuis, kijkt nog een keer om en verdwijnt dan.

Shit, dat was op het nippertje. Malou's keel wordt dichtgeknepen bij de gedachte dat Jaimie en Gijs elkaar beneden tegenkomen en dat Jaimie hem vertelt dat ze op zijn deur stond te bonken. Ze heeft nu echt geen tijd meer te verliezen. Als een razende tikt ze de zescijferige code in en als ze een klik hoort, duwt ze de deur open en glipt naar binnen. Ze sluit hem zachtjes en blijft er hijgend van de spanning even met haar rug tegenaan staan voordat ze in beweging komt. Goed, als zij Gijs was en ze gebruikte inderdaad regelmatig drugs, waar zou ze die dan verstoppen? Ze loopt naar het onopgemaakte bed en tilt de matras op. Op de spiraalbodem ligt alleen een oude *Playboy*. Ze laat de matras er vlug weer overheen zakken. De kledingkast. Net als de kast op haar kamer heeft de kast naast een hanggedeelte met een tiental knaapjes een aantal planken en een drietal brede lades. Op de planken liggen een bescheiden stapeltje shirts met korte broeken, twee spijkerbroeken, een pantalon en een paar truien. In het hanggedeelte vindt ze wat overhemden. Allemaal veel te overzichtelijk om een goede verstopplek te zijn. Ze trekt de bovenste lade open. Boxershorts en slips. Ze steekt met enige gêne haar handen in de la en voelt tussen het ondergoed. Ze checkt tot helemaal achterin, maar vindt niets. Na een zorgvuldige check van de andere twee lades met sokken, zakdoeken en wat toiletspullen staat ze nog steeds met lege handen. Ze kijkt op haar horloge. Ze heeft al tien minuten verspild. De zenuwen gieren door haar lijf. *Denk na, Malou!* Ze laat haar ogen zorgvuldig door de kamer gaan. Speurt de wanden af, het plafond en uiteindelijk de planken vloer. Naast de poten van het bed zijn beschadigingen te zien die in een rechte lijn een stukje de kamer in lopen. Nieuwsgierig knielt ze erbij neer en laat haar hand eroverheen gaan. Duidelijk slijtageplekken. Ze staat op en trekt voorzichtig aan het bed. De poten verschuiven precies in het spoor van de beschadigingen. Ze trekt het bed verder van de wand tot de poten het einde van het spoor hebben bereikt. Onder de nodige vlokken stof is de vloer die normaal verborgen ligt onder het bed nu te zien. Ze hurkt neer tussen de muur en het bed en bestudeert de houten planken op zoek naar iets afwijkends. Het valt haar op dat één plank een iets afwijkende maat en lichtere kleur heeft dan de andere, maar het is minimaal. Ze raakt de plank aan en duwt erop. Hij beweegt onder haar hand. Als ze de andere planken aanraakt voelt ze geen speling. Ze richt haar aandacht op die ene plank en als ze rechts op het uiteinde duwt, wipt hij een stukje omhoog. Een opgewonden kriebel trekt door haar buik. Ze is iets op het spoor! Ze duwt nog een keer in een poging haar vingers onder de plank te krijgen zodat ze hem kan lostrekken. Een splinter boort zich diep in haar vinger, maar ze negeert de pijn. Ze weet de plank los te wrikken en er verschijnt een holte die net zo lang is als de plank en zo'n twintig centimeter diep. Er ligt een theedoek in en als ze die optilt stokt haar adem. Met trillende handen pakt ze een langwerpig blik uit de geheime schuilplaats en haalt de deksel eraf. *Oh my God, dus toch.* Vol ongeloof staart ze naar de vele plastic zakjes die gevuld zijn met verschillend gekleurde pillen. Deze voorraad drugs is veel te omvangrijk voor eigen gebruik en dat betekent automatisch dat ze maar één conclusie kan trekken: Gijs dealt. De hand met het zakje met gelijksoortige gekleurde pillen verschijnt weer op haar netvlies. Nu ze de geheime voorraad van Gijs heeft gezien kan ze zichzelf niet langer wijsmaken dat ze het zich verbeeld heeft door de drank. Dat zou betekenen dat er niet alleen op het resort, maar ook in Club Blue wordt gedeald. Weet Nikola hiervan af of gebeurt het allemaal achter zijn rug om? Of liet hij haar de pillen zien? Ze kan zichzelf wel voor haar kop slaan dat ze gaten in haar geheugen heeft van alle shotjes.

Malou kijkt op haar telefoon en schrikt als ze ziet dat Gijs haar al een paar appjes heeft gestuurd die steeds ongeduldiger van toon worden. Shit, ze moet hier weg. Vlug maakt ze een paar foto's van Gijs' schuilplaats en het blik met de drugs. In een opwelling pakt ze twee handen vol zakjes en propt ze in haar broekzakken. Nu heeft ze in elk geval bewijs, ook al is ze er nog niet uit wat ze ermee gaat doen. Wat ze wel weet is dat ze niet overhaast te werk moet gaan als ze dit in de openbaarheid wil brengen. Vlug sluit ze het blik. Voordat ze het teruglegt in de bergruimte pakt ze een zakdoek uit een van de lades in de kledingkast en veegt het hele blik grondig schoon. Ze wil geen vingerafdrukken achterlaten. Als ze tevreden is, pakt ze het blik op met de zakdoek en legt het terug in het gat onder de vloer. Ze legt de theedoek eroverheen, sluit het af met de plank en duwt het bed weer op zijn plek tot de poten de plint tegen de wand raken. Ze staat nog voorovergebogen en leunt met haar handen op de bedrand als achter haar een stem klinkt: 'Dat is nog eens een uitdagende ontvangst.'

Als door een wesp gestoken vliegt ze overeind en verdraait bijna haar rug. 'Gijs...' Over haar lijf hangt een laag klam zweet van de inspanning en daar komt nu nog angstzweet bij. Ze propt de zakdoek die ze nog steeds in haar hand had in haar kontzak en hoopt dat Gijs het niet doorheeft. Met grote ogen van paniek kijkt ze hem aan. Hoe lang staat hij al achter haar en wat heeft hij gezien? 'Waar... waar bleef je nou? We hadden toch om twee uur afgesproken?' hakkelt ze.

'Op het strand, ja. Wat doe je in mijn kamer? Hoe ben je binnengekomen?' Hij observeert haar met zijn felgroene ogen en hoe kwaad ze ook is, het laat haar toch niet onberoerd.

'Ik dacht dat we samen die kant op zouden gaan. Sorry, misverstand?' De zakjes drugs branden in haar broekzak en ze heeft sterk de neiging om haar handen in haar zakken te stoppen.

'Hoe kom je mijn kamer binnen?' vraagt hij nogmaals. Dringender deze keer.

'Ik wist je code nog van toen we vorige week je telefoon gingen ophalen. Ik dacht dat je het niet erg zou vinden als ik binnen op je zou wachten.'

'Zonder toestemming mijn kamer binnendringen is wel wat brutaal, vind je niet?'

'Als je het zo zegt. Misschien. Sorry.'

'Waarom stond je over mijn bed heen gebogen?'

'Ik, ehm, voelde me even niet zo lekker. Te veel gedronken gisteren. Hoofd naar beneden houden als je denkt dat je gaat flauwvallen, zeggen ze toch altijd?' Haar mondhoeken vertrekken in een onzeker lachje en de spanning in haar lijf is niet meer te harden. Hoe komt ze hier zo snel mogelijk weg? Nog even en ze gaat echt onderuit.

'Het blijft allemaal wat vreemd, maar vooruit, ik geef je het voordeel van de twijfel. We hebben elkaar in elk geval gevonden. Ik neem aan dat je me wilde spreken over gisteravond. Dat van mij en Shanice...'
Het horen van de naam van Shanice en de herinnering aan hun intieme omhelzing is de druppel en haar maag keert zich om. Met haar hand voor haar mond rent Malou naar de badkamer, draait de deur op slot om te voorkomen dat Gijs haar naar binnen volgt en weet net op tijd het toilet te bereiken. Het duurt een tijdje tot haar maag weer tot rust is gekomen. Terwijl Gijs op de deur bonkt en vraagt of het gaat, loopt ze naar de wasbak en zet de koude kraan aan. Ze laat het koude water over haar polsen stromen en dept daarna haar bezwete gezicht. Pas als ze er zeker van is dat de paar slokjes water die ze heeft gedronken binnen blijven, strompelt ze gammel naar de deur en haalt hem van het slot. Als Gijs met een bezorgd gezicht naar haar toe loopt, steekt ze afwerend haar handen in de lucht. Hij mag haar absoluut niet aanraken, want ze is als de dood dat hij de zakjes drugs in haar broekzakken ontdekt. 'Dit wordt niks meer vandaag, ik voel me echt hondsberoerd. Ik moet naar bed.' Ze kijkt hem amper aan als ze naar de deur loopt.

'Hé, wacht even, laat me je dan in elk geval naar je kamer brengen.'

'Ik red me wel,' wijst ze hem resoluut af.

'Je kunt me wat, Malou, ik laat je zo niet in je eentje vertrekken.'

'Als je maar niet te dicht bij me loopt, ik heb frisse lucht nodig.'

Hij volgt haar het trappenhuis in en schiet langs haar heen. Hij is eerder bij haar kamer dan zij en heeft de deur al opengemaakt als ze net de gang in komt lopen. Ze kijkt hem geërgerd aan.

'Ik heb van de week ook goed opgelet,' zegt hij grinnikend

terwijl hij de code van haar elektronische slot opdreunt. Ze loopt langs hem heen naar binnen en houdt hem tegen als hij achter haar aan wil lopen. 'Ik wil nu graag alleen zijn.'
'Oké, maar onder één voorwaarde.'
'En dat is?' verzucht ze.
'Dat je me morgen de kans geeft om alles uit te leggen. Er spelen heel andere dingen dan jij denkt, ook tussen mij en Shanice.'
'Dus er is wel degelijk iets tussen jullie.' Ze duwt hem haar kamer uit en duwt de deur dicht in zijn gezicht.
'Niet wat jij denkt,' hoort ze hem door de deur heen nogmaals zeggen. 'Shanice en ik zijn gewoon goede vrienden. Ik laat je nu met rust, maar morgen praten we na de kajaktocht. Die kans moet je me geven, Malou. Dat ben je me wel verschuldigd.'
Ik moet helemaal niets en ik ben je al zeker niets verschuldigd. 'Morgen zien we wel verder, ik ga nu mijn bed in.' Ze gaat met haar oor tegen de deur staan en hoort hem zuchten. Als ze hem niet veel later hoort weglopen kan ze eindelijk weer ademen. Snel verbergt ze de zakjes met pillen onder haar matras. Ze voelt zich meteen tien kilo lichter nu ze die troep niet meer op haar lichaam draagt. Vervolgens sleept ze het bureautje dat in de hoek staat tegen de deur. Ze denkt niet dat Gijs haar kamer ongevraagd binnenkomt, maar het is niet onmogelijk nu hij haar code weet. Met dat bureautje voor de deur voelt ze zich een stuk veiliger. Als ze daarna uitgeput op haar bed gaat zitten, begint het pas tot haar door te dringen wat ze heeft gedaan en hoeveel mazzel ze heeft gehad dat ze niet betrapt is. Ze kan alleen maar hopen dat het nog even duurt voordat Gijs ontdekt dat een gedeelte van zijn voorraad is verdwenen. Ze heeft geen idee hoeveel die pillen waard zijn, maar ze kan uittekenen dat hij volledig gaat flippen als hij erachter komt dat hij bestolen is. Het besef dat ze zichzelf met haar ondoordachte actie in ge-

vaar heeft gebracht, beneemt haar opnieuw de adem. Hoe ver is Gijs bereid te gaan om terug te krijgen wat van hem is?

28

Het is nog vroeg in de ochtend als Malou onrustig uit haar bed stapt. Ze heeft de hele nacht geen oog dichtgedaan. Het was alsof ze elk zakje drugs dat onder haar matras lag kon voelen. Alsof ze op een spreekwoordelijke tijdbom lag. Als iemand die pillen in haar kamer vindt, zit ze zwaar in de shit. Niemand zal geloven dat ze niet van haar zijn en dat ze ze alleen heeft meegenomen als bewijs. Ze moet die troep zo snel mogelijk kwijt zien te raken, maar hoe? Door de wc spoelen? Vrijwel meteen schuift ze dat idee aan de kant. Om de hoeveelheid pillen die ze heeft meegenomen in het riool te dumpen zal ze eindeloos achter elkaar moeten doortrekken en aangezien de leidingen hier nogal gehorig zijn, zal dat niet onopgemerkt blijven. Een kuil graven op het strand en ze daarin begraven totdat ze een beter plan heeft? Maar ongezien het strand op komen met een schep is hier ook nog wel een dingetje. Bovendien moet ze er niet aan denken dat een hond of een kind het zaakje per ongeluk opgraaft en ze opeet. Levensgevaarlijk.

Het liefst zou ze iemand in vertrouwen nemen zodat ze deze last niet alleen hoeft te dragen, maar wie? Shanice is uitgesloten en Hannah durft ze op dit moment ook nog niet aan. Als ze Hannah vertelt van haar vondst, kan ze er vergif op innemen dat ze stennis gaat trappen en de politie inschakelt. Wellicht draait het daar uiteindelijk wel op uit, maar ze wil eerst uitzoeken wat de consequenties voor Gijs zijn als hij wordt opgepakt. Ze heeft geen idee hoe streng het drugsbeleid is in Macedonië en al helemaal niet hoe ze omgaan met buitenlanders die ze oppakken met verdovende middelen. Moet ze misschien met Kim gaan praten? De beschuldiging van Hannah dat Erik iets in Vera's drankje heeft gedaan zat haar duidelijk niet lekker tijdens hun gesprekje op het toilet gisteren. Maar kwam Kims onrust voort uit oprechte bezorgdheid om haar gasten of was het ingegeven door een poging tot damagecontrol in het belang van het resort? Zolang ze de vinger niet achter Kims motieven kan krijgen en niet weet of ze te vertrouwen is, is het te tricky om open kaart met haar te spelen. Voor hetzelfde geld vertelt ze het meteen door aan Jayden en ze weet al helemaal niet hoe hij met zoiets om zal gaan.

Op het moment dat ze haar geheim met iemand deelt, kan ze niet meer terug en ze is er nog niet klaar voor om die weg in te slaan. Hoe onrealistisch ook, ergens hoopt ze nog steeds dat Gijs een goede verklaring heeft voor de voorraad in zijn kamer. Dat het daar bijvoorbeeld al een paar jaar ligt op dat verborgen plekje en is achtergelaten door de persoon die voor Gijs in die kamer verbleef zonder dat hij dat wist. Ze weet dat de kans daarop nihil is, maar ze is nog niet bereid om die mogelijkheid helemaal los te laten. Ze zal Gijs op een gegeven moment moeten confronteren met wat ze heeft ontdekt en de eventuele gevolgen dan voor lief moeten nemen. Durft ze dat? Extra ingewikkeld aan dit alles is dat ze nog steeds gevoelens voor Gijs heeft en ze moet nu alles op alles zetten om zich daar niet door te laten leiden. Ze kijkt angstvallig naar het bureautje dat nog steeds de deur blokkeert. Het idee dat Gijs de code weet, geeft haar een ongemakkelijk, angstig gevoel.

Zowel Gijs als Shanice heeft haar vlak voor middernacht een appje gestuurd om te vragen of ze zich al wat beter voelde. Ze heeft kortaf met 'prima' en een opgestoken duimpje geantwoord en gelukkig hebben ze haar daarna met rust gelaten. Dat impliceert dat Gijs in elk geval nog niet heeft ontdekt dat zijn geheime voorraad flink is geslonken. Op het moment dat hij het wel ontdekt, heeft ze niet de illusie dat ze buiten schot zal blijven. Ze is ongevraagd zijn kamer binnengegaan en hij trof haar aan op het moment dat ze nog gebogen over zijn bed stond. Je hoeft geen Sherlock te zijn om haar te koppelen aan, of op zijn minst te verdenken van, de diefstal. Hoe dan ook, ze ziet er als een berg tegen op om Gijs onder ogen te komen. Ze weet zich gewoon geen houding te geven. Het gezamenlijke ontbijt dat over een halfuurtje begint kan ze prima een keer overslaan, maar bij de kajaktocht van vandaag, die onder leiding van Gijs staat, zal ze aanwezig moeten zijn. Alleen al omdat ze Hannah heeft beloofd om Max en Vera onder haar hoede te nemen. Ze kan het niet maken om voor de tweede keer een belofte te breken. Ze mag Hannah en gunt haar een dag zonder zorgen. Ook kan ze maar beter iemand te vriend houden hier die ze vertrouwt. Bovendien heeft Jayden meer dan duidelijk gemaakt dat hij het complete team aanwezig wil hebben om de tocht zo goed mogelijk te kunnen begeleiden. Met een smoesje dat ze hoofdpijn heeft, komt ze vandaag niet weg.

Malou's telefoon maakt een geluidje en ze staakt haar gepieker als ze hem van haar nachtkastje pakt. Gespannen kijkt ze op het scherm wie de afzender van het binnengekomen bericht is.

Kom ik je ophalen voor het ontbijt? x S leest ze met een knoop in haar maag. Ze was eigenlijk van plan om zich niet in de gezamenlijke ruimte te vertonen en na het ontbijt met wat restjes weg te sneaken. Een paar minuten geleden leek dat nog een goed idee, maar nu twijfelt ze. Gisteren is ze voortijdig weggelopen bij het ontbijt en als ze vandaag haar gezicht weer niet laat zien... Ze wilde wegblijven om onzichtbaar te zijn, maar bereikt ze juist niet het tegenovergestelde door extra aandacht op zich te vestigen, omdat mensen zich gaan afvragen wat er met haar aan de hand is? Besluiteloos tikt ze met haar nagel op haar telefoonscherm en appt Shanice dan terug. *Is goed.* Ze zet er geen kus bij, want Shanice moet goed beseffen dat het geen verzoeningspoging is, maar een praktisch besluit om nog meer gezeik te voorkomen.

Malou loopt de badkamer in om zichzelf nog wat op te frissen. Aan haar haren hoeft ze niets meer te doen, want die zijn al tot een volle krullenbos opgedroogd na het douchen gisteren. Ze zet haar wimpers nog wat extra aan met mascara en smeert haar gezicht, schouders, armen en benen in met zonnebrand factor 50. Het belooft weer een heel zonnige dag te worden en ze wil niet verbranden op het water. Het touwtje van haar bikini in haar nek zit wat te los en ze strikt hem opnieuw, deze keer met een dubbele knoop. Ze trekt een moeizame grimas tegen haar eigen spiegelbeeld en trekt haar shirt en broek weer aan over haar bikini. Als ze haar slippers verruilt voor haar gympen wordt er op de deur geklopt. Tot haar schrik realiseert ze zich dat haar deur nog steeds is geblokkeerd door het bureau. 'Ogenblikje,' roept ze, terwijl ze het ding aan de kant sleept en met een rood hoofd de deur opendoet. Ze wordt nog roder als ze niet alleen Shanice, maar ook Gijs voor haar deur ziet staan. Ze durft hem nauwelijks aan te kijken en mompelt een amper verstaanbaar goedemorgen.

'Was je aan het verbouwen?' zegt Shanice lachend. 'We hoorden allemaal sleepgeluiden.'

'Grote schoonmaak. Dat is soms nodig, hè.' Ze pakt haar rugzak van de vloer, doet haar best om niet angstvallig naar haar bed te kijken en stapt haar kamer uit. Met een klap sluit ze de deur.

'Nou, de weersvoorspellingen voor vandaag zijn goed,' zegt Shanice vrolijk. 'Volop zon en niet te veel wind.'

'Ik heb me goed ingesmeerd met zonnebrand,' speelt Malou het spelletje mee.

'Heel verstandig,' reageert Gijs.

'Zijn er veel deelnemers?' vraagt Shanice hem.

'Yep. We hebben een grote groep, dus het is maar goed dat ons team weer op volle sterkte is vandaag. Jayden peddelt zelf ook mee vandaag voor wat extra supervisie. Hoe meer oplettende ogen, hoe beter.'

'Zijn er weleens ongelukken gebeurd dan, tijdens zo'n tocht?' informeert Malou.

'Niet bij de tochten die onder begeleiding van ons Blue Lake Resort staan, maar wel bij andere. Er zijn steeds meer bootjes en waterscooters op het meer te vinden waar onervaren toeristen mee rondvaren. Dat heeft het afgelopen jaar weleens tot vervelende aanvaringen geleid. Je hebt altijd van die ongeleide projectielen die zich niet aan de regels houden en beginnen te stunten als ze midden op het meer zijn. Het vervelendst zijn de speedboten die incidenteel van de Albanese kant van het meer komen. De mensen daarop zijn erop uit om te rellen en chaos te veroorzaken. Daarom is het belangrijk dat we de groepen goed bij elkaar houden en niemand laten afdrijven. We hebben een verantwoordelijkheid naar onze gasten,' voegt Gijs aan zijn uitgebreide reactie toe.

'Poeh, ik word er helemaal zenuwachtig van.'

'Nergens voor nodig, Malou.' Gijs geeft haar tot haar grote irritatie een knipoog. 'Je kunt goed reddingszwemmen en je hebt voldoende autoriteit om die kids onder controle te houden. Als we ook maar enigszins zouden twijfelen aan je kundigheid, dan zouden we je nooit meesturen als begeleider.'

Tot Malou's opluchting hebben ze de eetzaal inmiddels bereikt en heeft ze de aanwezigheid van Shanice en Gijs zonder problemen doorstaan. Ze neemt plaats aan de hoek van een tafel waar nog voldoende lege stoelen zijn. Shanice en Gijs gaan zoals te verwachten was op de stoelen naast haar zitten. Ze is blij dat ze met de hoekplek in elk geval heeft voorkomen dat ze tussen Gijs en Shanice in zit en makkelijk van tafel kan lopen, mocht het haar te veel worden. Want ook al hebben ze geen persoonlijke dingen besproken, de spanning tussen hen is duidelijk voelbaar. De bladerdeegtaarten staan alweer op tafel en hoewel ze inmiddels weleens wat anders zou willen eten, legt ze een groot stuk op haar bord. Als ze maar zorgt dat ze haar mond de hele tijd vol heeft, dan heeft ze een goed excuus om niet te hoeven praten. Kim is alweer bezig met haar gebruikelijke koffie- en theeronde en werpt haar een samenzweerderige blik toe. Malou beantwoordt hem met een flauwe glimlach. Als Jayden de zaal binnen komt lopen en het woord vraagt, valt het geroezemoes stil.

'*Morning, sunshines*! Vandaag gaan we de beroemde kajaktocht van Blue Lake Resort maken en ik heb er ongelooflijk veel zin in. Het weer is prachtig, dus het belooft een heel mooie dag te worden. Het voltallige animatieteam zal meegaan als begeleider en ieder zal maximaal zes kajaks onder zijn of haar hoede krijgen. Het allerbelangrijkste: hou de boten goed bij elkaar. Ik ga zelf voorop en zal verder als vliegende kiep fungeren. Gijs zal als laatste vertrekken en de achterhoede vormen. Let er goed op dat je het tempo van je groep aanpast aan de minst ervaren kajakkers zodat er niemand achteropraakt. Ik deel zo aan alle groepsleiders nog een A4'tje uit met technische aanwijzingen. Hoewel het jullie allemaal bekend zal zijn hoe je naar links en rechts stuurt et cetera, wil ik graag dat jullie de aanwijzingen heel goed doorlezen en uit jullie hoofd leren. Hoe beter de kennis is verankerd, hoe meer je eraan zult hebben, mochten er problemen ontstaan. Dan nog iets heel belangrijks: iedereen, maar dan ook echt iedereéń draagt vandaag verplicht een zwemvest. Kan me niet schelen hoe goed je denkt te kunnen zwemmen, of hoe vervelend en zweterig zo'n ding is, je hebt het aan. Het is jullie verantwoordelijkheid dat alle deelnemende gasten hem ook gedurende de hele tocht dragen. Knoop dat allemaal goed in jullie oren. Goed, iemand nog vragen?' Jayden kijkt met een streng gezicht de zaal rond. Niemand steekt zijn hand op.

'Oké. Kim zal jullie nu het blad met technische aanwijzingen uitreiken zodat jullie het kunnen bestuderen. Eet smakelijk en ik zie jullie om elf uur op het strand bij de steiger. We maken er een topdag van!' Jayden gaat weer zitten.

Als Kim langskomt met de papieren aanwijzingen pakt Malou het velletje gretig aan. Weer een excuus om niet geforceerd te hoeven praten met Gijs en Shanice. Doen alsof alles goed is tussen hen begint haar steeds meer tegen de borst te stuiten en geeft haar een hoogst ongemakkelijk gevoel. Terwijl ze haar best doet om het stuk bladerdeegtaart naar binnen te werken, stampt ze alle aanwijzingen in haar hoofd. Tot haar genoegen merkt ze dat ze nog steeds goed is in het uit haar hoofd leren van feitjes. Ze heeft geen fotografisch geheugen, maar het is er altijd wel bij in de buurt gekomen. Ze was bang deze vaardigheid kwijt te raken nu haar studie is afgerond, maar dat blijkt alles mee te vallen. Ze spoelt haar laatste hap weg met een grote slok sterke koffie en rekt zich uit. Om haar heen beginnen mensen op te staan en ze volgt hun voorbeeld. Shanice kijkt haar vragend aan. 'Ga je al?'

'Even naar de wc. Maar ben zo terug.' Als ze wegloopt, merkt ze tot haar opluchting dat Shanice haar niet volgt. Met plezier schuift ze achteraan aan in de rij die zich inmiddels bij het toilet heeft gevormd. Ze glimlacht vriendelijk naar een paar collega's en wacht geduldig haar beurt af. Ze laat zelfs een paar keer iemand voorgaan voordat ze zelf een hokje in duikt. Hoe meer tijd ze kan rekken, hoe beter. Als ze uiteindelijk naar buiten komt, schrikt ze als iemand haar stevig bij haar arm pakt en meetrekt. Het is Gijs. 'Hé,' zegt ze verontwaardigd terwijl ze zich losschudt. 'Je doet me pijn.'

'Sorry, niet mijn bedoeling, maar ik was bang dat je weg zou lopen. We hebben nu weinig tijd, maar ik moet je vandaag spreken.'

'Volgens mij hebben wij niks meer te bespreken, Gijs. Het is me allemaal volkomen helder. Ik wens je veel geluk met Shanice.' Ze wil weglopen, maar Gijs gaat voor haar staan en blokkeert haar de weg.

'Laat me erdoor, Gijs, anders ga ik gillen.'

'Ik laat je er pas door als je belooft dat je vanavond met me afspreekt en me de kans geeft om alles uit te leggen. Er speelt niks tussen Shanice en mij, althans niet op romantisch vlak. Er zijn hier dingen gaande, Malou. Dingen waar ik je liever niet bij wilde betrekken, maar ik geloof dat ik geen keus meer heb. Je vertellen wat er echt aan de hand is, is mijn ultieme poging om je niet kwijt te raken.'

'Je kunt moeilijk iets kwijtraken wat je nooit hebt gehad,' bijt ze hem toe.

'Kom op, Malou, je weet dat dat niet waar is. Er speelde wel degelijks iets tussen ons, wat mij betreft nog steeds. Jij bent het eerste meisje in jaren van wie ik echt de kriebels krijg. En dat bedoel ik positief. Ik heb zoiets lang niet meer gevoeld en ik weiger dat op te geven vanwege een misverstand. Ik wéét dat jij mij ook leuk vindt. Ik heb gewoon een hele hoop shit aan mijn hoofd en daar had ik het over toen je mij en Shanice betrapte. Ze probeerde me te troosten, dat is alles. Shit, ik heb nu niet genoeg tijd om je alles uit te leggen, maar geef me een kans. Vanavond om acht uur op het strand. Please, beloof me dat je er zult zijn.' Hij klinkt zo wanhopig dat Malou hem niet eens wegduwt als hij haar gezicht in zijn handen neemt. Zijn smekende ogen kijken haar recht aan en ze heeft het hart niet om weg te kijken. 'Zeg dat je er bent vanavond,' fluistert hij.

Het woord 'Oké' verlaat haar mond voordat ze het goed en wel beseft. Hij duwt zijn lippen op de hare en laat haar dan los. 'Dank je wel. Je zult er geen spijt van krijgen dat je me nog een kans geeft.' En dan rent hij weg. Malou brengt haar wijsen middelvinger automatisch naar haar mond, waarop ze de afdruk van zijn lippen nog kan voelen. Verward kijkt ze hem na. Wat moet ze hier nu weer allemaal van denken? Uit Gijs' woorden maakt ze op dat hij behoorlijk in de problemen zit. Dit moet haast wel met de drugs die zij heeft gevonden te maken hebben. Meteen slaat de stress weer toe. Uit niets bleek dat hij haar in verband bracht met de drugs die uit zijn kamer zijn gestolen, als hij dat überhaupt al gemerkt heeft, maar zeker weten doet ze het niet. Misschien is Gijs wel een heel goede toneelspeler die haar met wat smeken en zielig doen vanavond naar dat strand wil lokken om haar onder druk te zetten of te bedreigen. Is het in dat geval wel veilig om alleen met hem af te spreken? Normaal zou ze Shanice gevraagd hebben om met haar mee te gaan, maar dat is uitgesloten gezien wat er gebeurd is. Ze vertrouwt haar voormalige vriendin gewoon niet meer en Gijs moet wel met een heel goed verhaal komen om daar verandering in te brengen. Ze heeft nog een hele dag om een beslissing te nemen over vanavond, maar voor nu moet ze het even uit haar hoofd zetten en zich focussen op de kajaktocht. Over een kwartier wordt ze samen met haar collega's bij de steiger aan het strand verwacht. Er rust vandaag een grote verantwoordelijkheid op haar schouders en ze mag zich onder geen beding laten afleiden door haar persoonlijke problemen en zorgen.

Malou loopt terug naar de eetzaal om haar rugzak op te halen en ziet tot haar opluchting dat Shanice al vertrokken is. In haar eigen tempo loopt ze naar de steiger bij het strand en ze ziet Hannah vanaf een afstandje al naar haar zwaaien. Ze zwaait terug en loopt naar Hannah toe. Max staat samen met zijn vriendje Joep enthousiast om haar heen te springen. Vera kijkt geërgerd naar haar drukke broertje, maar verlangend naar het water.

'Hé Max, misschien moeten jullie je energie een beetje sparen voor de zware tocht. We willen niet als laatste binnenkomen straks,' lacht Malou.

'Ik ben hartstikke sterk, dus we zijn straks echt wel de eerste.' Hij kromt zijn gebruinde armen en laat twee bescheiden spierballetjes zien. Joep doet hem onmiddellijk na en schreeuwt een soort strijdkreet.

'Zo kan-ie wel weer, Tarzan,' grijpt Hannah in. 'Ik heb ze op het hart gedrukt dat ze zich moeten gedragen en goed naar je moeten luisteren,' zegt ze grinnikend tegen Malou.

'En anders gooi ik ze persoonlijk overboord,' zegt Vera met een serieuze ondertoon.

'Ze heeft nog een beetje hoofdpijn van alles,' vertrouwt Hannah Malou toe.

'Weet je zeker dat je je goed genoeg voelt, Vera? Want ik heb je hard nodig om die boot vooruit te krijgen, hoor.' Malou kijkt het meisje vragend aan.

'Je kunt er nu nog voor kiezen om thuis te blijven, hè schat.' Hannah slaat haar arm om Vera's schouder.

'Vera is een watje, Vera is een watje,' zingt Max treiterig.

'Wacht maar, kleine sukkel,' bromt zijn zus terwijl ze dreigend op hem afloopt.

'Hé, jongens, zien jullie die kajaks daar liggen?' probeert Malou hen af te leiden. Ze volgen met hun ogen haar vinger richting de plek op het strand waar alle kajaks klaarliggen. 'Wat zouden jullie ervan zeggen als we alvast een kajak uit gaan zoeken? Jullie mogen de kleur kiezen.'

Max en Joep rennen meteen gillend weg richting de kajaks.

'Poeh, wat een energie,' zegt Malou lachend.

'Ik heb weleens Ritalin overwogen,' antwoordt Hannah met een knipoog.

'Ik roep even de rest van mijn groepje erbij en dan gaan wij ook een kajak uitzoeken. Als je het tenminste ziet zitten om met mij in een boot te stappen, Vera.'

'Is goed,' antwoordt het meisje bedeesd, maar in haar ogen leest Malou opluchting.

'We gaan er een leuke dag van maken, dat beloof ik je, en als de hoofdpijn te erg wordt, dan leg je de peddels gewoon even neer.'

'Als ik je een advies mag geven...' zegt Hannah. 'Zet Joep en Max ook maar samen in een kajak. Op die manier richten ze de minste schade aan en zijn ze het beste onder controle te houden, denk ik. Als je ze allebei een eigen kajak geeft dan voorspel ik je dat ze continu in elkaars vaarwater zitten en dat ze de hele tijd bezig zijn om elkaar af te troeven.'

'Zeker, zij zijn ook samen ingedeeld, komt dus helemaal goed. Ga je mee, Vera?'

'Veel plezier, schat,' roept Hannah haar dochter na. 'Bel me maar als jullie weer terug zijn, dan kom ik jullie ophalen.'

'En anders breng ik ze wel thuis na afloop,' biedt Malou aan terwijl ze achterstevoren wegloopt. Ze ziet dat Hannah haar duim als bedankje opsteekt en als ze zich wil omdraaien, valt haar oog op een man met een korte spijkerbroek en een zwart shirt, die vanaf een afstandje met zijn handen in zijn zakken naar hen staat te kijken. Door de zwarte pet die hij draagt, kan ze zijn gezicht niet goed zien, maar iets zegt haar dat het niet de eerste keer is dat ze hem ziet. Ze associeert hem met ruzie, maar weet niet waarom. Even overweegt ze naar hem toe te rennen en te vragen wat hij daar staat te doen, maar de tijd dringt. Alle andere groepen hebben zich al gevormd en zij loopt als enige weer achter de feiten aan. Ze zet de man uit haar hoofd en spoort Vera aan met haar naar de kajaks te rennen, waar de rest van haar groepje al braaf staat te wachten.

29

De zon brandt fel op Malou's schouders als ze met haar groepje in een rustig tempo terug richting de steiger op het strand peddelt. Ondanks het feit dat ze zich goed heeft ingesmeerd, is ze toch behoorlijk verbrand. Datzelfde geldt voor Vera, bij wie met name haar neus en schouders vuurrood afsteken bij haar gele bikini. Het water van het meer klotst zachtjes tegen de boot op het ritme van hun gepeddel. Hoewel de afspraak was om met zijn allen bij elkaar te blijven is dat idee halverwege de tocht losgelaten. Het tempo van de groepen verschilde dusdanig dat het onmogelijk was om aan die afspraak te voldoen zonder chaos en gemuit. Gedurende de rest van de tocht hebben Jayden en Gijs het overzicht als vliegende kiep zo veel mogelijk proberen te bewaren door continu van achter naar voren en weer terug te peddelen. Malou heeft zich vooral gefocust op haar eigen groepje, dat algauw behoorlijk achter kwam te liggen op de rest. Na een paar mislukte pogingen om weer bij te raken besloot ze haar groepje kinderen niet verder uit te putten en hen zelf het tempo te laten bepalen om de tocht in elk geval uit te kunnen varen. Met de steiger in zicht kan ze vol trots zeggen dat dat in elk geval gelukt is.

Aan de berg kajaks op het strand te zien is haar groepje het laatste dat binnenkomt. Erik staat met Jayden klaar op de steiger om hen weer op het droge te helpen. De spieren in haar bovenarmen en schouders voelen zwaar aan als ze de peddels van haar en Vera in de kajak legt. Ze moet eerlijk bekennen dat ze best moe is, rozig zelfs van de warmte en de zon. Een paar gasten zijn het water in gedoken en ze heeft zelf ook wel zin in een verfrissing als haar verantwoordelijkheid er straks op zit. Max en Joep worden de steiger opgehesen. Met rode hoofden lopen ze het strand op en ze ploffen languit neer. Van de overtollige energie die ze bij aanvang van de tocht hadden, is niets meer over.

Vera laat zich door Erik op de kant trekken en Malou kijkt angstvallig om zich heen of Hannah niet in de buurt is. Ze had beloofd om Vera bij Erik vandaan te houden, maar wederom is het haar niet gelukt om zich aan een belofte te houden. Vera zelf lijkt er geen problemen mee te hebben en kijkt Erik zelfs iets te lang met een voorzichtig lachje aan. Voor zover ze kan zien gedraagt Erik zich vriendelijk en volkomen normaal tegen het meisje. Toch steekt ze dwingend haar handen naar Erik uit om zijn aandacht van Vera af te leiden. Met tegenzin pakt ze zijn zweterige handen aan. De kracht waarmee hij haar op de steiger trekt, verbaast haar. Zijn postuur is tanig, maar hij ziet er zeker niet abnormaal sterk uit.

Waar zou Gijs zijn? Ze kijkt naar alle mensen die op het strand staan, maar Gijs staat er niet tussen. Shanice ziet ze wel, die is druk in de weer met het verzamelen van alle kajaks op het strand. Ze krijgt daarbij hulp van Chanty en haar kliekje meiden.

Als de laatste gasten uit het water zijn geholpen en alle kajaks op het strand liggen, pakt Jayden een megafoon en vraagt iedereen om naar hem toe te komen zodat hij kan controleren of alle deelnemers compleet zijn. Op alfabetische volgorde somt hij alle namen op terwijl Erik de aanwezigen afvinkt. 'Op Gijs na is iedereen er,' laat hij weten als de laatste naam is opgenoemd.

'Iemand Gijs gezien?' vraagt Jayden. Niemand antwoordt bevestigend. Jayden houdt zijn hand boven zijn ogen en tuurt over het water. Zo ver hij kan kijken is er geen kajak te zien.

Wel een paar waterscooters en motorsloepjes. 'We wachten nog even, hij zal zo wel komen. Hij zal nog wel een extra check doen om te kijken of er niemand is achtergebleven.' Jayden klinkt luchtig, maar zijn gezicht staat bezorgd. Malou loopt naar hem toe. 'Ik heb Gijs een uur geleden voor het laatst gezien toen hij langs ons heen peddelde en vroeg of wij de laatste waren. Ik zei dat ik dat niet wist en toen is hij omgekeerd en weer verder het meer opgegaan. Hij is ons daarna niet meer voorbijgekomen.'

'Ik zal hem even bellen en zeggen dat hij terug kan komen omdat iedereen weer veilig op het strand staat.' Jayden voegt meteen de daad bij het woord. 'Geen gehoor,' mompelt hij terwijl de piep van een voicemail klinkt. 'Gijs, Jayden hier,' spreekt hij in. 'De hele groep is compleet en staat op het strand op je te wachten. Als je ook deze kant op komt, dan kunnen we zo de kajaks weer naar de opslag brengen.' Hij hangt op, stopt zijn telefoon in zijn broekzak en tuurt nogmaals over het water. Shanice heeft zich inmiddels bij hen gevoegd. 'Is er iets aan de hand?'

'Gijs dobbert nog ergens op het water en Jayden heeft hem gebeld dat hij terug moet komen.'

'We wachten nog een kwartier en als hij zich dan nog niet gemeld heeft, gaan we hier de boel opbreken. Iedereen is moe en hongerig van de inspanning en het is nog een hele klus om die kajaks weer op te bergen,' zegt Jayden ongeduldig. 'Getreuzel kunnen we missen als kiespijn.'

'Het is niks voor Gijs om achter te blijven,' zegt Shanice bezorgd. 'Er zal toch niks gebeurd zijn?'

'Ik ben het wel met Shanice eens,' valt Erik haar bij. 'Moeten we hem niet gaan zoeken?'

'We wachten nog een kwartier,' zegt Jayden afgemeten. 'Die jongen doet steeds meer waar hij zelf zin in heeft en dat begin ik behoorlijk zat te worden. Ik moet op mijn personeel kunnen bouwen.'

Erik kijkt weg en Shanice is heel druk met haar tenen in het zand aan het wroeten. De sfeer is ineens heel ongemakkelijk en Malou begrijpt niet waarom. Ze voelt zich een buitenstaander, maar durft niet te vragen wat er aan de hand is. Met een vertwijfeld gevoel loopt ze richting de waterlijn en ploft neer op een droog stuk zand. Shanice komt naast haar zitten. Samen staren ze zwijgend over het meer, waar nog steeds geen spoor van Gijs te zien is. Bij elke minuut die wegtikt, neemt de onrust in Malou's buik verder toe.

30

'Meiden.' Malou schrikt als ze Jaydens stem vlak achter zich hoort. Ze zit nog steeds samen met Shanice op het strand en de tijd die Jayden bereid was te wachten op Gijs is inmiddels ruim voorbij. 'Meiden,' zegt hij nogmaals en Malou krijgt de kriebels van zijn hese, bedrukte stem. Alsof het afgesproken is, draaien zij en Shanice zich tegelijkertijd om. Jayden hurkt bij hen neer. Erik staat met een strak gezicht een meter verderop.

'Ik heb net een belletje gehad van de waterpolitie dat ze tijdens een patrouille over het meer een lege kajak hebben gevonden. Een kajak van Blue Lake Resort met een waterdicht tonnetje waar spullen van Gijs in zitten. Van Gijs ontbreekt elk spoor. Er is een ploeg duikers en een helikopter onderweg om de plek rond de kajak uit te kammen.'

Malou slaat geschrokken een hand voor haar mond, maar beseft nog niet helemaal wat Jaydens woorden betekenen. Bij Shanice lijkt de boodschap wel meteen luid en duidelijk binnen te komen, want ze springt als door een wesp gestoken op en begint hartverscheurend te huilen. Jayden pakt haar bij haar schouders en schudt haar door elkaar. 'Blijf alsjeblieft rustig. Ik heb niks aan je als je hysterisch gaat lopen doen. We weten niet wat er met Gijs gebeurd is en tot die tijd gaan we er gewoon van uit dat hij nog leeft. Ik wil dat jullie alle gasten begeleiden naar de algemene ontspanningsruimte en vooral de kalmte bewaren. Als we iedereen binnen hebben, dan zal ik summier moeten vertellen wat er aan de hand is om de helikopter die over het meer gaat vliegen te verklaren. Maar nogmaals: we houden ons hoofd koel en proberen de gasten vooral rustig te houden. Na de verdwijning van die jongen twee jaar geleden is dit...' Jayden strijkt wanhopig met zijn handen door zijn haar. 'Dit is gewoon heel slecht voor het resort.'

'Dat is het enige waar jij je druk om maakt, hè Jayden,' sist Shanice. 'Je heilige reputatie. Het interesseert je geen reet hoe het met Gijs is. Je wilt alleen dat hij in goede gezondheid terug wordt gevonden zodat we zo snel mogelijk weer kunnen doen alsof er niks aan de hand is. Gezellig vakantie vieren onder de zon en doen alsof het allemaal zo leuk is hier, terwijl we allemaal weten dat het maar schone schijn is.'

Jaydens gezicht wordt rood van woede en hij trekt Shanice ruw mee tot ze voldoende afstand hebben van Malou en Erik. Malou kan niet verstaan wat de twee tegen elkaar zeggen, maar uit de gespannen houding en afgemeten gebaren van Jayden kan ze opmaken dat ze een verhitte discussie voeren. Als Shanice uiteindelijk met afhangende schouders en een gelaten blik op haar gezicht wegloopt, gaat Malou ervan uit dat Jayden als winnaar uit de bus is gekomen. 'Waar ging dat over?' vraagt ze als Shanice naar haar toe loopt.

'Nergens over.'

'Nou, zo zag het er anders niet uit.'

'Laat het rusten, oké. We moeten zorgen dat we de gasten zonder al te veel gedoe naar de ontspanningsruimte krijgen voordat die helikopter hier is.' Shanice veegt de tranen die weer spontaan beginnen te stromen met een wild gebaar weg. 'Ik ben bang dat hij dood is, Malou. Het ging al een tijdje niet goed met hem.'

'Ben je bang dat hij zichzelf iets heeft aangedaan?' vraagt Malou geschokt.

'Ik weet niet meer wat ik moet denken, maar ik heb er een heel slecht gevoel over.'

'Wie weet valt het mee en is er een goede verklaring...'
'O, kom op nou, Malou, doe niet zo naïef. Een verlaten kajak midden op een meer. Ik kan maar één verklaring bedenken en dat is dat de eigenaar vrijwillig of onvrijwillig in het water terecht is gekomen. En aangezien de kust zelfs voor een geoefende zwemmer als Gijs te ver weg is vanaf het punt waar die kajak is gevonden, lijkt het me niet zo moeilijk om één en één bij elkaar op te tellen.' Shanice loopt bij haar vandaan en trekt Erik, die alles op een afstandje heeft gevolgd, met zich mee.

'Wat bedoel je met "onvrijwillig in het water terecht is gekomen"?' roept ze haar na, maar ze krijgt geen antwoord. Shanice en Erik lijken plots samen een front te vormen en van de vijandigheid die de afgelopen weken tussen hen speelde, lijkt ineens niets meer over. Weer heeft Malou het gevoel dat ze ergens angstvallig buiten wordt gehouden, maar ze weet niet waarom en wat er aan de hand is. Wat ze wel weet, is dat ze zich enorm veel zorgen maakt om Gijs. Ze realiseert zich dat de afspraak die ze met hem heeft waarschijnlijk niet doorgaat. Niet vanavond en misschien wel nooit meer. De antwoorden die ze zoekt op al haar vragen zal hij haar misschien altijd schuldig blijven. Ze gelooft niet in de suggestie die Shanice als eerste deed: dat hij zichzelf wat aangedaan zou hebben. Als hij met dergelijke plannen rondliep, dan zou hij er niet zo op hebben aangedrongen om haar vanavond te spreken zodat hij haar wat dingen kon uitleggen. Shanice' tweede speculatie dat iemand hém iets aangedaan zou hebben op het water kan ze niet zo makkelijk van zich afzetten. Zou hij in de problemen zitten door die pillen die ze in zijn kamer heeft gevonden? Ze denkt niet meteen het ergste, maar misschien is hij uit zijn kajak geplukt en meegenomen om hem een lesje te leren?

Vanuit haar ooghoek ziet Malou Jayden wilde zwaaigebaren naar haar maken om haar aandacht te trekken. Ze zet haar professionele gezicht op, rent naar de groep gasten toe en voegt zich bij Shanice en Erik. Haar zorgen en angsten probeert ze zo veel mogelijk weg te duwen. Samen met haar collega's begeleidt ze de groep naar het paviljoen waar dagelijks activiteiten worden georganiseerd voor de gasten. Ze houdt Vera en Max nauwlettend in de gaten. In de grote zaal staat een lange gedekte tafel met koffie, thee en frisdrank klaar. Erachter staan een paar mensen die normaal in de keuken werken. De grote afwezige is Kim en dat verbaast Malou. Juist op dit moment zou je verwachten dat ze haar man steunt en dat ze als eigenaars van het resort samen proberen de boel in goede banen te leiden. Jayden is inmiddels wel in de zaal gearriveerd. Zijn gezicht is voor zijn doen bleek en gespannen. Hij kijkt onophoudelijk naar het scherm van zijn telefoon. Ineens brengt hij het toestel naar zijn oor en beent de zaal weer uit.

Het duurt zeker vijf minuten, maar het voelt als een halfuur voordat hij weer terugkomt met een asgrauw gezicht dat niet veel goeds voorspelt. Hij ziet haar kijken en wenkt haar naar zich toe. Ze komt meteen in actie. Voordat ze hem kan vragen of hij informatie heeft over Gijs zegt hij: 'Haal Shanice en Erik hiernaartoe. Ik heb nieuws.'

'Is Gijs gevonden? Is alles goed met hem?' Malou's stem slaat over.

'Haal Shanice en Erik. Nu.'

Malou knikt en rent naar haar collega's. 'We moeten meekomen, Jayden wil ons iets vertellen,' fluistert ze hun toe. Zonder vragen te stellen volgen ze haar samen met Jayden de zaal uit. Zodra ze buiten gehoorsafstand van andere mensen zijn, zegt Jayden: 'Ik heb slecht nieuws, jongens. Gijs is gevonden. Hij leeft niet meer.'

Shanice zakt door haar knieën en kan geen woord meer uitbrengen. Zelfs Erik, die normaal het hoogste woord heeft, staat met zijn mond vol tanden. Malou is de eerste die wat

hakkelende woorden produceert. 'Maar hoe... Wat...'
'Ik ben net weer gebeld door de waterpolitie. Ze kregen een melding van een speedboot met pech. De motor was uitgevallen en ze vroegen om assistentie zodat ze afgesleept konden worden. Toen de waterpolitie ging kijken bleek er iets vast te zitten in de schroef.' Jayden zwijgt even en slikt. 'Een lichaam. Het is Gijs, jongens. Hij is overleden.' Jayden knijpt in zijn neusbrug en zijn stem is dik van emotie. Milou ziet Shanice naast haar wankelen en ze weet haar samen met Erik op te vangen voordat ze omvalt. Voorzichtig helpen ze haar in een zittende positie en Malou schrikt van de lege blik in de ogen van het meisje. 'Shanice, gaat het?'

Jayden knielt bij haar neer en tikt haar zachtjes tegen haar wang. Er komt geen reactie. 'Shanice, zorg dat je erbij blijft, oké?' Bezorgd checkt hij haar pols en hij tikt haar nogmaals op haar wang. Deze keer wat harder.

'Wat is er precies gebeurd?' fluistert Shanice terwijl ze opkijkt met grote ogen waarin paniek staat te lezen.

'De politie moet nog officieel onderzoek doen, maar er heeft zich een getuige gemeld. Het lijkt erop dat de drie Albanezen in de speedboot wat aan het scheuren waren op het water en de kajak van Gijs niet hebben gezien, omdat ze nogal druk waren met zichzelf. De getuige beweert dat de boot met aanzienlijke snelheid recht op hem afkwam en dat hij het water in is gesprongen uit angst overvaren te worden. De speedboot stuurde op het laatste moment bij en daardoor kwam Gijs onder de boot terecht. Hij raakte bekneld in de schroef van de boot en heeft daarbij een flinke hoofdwond opgelopen waardoor hij het bewustzijn is verloren. De mannen in de speedboot hadden niet door dat ze Gijs overvaren hadden en helemaal niet dat hij bewusteloos onder hun boot hing. Ze zijn dan ook gewoon doorgevaren totdat hun motor plotseling uitviel. Tegen de tijd dat de waterpolitie na hun hulpverzoek bij de boot kwam, was het al te laat voor Gijs. Ze

hebben nog geprobeerd hem te reanimeren toen ze hem bevrijd hadden uit de schroef, maar dat mocht niet meer baten. Hij is verdronken. Het was een noodlottig ongeluk.'
'Albanezen en een ongeluk? Dat zou ik ook zeggen als ik jou was. Komt je zeker wel goed uit.' Shanice kijkt Jayden woedend aan terwijl de tranen over haar wangen stromen. Jayden knijpt zijn ogen tot spleetjes. 'Het was een ongeluk,' herhaalt hij afgemeten en hij wendt zich dan tot Erik. 'Breng haar naar haar kamer voordat ze uit emotie dingen zegt waar ze later spijt van krijgt.'
Malou wil ook opstaan om mee te lopen, maar Jayden houdt haar tegen. 'Jij blijft hier, ik heb je nodig als ik de gasten toespreek. En waar blijft Kim, verdomme?' Op het moment dat hij de woorden uitspreekt, komt Kim aanrennen. 'Ik ben zo snel mogelijk gekomen. Wat afschuwelijk.' Ze pakt Malou bij haar arm en kijkt haar vol medeleven aan. 'Gecondoleerd met het verlies van je collega.' Op dat moment beseft Malou voor het eerst volledig wat er aan de hand is. Gijs is dood en ze zal hem nooit meer zien. Ze kan haar tranen niet meer tegenhouden en buigt voorover met haar handen voor haar lichaam gekruist om de vloedgolf aan verdriet op te vangen.

Deel 3

31

'Malou, Malou, waar zijn Max en Vera? Wat is er gebeurd?' Hannah komt bijna hysterisch op haar aflopen. Ze draagt niet meer dan een bikini en is blootsvoets. Over haar schouder hangt een strandtas waar een handdoek half uit hangt. Als Malou niet meteen antwoordt, pakt Hannah haar bij haar schouders en schudt haar door elkaar. 'Waar zijn ze? Wat is er gebeurd?'

'Hannah, hé, rustig nou even. Alles is goed met Max en Vera, ze moeten hier ergens rondlopen.' Malou wrikt Hannahs handen los, die zich als klauwen in haar schouders hebben vastgezet. De lange harde nagels hebben pijnlijke afdrukken in haar huid achtergelaten.

'Waar zijn ze dan? Ik zie ze niet!' Hannah kijkt verwilderd om zich heen. Malou laat haar ogen door de zaal gaan en vangt een glimp op van Joep. Dan moet Max in de buurt zijn, want die twee doen niets zonder elkaar. Ze pakt Hannahs hand en trekt haar mee. 'Volgens mij staan ze daar.' Hannah rukt haar hand los en rent in de richting die Malou aangeeft. Malou volgt en ziet nu ook Vera, die met haar benen opgetrokken tegen de muur zit. Hannah stort zich op haar kinderen en smoort ze bijna in haar omhelzing. 'O, mijn schatjes, ik was zo bang dat er iets met jullie was gebeurd. Wij mogen elkaar nooit kwijtraken.'

'Gijs is dood, mam. Het is zo erg.' Vera begint zachtjes te huilen en Hannah wrijft met haar duimen de tranen van haar wangen. Ze trekt Vera overeind. Malou's ogen zijn ook nat en ze probeert uit alle macht haar emoties onder controle te houden. Hannah ziet het en legt even een hand op haar schouder. 'Gaat het een beetje met je? Ik weet dat jullie close waren.'

'Het is nog niet helemaal tot me doorgedrongen. Het is gewoon niet te bevatten dat hij er niet meer is.'

'Wat is er precies gebeurd?'

'Hij heeft met zijn kajak een aanvaring gehad met een speedboot en heeft daarbij een ernstige hoofdwond opgelopen. Hij is bewusteloos te water geraakt en verdronken voordat ze hem konden redden.' Malou kiest ervoor om niet te veel in detail te treden, want dat roept alleen maar vragen op en ze heeft geen zin om die te beantwoorden. Eigenlijk wil ze zo snel mogelijk naar Shanice en Erik toe. Ondanks haar vijandige gevoelens naar haar beide collega's zijn zij toch de personen die het dichtst bij Gijs hebben gestaan en met wie ze haar verdriet het beste kan delen. Ze kan alle gasten die na de toespraak van Jayden nog in de ontspanningsruimte zijn blijven hangen wel de zaal uit kijken. Jayden heeft haar duidelijk te verstaan gegeven dat ze pas weg mag als de laatste gast de ruimte heeft verlaten. Met een zucht aanschouwt ze een clubje snobs dat van de gelegenheid gebruikmaakt om zo veel mogelijk gratis drank achterover te slaan. Ze hebben hun glazen al zeker vier keer bijgevuld en wekken niet de indruk dat ze snel zullen vertrekken. Ze heeft even oogcontact met Kim en het is duidelijk dat zij zich ook kapot ergert. Jayden loopt naar zijn vrouw en ze smoezen wat voordat Jayden het woord vraagt en de achtergebleven gasten te kennen geeft dat ze hun gesprekken elders moeten voortzetten, omdat de politie elk moment kan arriveren voor de afhandeling van wat administratieve zaken. Met duidelijke tegenzin schuifelen de gasten na het legen van hun glazen naar buiten. Hannah, Vera, Max en Joep verlaten de ruimte als laatste. Malou blijft achter met Jayden en Kim. Zijn telefoon rinkelt weer en hij loopt naar de andere kant van de zaal om privé te kunnen bellen.

'Zal ik even helpen opruimen?' biedt Malou Kim aan terwijl ze een blik werpt op de chaos aan lege en met restantjes gevulde glazen.

'Niet nodig, ik vraag de keuken wel. Neem maar even de tijd om een beetje bij te komen. Het was een lange zware dag voor je, zoveel emoties. Alle geplande activiteiten voor morgen zijn afgelast. Even een pas op de plaats. Bovendien moeten we de roosters aanpassen nu Gijs...' Kim haalt mismoedig haar schouders op. 'Gijs had nogal een prominente rol in het animatieteam en we moeten dat gat in overleg zo goed en zo kwaad mogelijk zien op te vullen. Morgen komen we met zijn allen bij elkaar om te kijken hoe we dat gaan oplossen.'

'En om na te praten over wat er gebeurd is en herinneringen aan Gijs op te halen, mag ik hopen. Ik denk dat iedereen daar wel behoefte aan heeft.'

'Ja, natuurlijk, dat ook,' voegt Kim er haastig aan toe.

'Hoe laat is die bespreking?' informeert Malou.

'Dat moet ik nog met Jayden overleggen. We zetten de tijd straks wel in de groepsapp.'

'Oké. Nou, dan ga ik maar. Het avondeten is wel op de gebruikelijke tijd?'

'Ik moet nog even overleggen met de catering, maar ga er maar van uit. Juist nu moeten we zorgen dat we goed eten om op de been te blijven. De komende dagen zullen zwaar worden. Dus laten we elkaar vooral niet uit het oog verliezen, we gaan dit samen doen.'

Als Malou op het punt staat om de ruimte te verlaten, is Jayden net klaar met zijn telefoongesprek. De stress spat van zijn gezicht af. 'Waar ga je naartoe?' vraagt hij.

'Naar mijn kamer. Met toestemming van Kim,' voegt ze er snel aan toe als ze zijn gezichtsuitdrukking ziet.

Jayden produceert wat binnensmonds gemompel dat veel

weg heeft van een vloek, draait zich om en beent naar zijn vrouw toe. Malou maakt van de gelegenheid gebruik om vlug de zaal uit te piepen voordat ze alsnog wordt teruggefloten.

32

Malou staat op het punt om de code van het slot op haar kamerdeur in te toetsen als ze achter zich iets hoort. Geschrokken draait ze zich om en botst bijna tegen Shanice op. 'What the fuck, ik schrik me kapot.'
'Ssst, zachtjes. Sorry, sorry, sorry.'
'Waarom besluip je me zo?'
'Ik zeg toch sorry. Kunnen we alsjeblieft je kamer in gaan voordat we verder praten?'
'Wat doe je geheimzinnig.'
'Please, laten we naar binnen gaan!' Shanice kijkt paniekerig om zich heen. Malou stapt haar kamer binnen en maakt ruimte voor Shanice. Als de deur dicht is, grijpt Shanice naar haar hoofd en trekt wanhopig aan haar braids. 'Het was geen ongeluk, Malou, ik weet het zeker,' valt ze daarna met de deur in huis. 'Ze hebben hem vermoord.'
'Wie zijn "ze" en waarom zou iemand Gijs vermoorden?' houdt Malou zich van de domme, terwijl de zakjes met gekleurde pillen op haar netvlies verschijnen. Shanice kijkt besluiteloos om zich heen, trekt nog eens aan haar ingevlochten haren. 'Er zijn dingen die je niet weet. Van Gijs. Van mij. Hij had het je willen vertellen, maar heeft daar de kans niet meer voor gekregen.'
'Wat bedoel je?'
'Toen je ons samen zag op de avond van het strandfeest hadden we het erover.'
'Wáárover, Shanice? Hou eens op met die raadsels.'

'Gijs wilde open kaart met je spelen, ik wilde dat niet. Ik wil het eigenlijk nog steeds niet, maar nu moet ik wel. Gijs en ik waren betrokken bij iets illegaals.'

Malou werpt haar een wanhopige blik toe en gooit haar handen in de lucht.

'Dit is moeilijk voor me, oké. Zeker na wat je me hebt verteld over je biologische ouders die verslaafd waren. O, ik krijg het mijn strot niet uit.' Shanice stampt razendsnel met haar voeten, alsof ze een sprintje op de plaats trekt. 'Oké, oké, oké, Gijs en ik dealden pillen. Vreselijk, ik weet het. Gijs wilde ermee stoppen en daarom is hij nu dood. Dat kan niet anders. Hij was zo fucking bang, weet je, voor de consequenties. Voor zichzelf, maar ook voor mij.' Shanice ratelt zo snel dat Malou er niet tussen komt.

'Toen je ons betrapte in die omhelzing en zo, hadden we net besproken dat hij wilde stoppen en hij probeerde mij over te halen dat ook te doen. Hij zei dat we er samen wel uit zouden komen, dat hij zou regelen dat niemand me met een poot aanraakte. Het enige wat ik hoefde te doen was er ook uit stappen en hij zou de rest regelen. Dát stond hij me te vertellen toen je ons zo intiem zag staan. Hij probeerde me te overtuigen. Ik begrijp dat het er voor jou anders uit moet hebben gezien en dat vind ik heel erg, zeker na wat je hebt meegemaakt met je ex en je beste vriendin. Ik zou zoiets nooit doen, Malou. Vriendschap is heilig voor me en van het vriendje van een vriendin blijf je af. Please, wees niet boos.' Voor het eerst in haar hele relaas neemt Shanice de tijd om een diepe ademteug te nemen en Malou grijpt meteen haar kans. 'Wie heeft Gijs vermoord volgens jou?'

'Jayden en Kim! We dealen voor hen.'

Malou's mond valt open. 'Wat zeg je?'

'Waarom denk je dat die strandfeesten elke week worden georganiseerd? Een mooiere gelegenheid om pillen te verkopen is er niet.'

'Maar Jayden en Kim? Met hun eeuwige gezeur over de goede reputatie van het resort en dat niks dat in gevaar mag brengen?'

'Dat resort is een mooie dekmantel om zich achter te verschuilen en het is een belangrijke schakel in de drugslijn vanuit Albanië. De transporten vinden vanuit Albanië over het meer plaats naar hier en vanuit het resort vindt de verdere verspreiding plaats. Ik weet niet wie er verder allemaal bij betrokken zijn, maar Jayden en Kim in elk geval. Ze mogen een gedeelte van de pillen houden en zelf verhandelen, omdat ze het resort ter beschikking stellen als doorvoerhaven. Dát is waar ze flink op cashen en daarom doen ze zo panisch over hun reputatie. Ze mogen absoluut niet in het vizier van de politie komen. Dáárom was het destijds dubbel drama toen die jongen werd vermist en de politie hier kwam rondsnuffelen. Kim bleef er bijna in en Jayden was een paar weken niet te harden als er geen gasten in de buurt waren. De vader van die jongen loopt hier nog steeds weleens rond omdat hij wil weten wat er met zijn zoon is gebeurd. Zodra Jayden hem ziet laat hij hem van het terrein afschoppen, maar hij weet er elke keer weer op te komen.'

'Maar Shanice,' onderbreekt Malou haar nu, 'wat je zegt is niet logisch. Als Jayden en Kim de politie niet op hun dak willen, dan gaan ze toch geen enkel risico lopen? Het zou wel heel dom zijn om dan een moord te plegen. Bovendien zat Jayden net als jij en ik vandaag in een kajak op het water. Ik heb hem heel vaak langs zien peddelen.'

'Duh, natuurlijk hebben ze het niet zelf gedaan, dat zou inderdaad heel dom zijn. Maar ik weet zeker dat zij de opdrachtgevers zijn. Gijs had Jayden al laten weten dat hij wilde stoppen met dealen en Jayden was woedend. Hij bedreigde hem, maar daar was Gijs niet van onder de indruk. Hij heeft tegen Jayden gezegd dat hij hem net zo goed in de tang had en dat hij niet zou aarzelen om Jayden te verraden als hij hem niet met rust liet. Jayden moet het risico dat Gijs zou gaan praten te groot hebben gevonden en maar één uitweg hebben gezien: Gijs voorgoed het zwijgen opleggen.'

'Jij denkt dus dat die Albanezen met opzet over Gijs heen zijn gevaren?'

'Ja. Want wat doen Albanezen überhaupt aan deze kant van het meer? Weet je wel hoe groot dat meer is? Het meer heeft een oppervlakte van driehonderdvijftig vierkante kilometer, waarvan minstens een derde in Albanië ligt. Dat lijkt me genoeg om flink op te kunnen rondscheuren zonder dat je het Macedonische deel daarbij hoeft te betrekken. Door het op een ongeluk te laten lijken hopen ze ermee weg te komen zonder dat hun drugshandel in gevaar komt.'

'Ben je van plan naar de politie te gaan?'

'Nee, want dan ben ik zelf ook de lul. Ik weet dat dat laf is, maar wat als ik hier de gevangenis in ga?'

'Maar wat wil je dan? Wat wil je van mij?'

'Ik heb je hulp nodig. Ik weet dat Gijs zijn voorraad op zijn kamer had, ik weet alleen niet waar. Het moet daar weg zijn voordat de politie komt. Ze mogen niks van dat hele drugsverhaal meekrijgen. Help me alsjeblieft met zoeken.'

'Maar ze zullen juist iets van dat drugsverhaal moeten weten om de dood van Gijs goed te onderzoeken. Als hij echt vermoord is, dan moeten de schuldigen worden gestraft.'

'Dan ben ik ook de lul, dat zei ik toch net. Oké, ik heb een fout gemaakt, maar ik ben niet van plan om daarvoor de bak in te draaien. Jayden en Kim hebben de afgelopen jaren flink verdiend, maar Gijs en ik hielden er niet meer dan een bescheiden zakcentje aan over.'

'Maar als het je zo weinig opleverde, waarom heb je het dan gedaan?'

'Ik ben er een beetje in gepraat, stap voor stap. Jayden kan erg overtuigend zijn, weet je. Toen ik hier het eerste jaar kwam, wilde ik een wit voetje halen, indruk maken op Jayden en Kim. Toen Jayden me de eerste keer vroeg of ik iets mee wilde nemen naar de club zag ik er niet zoveel kwaad in. Het was voor een vriend van hem en hij kon het zelf door omstandigheden niet afgeven. Ik hoefde het alleen maar te overhandigen, er kwam geen geld aan te pas. Het was maar één pilletje zodat die vriend een nog toffere avond had. Thuis gebruikte ik ook weleens xtc als ik uitging, no big deal, dacht ik. Maar zoals je al kunt raden bleef het niet bij dat ene verzoek. Eén pilletje werden er twee en voor ik het wist, ging ik elke vrijdagavond naar het strandfeest met zakjes vol pillen, die ik verkocht aan iedereen die geïnteresseerd was. Toen zat ik er tot aan mijn nek in en kon ik niet meer terug.' Shanice kijkt Malou gepijnigd aan.

'En Gijs deed dus ook mee?'

'Ja, hij deed het al een paar jaar en nam mij onder zijn hoede. We waren een soort partners in crime. Ik weet dat ik ontzettend fout zat, maar omdat Gijs het ook deed, kon ik het op een gekke manier iets beter voor mezelf goedpraten. Want als iemand een goed mens was, dan was het Gijs wel,' voegt ze er met zachte stem aan toe.

'En Erik?'

'Hij niet. Ik weet niet waarom, maar Jayden heeft hem nooit vertrouwd zoals hij mij en Gijs vertrouwde. Misschien omdat discretie een vereiste is in deze verrotte business. Je kunt veel van Erik zeggen, maar niet dat hij discreet is. Die grote bek van hem heeft hem al vaker in de problemen gebracht. Ik had eerlijk gezegd ook verwacht Erik dit jaar niet meer terug te zien, maar op de een of andere manier wil Jayden hem blijkbaar ook niet laten gaan.'

Malou's hersens proberen koortsachtig op een rijtje te krijgen wat Shanice haar allemaal heeft verteld. Moet ze Shanice vertellen over de pillen die ze in Gijs' kamer heeft gevonden of is het beter van niet? Aangezien Shanice zelf bij de handel in xtc-pillen is betrokken, is het maar de vraag of ze te vertrouwen is. Hoe kan ze erop rekenen dat dit inderdaad het volledige verhaal is? Het laatste wat Malou wil, is dat ze op de een of andere manier zelf in dit smerige zaakje wordt betrokken. Ze moet de pillen die ze onder haar matras heeft verstopt zo snel mogelijk kwijt zien te raken. Het mooiste zou zijn als ze die zooi weer in het blik zou kunnen stoppen waar ze ze oorspronkelijk uit heeft gehaald. Maar daarvoor moet ze op Gijs' kamer zijn en daar kan ze Shanice eigenlijk niet bij gebruiken zonder zichzelf te verraden. Eerlijk gezegd ziet ze het ook niet zitten om alleen naar Gijs' kamer te gaan. Ze moet er niet aan denken dat ze betrapt wordt. Het is een risico, maar ze ziet op dit moment geen andere mogelijkheid dan Shanice toch in vertrouwen te nemen. Alle informatie die Shanice haar heeft gegeven, is een stok die ze achter de hand heeft om mee te slaan. Als het moet, zal ze niet aarzelen om Shanice aan te geven bij de politie. Ze loopt naar haar bed toe en tilt de matras op. Shanice kijkt haar vragend aan en dan worden haar ogen zo groot als schoteltjes. 'Oh my God, jij ook?'

Malou schudt haar hoofd. 'Dit is niet van mij. Ik heb het gevonden op Gijs' kamer. Het is maar een deel van wat hij daar verstopt had en ik weet waar de rest ligt. Ik ben het met je eens dat we het zo snel mogelijk weg moeten halen uit zijn kamer. Kun je mijn rugzak even pakken?'

Shanice doet direct wat Malou van haar vraagt.

'Rits hem open en hou hem even in mijn buurt.' Malou pakt de zakjes pillen onder haar matras uit en stopt ze onder in de rugzak.

'Wat doe je?'

'Zorgen dat die zooi uit mijn kamer komt. We gaan het nu terugstoppen bij de rest van Gijs' voorraad en nemen daarna de hele shit mee. Begin maar vast te bedenken waar we het kunnen verstoppen zonder dat het herleidbaar is naar Gijs, jou of mij. Het moet een plek zijn waar de politie niet meteen gaat zoeken.'

'Het strand. We begraven het.'

'Te tricky, heb ik al overwogen. Als een hond of een kind het per ongeluk vindt en ervan gaat snoepen... Dán hebben we pas echt een probleem. Bovendien is het strand niet bepaald een plek waar je ongezien een diepe kuil kunt graven. Het is veel te open en toegankelijk.'

'Nou, kom maar met een beter alternatief dan, want ik heb er geen.'

'Ik weet misschien wel wat. Heb je weleens gehoord van Blue Village?'

'Nee, wat is dat?' vraagt Shanice.

'Hannah, je weet wel, de moeder van Vera en Max, vertelde me erover. Toen ze op zoek was naar Vera vond ze een afgezet, overwoekerd terrein met allemaal houten krotten. Op het toegangshek hing een halfvergaan bord met de naam Blue Village. Het terrein grenst aan het Blue Lake Resort en was totaal verwaarloosd en verlaten. Ik ben er zelf nog niet naartoe geweest om een kijkje te nemen, maar uit de beschrijving van Hannah kon ik opmaken dat daar wel ergens een plekje te vinden moet zijn om deze rotzooi tijdelijk te verbergen totdat we een betere plek hebben.'

'Weet je hoe je er moet komen dan?'

'Hannah heeft redelijk nauwkeurig beschreven waar het ligt, dus dat zou moeten lukken.'

'Van wie is dat terrein? Hoort het bij het resort?'

'Geen idee, maar dat maakt ook niet zoveel uit, toch? Het gaat erom dat het een verlaten plek is waar de kans dat iemand daar gaat rondsnuffelen het kleinst is. Ik denk dat de pillen daar veilig zijn.'

'Oké, we wachten tot het donker is en dan brengen we ze daarnaartoe. Maar eerst moeten we die troep weghalen van Gijs' kamer.' Shanice trommelt zenuwachtig met haar vingers op haar knieën. Malou pakt een handdoek uit haar kast en propt hem in haar rugzak, boven op de zakjes pillen. Daarna hangt ze de tas op haar rug. 'Ik ben er klaar voor.'

33

Shanice staat op wacht in de gang terwijl Malou de beveiligingscode van Gijs' kamerdeur intoetst. Zodra ze de vertrouwde klik hoort, opent ze de deur. Shanice komt vlug aanrennen en met bonkend hart betreden ze de kamer. Malou laat de deur zachtjes in het slot vallen. Stap één is genomen, niemand heeft hen gezien. Het is raar om tussen Gijs' spullen te staan, zijn aanwezigheid nog te voelen, terwijl hij er niet meer is. Malou voelt een brok in haar keel en ze ziet aan Shanice dat zij zich ook probeert in te houden. Tijd om te rouwen is er pas als ze dit klusje hebben geklaard. Samen trekken ze Gijs' bed van de kant. Malou knielt neer bij de losse vloerplank en peutert hem los. Shanice pakt de plank van haar aan terwijl Malou de theedoek uit de verborgen ruimte trekt. Tot haar opluchting staat het blik nog precies zoals ze het pas heeft achtergelaten. Ze pakt het, zet het op het bed naast haar rugzak en wrikt de deksel los. Voor zover ze kan inschatten is de hoeveelheid pillen gelijk aan de laatste keer dat ze in het blik keek. Shanice fluit zachtjes en mompelt: 'Gijs, wow... Ik had geen idee dat hij zoveel had.'

Met twee handen tegelijk pakt Malou de zakjes die ze heeft gestolen uit haar tas en propt ze terug in het blik. Het blik verbergt ze onder de handdoek in haar rugtas. Shanice legt de stoffige theedoek van Gijs terug in het gat in de vloer en stopt de plank terug. Samen schuiven ze het bed weer op hun plek.

'Oké, nu nog ongezien weg zien te komen.' Malou hangt de tas op haar rug en loopt naar de deur. Op het moment dat ze met de klink in haar handen staat, hoort ze een geluid aan de andere kant van de deur. Haar hart staat even stil. 'Volgens mij komt er iemand aan.'

'Shit! Verstop je.' Shanice gaat op het bed zitten.

'En jij dan?'

'Ik verzin wel wat. Wegwezen, nu!'

Malou trekt het hanggedeelte van de kast open. Te smal en te ondiep om in weg te kruipen. In paniek rent ze naar de badkamer, loopt de douche in en trekt het gordijn dicht. Sinds ze hier is ergert ze zich al aan het goedkope, plakkerige douchegordijn dat in schril contrast staat met alle andere hippe dingen in het resort, maar nu is ze er heel dankbaar voor. Hijgend gaat ze tegen de muur staan terwijl het blik pijnlijk in haar rug drukt. Ze houdt haar adem in als ze de kamerdeur open hoort gaan.

'Wat doe jij hier?'

Jayden.

'Ik, uhm, ik weet niet. Ik vind het zo erg van Gijs, ik kan het gewoon nog niet geloven. Ik wilde graag even tussen zijn spulletjes zitten.' Shanice stond blijkbaar al op knappen en begint nu hysterisch te huilen. Jayden probeert haar onhandig te troosten met wat clichéachtige woorden. 'Misschien moet je even op bed gaan liggen met een slaappilletje. Even tot rust komen. De komende dagen worden nog zwaar genoeg.'

'Ik blijf hier liever nog even zitten,' snikt Shanice.

'Dat kan niet,' zegt Jayden resoluut. 'Ik moet wat adresgegevens zoeken van Gijs' familie. Ze weten nog niet wat er gebeurd is.'

'Zal ik je helpen zoeken?'

'Shanice, wegwezen. Ga naar je eigen kamer en ik wil niet meer dat je hier zomaar binnenloopt. Dat Gijs er niet meer is, wil niet zeggen dat zijn privacy zomaar geschonden mag worden.'

'Jij bent hier toch ook?'

Malou krimpt in de douche in elkaar. *Hou je grote mond nou, Shanice. Ga hem niet lopen provoceren en vertrek gewoon.*

'Ik ben hier met een praktische reden en bovendien ben ik hier nog altijd de baas. Vooruit, naar je kamer.'

'Oké, pap,' kaatst Shanice terug. Daarna is het even stil.

'Wat? Ik ga toch!' Er klinkt wat gestommel en er slaat een deur dicht. De ijdele hoop dat Jayden met Shanice de kamer heeft verlaten, wordt de grond in geboord als Malou voetstappen hoort op de houten vloer. Er klinkt een slepend geluid. Het bed wordt van de wand geschoven. Is Jayden op de hoogte van Gijs' geheime verstopplek? Is hij op zoek naar de drugs? De paniek slaat Malou om het hart. Als Jayden haar hier vindt, dan heeft ze een megagroot probleem. Ze kan geen enkele plausibele verklaring bedenken die haar aanwezigheid in Gijs' douche rechtvaardigt. Het blik in haar tas is een tikkende tijdbom die elk moment in haar gezicht kan ontploffen. Ze spitst haar oren en hoort dat Jayden de losse houten plank niet al te zachtzinnig op de vloer gooit. Binnen een paar seconden zal hij ontdekken dat de bergplaats leeg is. Als Jayden als een maniak begint te vloeken en te tieren weet ze dat haar voorspelling is uitgekomen.

'Waar heb je het gelaten, vuile klootzak?' Er wordt iets tegen de muur gesmeten en er wordt ergens tegenaan getrapt. Tranen van angst springen in Malou's ogen. Ze staat te trillen op haar benen en haar hart gaat zo tekeer dat ze bang is dat Jayden het in de kamer kan horen. Er wordt op de vloer gestampt en het bed wordt met een klap tegen de muur geschoven.

Please, ga naar buiten, please! smeekt Milou in haar hoofd. Beelden van de douchescène uit haar favoriete Hitchcock-film schieten over haar netvlies en wakkeren haar paniek alleen nog maar verder aan. Lades worden opengetrokken en dichtgesmeten, ze hoort kastdeuren klappen en bij elke vloek van

Jayden krimpt ze verder in elkaar. Haar benen trillen zo erg dat ze er bijna doorheen zakt. Als ze denkt dat het niet erger kan worden, wordt met een klap op de schakelaar het licht in de badkamer aangedaan. Ze hoort Jayden naar binnen lopen. Het douchegordijn beweegt zachtjes door de luchtstroom die zijn gehaaste entree veroorzaakt. Malou's ademhaling stokt en haar hart staat bijna stil. Ze kan alleen nog maar schietgebedjes doen dat Jayden het gordijn niet openrukt en haar betrapt.

34

Vol ongeloof en schrik zit Hannah op de bank van haar chalet. Ze probeert orde in de chaos in haar hoofd te scheppen, maar dat wil maar niet lukken. Het heeft haar wel even wat tijd gekost om Vera te kalmeren. De dood van Gijs heeft er behoorlijk in gehakt bij haar stiefdochter. Na veel praten, mokken warme melk met honing en een beetje valeriaan ligt Vera nu eindelijk te slapen. Ook Max was aangeslagen door het ongeluk en de dood van Gijs, maar hij lijkt het anders te verwerken dan zijn zus. Toen ze hem naar bed bracht om uit te rusten van de intensieve kajaktocht sliep hij al voordat zijn hoofd het kussen raakte.

Nu de rust in het chalet is teruggekeerd, komt ze aan zichzelf en haar eigen gedachten toe. Steeds weer moet ze denken aan die man, Tobias, die door Jayden bruut het resort af werd gezet. Wie is die man? Zijn woorden 'Het is weer gebeurd, er is weer iemand verdronken' en 'Deze keer kom je er niet mee weg, Jayden' blijven rondspoken in haar hoofd. Refereerde de man aan de jongen die al twee jaar lang wordt vermist? Voor zover zij weet is er alleen een vermoeden dat hij is verdronken, maar is het nooit bewezen. Zijn lichaam is ondanks uitgebreide zoekacties nooit gevonden. De enige aanwijzing die wijst in de richting van verdrinking, is dat hij voor het laatst bij het meer is gezien. Maar wat vooral knaagt is dat Tobias suggereerde dat Jayden iets met beide zaken te maken had, en de agressieve manier waarop Jayden de man de mond probeerde te snoeren. Alles wees erop dat de twee mannen elkaar kennen en dat dit niet het eerste conflict tussen hen is geweest. Ze weet nu al dat Jayden haar niets gaat vertellen als ze hem ernaar vraagt, want hij vindt haar al behoorlijk irritant. Als ze meer wil weten zal ze die Tobias te spreken moeten zien te krijgen. Maar hoe? Ze weet niets van die man en al helemaal niet waar ze hem kan vinden.

Laat het rusten, Hannah. Je hebt al genoeg eigen problemen en dit kun je er niet ook nog eens bij hebben. Het stemmetje in haar hoofd is streng en onverbiddelijk en heeft hartstikke gelijk. Ze weet nog steeds niet wat er precies met Vera is gebeurd en of Erik er nu wel of niet iets mee te maken heeft, en dan zijn er nog die raadselachtige kaarten waarvan de derde nog ongelezen in haar strandtas zit. Ze heeft nog niet de moed gehad om hem te pakken, bang voor wat ze nu weer voor verontrustende tekst te lezen krijgt. De kaart negeren of ongezien weggooien kan ze ook niet. Ze heeft het even overwogen, maar de gedachte dat ze iets mist wat een ander licht werpt op Christiaans dood, kan ze niet verkroppen. Vastberaden staat ze op. Ze zal door de zure appel heen moeten bijten. Ze sloft naar haar tas en haalt de envelop eruit. Haar mond wordt droog en haar hart gaat sneller kloppen als ze de kaart met een ruk uit de envelop haalt. Op de voorkant staat het nu bekende WAT ALS... in dikgedrukte zwarte letters. Ze slaat de kaart open en houdt haar adem in als ze de tekst in de dikke rode letters in zich opneemt. 'WAT ALS... Christiaan een belangrijke klokkenluider was in een Europees complot?' fluistert ze verbijsterd. Ze herhaalt de woorden nog een paar keer om het effect ervan goed tot zich door te laten dringen. Een Europees complot? *Waar was je toch mee bezig, Chris? Waarom heb je me niks verteld?* Maar ze kan de antwoorden op haar vragen als ze eerlijk is wel uittekenen. Wat Christiaan ook aan het doen was, het was zo gevaarlijk dat hij haar en de kinderen er koste wat het kost buiten wilde houden. Volgens de afzender van de kaarten is zijn dood daar het bewijs van.

Frustratie neemt de overhand. Wat wil degene die de kaarten verstuurt hier nu mee bereiken? Wat schiet hij of zij ermee op om haar steeds druppelsgewijs een stukje wijzer te maken in plaats van het totaalplaatje te schetsen? Wat wil deze figuur van haar? Christiaan is ze al kwijt en ze heeft weinig zin om zelf meegesleurd te worden in de geheimen die misschien tot zijn dood hebben geleid. Haar prioriteiten liggen bij het beschermen van Christiaans kinderen, háár kinderen. Dat is het enige wat ze nog voor hem kan doen. Hij heeft haar niet voor niets overal buiten gehouden.

Ze stopt de kaart onder in haar handtas bij de vorige twee en loopt naar de gang. Nu ze zo staat, merkt ze pas hoe vol haar blaas zit. Als ze met de klink van de wc-deur in haar handen staat, valt haar oog op een dichtgevouwen briefje dat op de deurmat ligt. Ze fronst haar wenkbrauwen en pakt het op. Aan de rafelige rand aan de bovenkant van het lijntjespapier ziet ze dat het gehaast uit een schrijfblok is gescheurd. Ze slaat het briefje open. *Wat als... de dood van Gijs en de dood van Christiaan iets met elkaar te maken hebben?* staat er in een kriebelig ballpointblauw handschrift. *Ontmoet me rond middernacht bij Blue Village en dan zal ik je alles vertellen. Kom alleen, anders ben ik weg.*

Hannah is zo geschokt dat ze vergeet waar ze oorspronkelijk de gang voor in liep. De druk op haar blaas voelt ze niet meer. Met het briefje in haar trillende hand geklemd loopt ze terug naar de woonkamer. Ze gaat op de bank zitten en springt vrijwel meteen weer overeind. De onrust giert door haar lijf en zorgt ervoor dat ze niet stil kan zitten. Zenuwachtig begint ze door de kamer te ijsberen. Wat moet ze hier nu weer mee? Haar stille wens om de afzender van de kaarten te ontmoeten lijkt in vervulling te gaan, maar nu de kans haar wordt geboden, is ze ineens niet meer zo happig. Hoe gevaarlijk is het om in te gaan op de uitnodiging? Voor hetzelfde geld is het een valstrik. Een manier om haar weg te lokken naar een afgelegen terrein om erachter te komen wat ze weet van Christiaans geheim. Als Christiaan echt opzettelijk is gedood, dan zullen de mensen die erachter zitten niet aarzelen om haar ook iets aan te doen als ze dat nodig achten om hun zaakjes onder de pet te houden. Maar ondanks die wetenschap kan ze de uitnodiging ook niet zomaar naast zich neerleggen. De behoefte om te weten wat er nu precies aan de hand is, gaat het gevecht aan met haar angst. Wel gaan, niet gaan? Stel dat ze zou gaan, dan is het onverantwoord om niemand mee te nemen, maar de persoon die haar wil spreken laat er geen misverstand over bestaan. *Kom alleen of ik ben weg.* Wil ze dat risico lopen? Eigenlijk niet, moet ze bekennen. Als ze besluit om gehoor te geven aan het verzoek, dan zal ze er blind in moeten gaan en alle gevaren op de koop toe moeten nemen. Ondanks haar angsten weet ze nu al dat ze deze kans uiteindelijk niet aan zich voorbij zal laten gaan. Ze kan het niet. De bewering dat Christiaans dood geen ongeluk was, zal ze tot op de bodem moeten uitzoeken. Doet ze dat niet, dan heeft ze nooit meer rust.

De beslissing is snel genomen, ze gaat rond middernacht naar Blue Village. Het idee dat ze weer naar dat spookachtige terrein met vervallen barakken moet, geeft haar de kriebels. Het zag eruit alsof er al heel lang niemand geweest was, maar de persoon die haar wil spreken weet blijkbaar ook van het bestaan ervan af. Is het wel zo verlaten als ze dacht? Niet te veel bij nadenken. Automatisch gaat haar hand naar de wond op haar hoofd die ze er de vorige keer heeft opgelopen. De plek is nog steeds pijnlijk en niet volledig genezen. Deze keer weet ze wel wat voor slecht begaanbaar pad haar te wachten staat en kan ze haar maatregelen nemen. Ze zal naar het centrum van Ohrid moeten om een zaklamp en een goede snoeischaar op de kop te tikken voordat de winkels over een uur sluiten.

Durft ze het aan om Vera en Max even alleen te laten? Als ze nu een taxi belt, dan kan ze binnen een vloek en een zucht heen en weer zijn. Dat is een snellere optie dan eerst proberen een oppas te regelen. Als ze het chalet goed afsluit en een briefje op de tafel legt voor Max en Vera dat ze even een boodschapje aan het doen is, dan zou het toch goed moeten komen. Vannacht is een ander verhaal. No way dat ze Max en Vera dan zonder toezicht achterlaat. Bovendien zal ze iemand in vertrouwen moeten nemen die de politie inseint als ze niet terugkomt van haar afspraak. Het zou naïef zijn om geen rekening te houden met die mogelijkheid. Er is op dit moment maar één iemand die ze als oppas durft te vragen en met wie ze tegelijkertijd haar geheime afspraakje summier wil delen. Ze moet Malou weer om hulp vragen.

35

Door het douchegordijn heen voelt Malou hoe dichtbij Jayden is. Ze stopt haar vuist in haar mond om te voorkomen dat haar tanden gaan klapperen van angst. Jaydens schoenen schuiven tergend langzaam over de tegelvloer. Ineens geeft hij een gefrustreerde klap tegen het gordijn. De tropische print van palmbomen bij de zee met de ondergaande zon bolt haar richting uit. Malou drukt zichzelf in een reflex nog steviger tegen de muur om niet geraakt te worden. Gelukkig heeft ze haar angstkreet weten in te houden. Ze bijt nog wat harder op haar vuist terwijl tranen op haar wangen druppen. Het gordijn valt weer terug op zijn plek en even weet ze zeker dat het nog maar een kwestie van seconden is voordat het wordt opengerukt. Maar de seconden tikken verder en de kraan boven de wasbak wordt aangezet. Boven het stromende water uit hoort ze een spattend geluid en wat geproest. Is Jayden zijn verhitte gezicht aan het opfrissen? De kraan wordt weer uitgezet en de stilte keert terug. Het licht gaat uit en ze hoort dat Jayden de badkamer verlaat. Malou knijpt haar ogen een paar seconden dicht en zuigt haar longen voorzichtig vol met zuurstof. Haar hoofd knalt inmiddels bijna uit elkaar van de spanning en het laatste restje kater van alle shotjes aan de bar van Beach Club Blue. Ze spitst haar oren om elk geluid op te vangen dat verraadt waar Jayden zich nu bevindt. Er klinkt wat gerommel in de kamer en dan hoort ze zijn voetstappen weer duidelijk op de houten vloer. Een klik van een deur die wordt opengedaan en kort daarna een tweede klik, die meteen wordt gevolgd door het harde geluid van haar telefoon. Malou weet niet hoe snel ze het toestel uit haar broekzak moet halen en het gesprek moet wegklikken. Haar handen trillen zo erg dat ze haar telefoon bijna laat vallen als ze haar toestel in de stille modus wil zetten. Ze lijkt maar geen grip op het schuifje aan de zijkant van haar telefoon te krijgen, maar uiteindelijk lukt het precies voordat de beller van net een nieuwe poging waagt. *O mijn god, Hannah! Niet nu.*

Muisstil blijft Malou staan, alert op elk geluid dat op Jaydens mogelijke terugkeer in de kamer kan duiden. Heeft hij haar toestel over horen gaan of niet? Hoe gehorig is het hier eigenlijk? De tijd verstrijkt langzamer dan ooit en ze is bijna een zenuwinzinking nabij. Hoe lang moet ze wachten voordat het veilig is om uit haar schuilplaats te komen? Als Jayden na tien minuten nog niet terug is gekomen, schuift ze voorzichtig een stukje van het douchegordijn opzij. De deur van de badkamer staat wagenwijd open en daardoor kan ze tot in de kamer kijken. Voor zover ze kan zien, is er niemand in de kamer. Toch is ze er niet happig op om achter het douchegordijn vandaan te komen. De kamer lijkt leeg, maar Jayden kan zich net zo goed schuilhouden aan de andere kant van de openstaande badkamerdeur omdat hij net als zij is geschrokken van het geluid van haar telefoon en niet betrapt wil worden in Gijs' kamer. Als ze hier ooit weg wil komen, dan zal ze de gok moeten wagen en uit de badkamer moeten komen. Voorzichtig glipt ze achter het gordijn vandaan en duwt de deur zachtjes verder open tot de klink de muur raakt die erachter zit. Oké, geen Jayden achter de deur. Ze kijkt de kamer rond. Alles lijkt op zijn plek te staan. Jayden heeft na zijn zoektocht dus alles weer in de oorspronkelijke staat teruggebracht. Malou loopt naar de deur en legt haar oor ertegenaan. Er klinken geen geluiden vanaf de gang. Ze wacht nog even en als het stil blijft, zet ze de deur voorzichtig op een kier en gluurt erdoorheen. De gang is leeg. Vlug stapt ze de kamer uit en sluit de deur zo zachtjes dat ze twijfelt of hij wel goed dichtzit. Ze duwt tegen het hout en voelt alleen maar weerstand. De deur zit op slot. Ze moet zich inhouden om niet te gaan rennen.

Zweet parelt op Malou's voorhoofd als ze zo normaal mogelijk wegloopt bij Gijs' kamer. Pas als ze de deur van het trappenhuis achter zich heeft gesloten, zet ze het op een lopen. Ze moet naar buiten. No way dat ze dat blik met drugs mee naar haar kamer of die van Shanice neemt. De tas met het blik bonkt tegen haar rug bij elke gehaaste stap die ze neemt en ze heeft het gevoel dat ze een schietschijf op haar rug heeft. Ze dendert zo hard door dat ze bijna een trede mist en zich net kan vastgrijpen aan de leuning voordat ze valt. Van schrik slaakt ze een kreet en ze vervloekt zichzelf. Als ze haar hoofd er niet bij houdt, gaat het zeker mis. Ze neemt de laatste treden naar de begane grond met iets meer beleid en stuift dan het trappenhuis uit en in een lijn door naar buiten. Hijgend loopt ze bij het personeelsgebouw vandaan en pakt haar telefoon om Shanice te appen. *Kom nu naar ons plekje op het strand, dan praat ik je bij. We kunnen niet wachten tot het donker is.*

Oh my god, ben je oké? appt Shanice meteen terug.

Yes. Jij ook?

Ja. Ik kom nu naar je toe.

Malou is blij dat Shanice verder geen vragen stelt en doet wat ze vraagt. Ze wil zo min mogelijk informatie uitwisselen over de app om geen spoor van bewijs te creëren waar de politie iets mee kan en ook om zichzelf en Shanice te beschermen tegen Jayden en Kim. Gelukkig heeft Shanice ondanks hun verstoorde verhouding nog steeds aan een half woord van haar genoeg. Ze stopt haar telefoon weg en haast zich verder naar het stukje strand waar ze de afgelopen weken veel heeft gezeten met Shanice, voordat ze het meisje dat ze als haar vriendin begon te beschouwen samen zag met Gijs. Ondanks alles wat er nu gebeurd is en de uitleg die ze van Shanice heeft gehad, moet ze eerlijk aan zichzelf toegeven dat er van hernieuwd vertrouwen nog geen sprake is. Verder dan Shanice het voordeel van de twijfel geven kan ze niet gaan en het is de vraag of dat genoeg is om de shit waar ze nu in zitten goed te doorstaan. Malou zet haar telefoon weer op geluid, zodat ze geen belletjes of berichten van Shanice mist. Ze heeft het nog niet gedaan of Hannah probeert haar weer te bellen. Deze keer stuurt ze een autoreply met *Ik bel je later*. Snel daarna stuurt Hannah een app terug. *Ik moet je spreken, Malou, het is dringend.*

Ik heb nu echt even geen tijd, appt ze terug. *Crisis hier*, voegt ze er nog aan toe. Ze weet dat haar antwoord om uitleg vraagt van dingen die ze helemaal niet met Hannah wil delen, maar ze heeft even geen beter idee om Hannah koest te houden. Ze heeft echt even genoeg aan haar eigen sores en ze verzint samen met Shanice wel een smoes.

Oké. Kom vanavond even bij me langs als je kunt. Ik heb dringend je hulp nodig. Het heeft met de dood van Gijs te maken.

Wat dan? Malou's hart slaat even over.

Ik zie je vanavond.

Shit, wat heeft Hannah haar te vertellen? Ze moet het uit haar hoofd zetten totdat ze haar eigen ballast letterlijk kwijt is. Ze rent het laatste stukje naar het strand en gaat op de uitkijk staan. Tot haar opluchting ziet ze Shanice in de verte in hoog tempo aankomen.

36

Shanice trekt het laatste stukje een sprintje en is dan bij Malou. Hijgend valt ze Malou om haar nek. 'O, gelukkig is alles goed met je. Ik was zó ongerust. Je liet maar niks horen en ik durfde je niet te appen, omdat ik niet wist of je het geluid van je telefoon uit had staan.'

Waren maar meer mensen zo alert, denkt Malou met het onhandig getimede gebel van Hannah in haar achterhoofd. Moet ze Shanice vertellen dat Hannah misschien informatie heeft over de dood van Gijs? Vrijwel meteen besluit ze dat nog even niet te doen. Eerst maar eens horen wat Hannah te zeggen heeft en dan is het nog vroeg genoeg om Shanice er eventueel bij te betrekken. Voor nu moet ze het parkeren.

'O, ik ben zo blij dat het je is gelukt om ongezien weg te komen.' Shanice pakt haar nogmaals stevig vast.

'Nou, het scheelde niet veel. Toen Jayden de badkamer in liep, dacht ik echt dat ik er geweest was. Ik was zo bang.'

'O, ik had zo met je te doen. Hoe kan het ook dat Jayden precies die kamer binnenloopt om adressen van Gijs' familie te zoeken als wij daar ook zijn?'

'Hij was niet op zoek naar adressen, Shanice, dat was een lulsmoesje. Jayden was op zoek naar de pillen. Hij was blijkbaar op de hoogte van Gijs' schuilplaats onder de vloer. Hij was echt woedend toen hij zag dat de drugs weg waren.'

'O, nee!' Shanice kijkt haar geschokt aan.

'We moeten onmiddellijk van die troep af. We kunnen niet wachten totdat het donker is. Als Jayden dat spul op de een of andere manier op onze kamers vindt, dan maakt hij ons af. Nou ja, niet letterlijk, hoop ik maar...'

'Ik begrijp je punt. We moeten met alles rekening houden waar het Jayden betreft.' Shanice haalt haar rugzak van haar rug en gooit hem in het zand. Ze knielt erbij neer en haalt er twee lange broeken en hoody's uit. 'Hier, trek aan. Je zei dat de weg naar Blue Village nogal onbegaanbaar was en dat Hannah er nogal gehavend vandaan was gekomen. We moeten voorkomen dat we helemaal onder de krassen terugkomen, want dat roept alleen maar vragen op waar we niet op zitten te wachten.'

Malou pakt de kleren dankbaar van Shanice aan.

'We hebben wel ongeveer dezelfde maat, denk ik.' Shanice is al bezig om haar broek en hoody aan te trekken over haar korte broek en shirt. Malou volgt vlug haar voorbeeld.

'Jij weet waar dat Blue Village ligt, toch?'

'Ik denk dat ik een eind moet komen aan de hand van Hannahs beschrijving.'

'Oké, *let's do this.*'

'Het grenst aan de achterkant van het terrein van het resort. Daar schijnt een totaal verwilderd en overwoekerd pad te zijn dat uiteindelijk uitkomt bij Blue Village.'

'Oké, dan kunnen we het beste zo lang mogelijk over het strand lopen, dan lopen we zo min mogelijk kans om gezien te worden. Verderop is een opgang waar je vanaf het strand het resort op kunt komen en vice versa. Die opgang grenst bijna aan het einde van het terrein.'

Malou knikt instemmend en in stevige looppas beginnen ze aan hun wandeling. Tot hun opluchting komen ze nauwelijks mensen tegen op het strand.

'Ik heb nog eens zitten nadenken over die naam, Blue Village. Op de een of andere manier kwam die naam me bekend voor, maar ik kon me niet meer herinneren waarvan. Maar nu weet ik het weer. In dat hok achter de receptie staat een afgesloten kast,' vertelt Shanice.

'Die grijze, bedoel je, die naast het kopieerapparaat staat?'
'Ja, die. Dat ding zit altijd op slot en alleen Jayden en Kim hebben de sleutel. Toen ik een keer receptiedienst had, was het heel druk. Allemaal gasten die precies tegelijk arriveerden. Kim was in het hok achter de receptie en sprong bij om mensen niet te lang te laten wachten. Op een gegeven moment moesten er kopieën van paspoorten gemaakt worden en ze vroeg mij dat te doen. Toen ik daarmee bezig was, zag ik dat die grijze kast niet goed was afgesloten. Kim moet het in haar haast om bij te springen achter de receptie vergeten zijn. Ik was nieuwsgierig wat er in die kast zat en heb toen snel gekeken.'

'En?'

'Allemaal blauwe mappen met administratie van het resort van de afgelopen jaren. Op de ruggen van de mappen zaten stickers waar de jaartallen op waren geschreven met zwarte stift.'

'Niks bijzonders dus.'

'Wacht even,' gaat Shanice verder. 'Tussen al die blauwe mappen stond één zwarte map. Ook die map had een sticker op de rug. Drie keer raden wat daar op stond.'

'Blue Village?'

'Juist! De vraag is waarom Jayden en Kim een hele map hebben van dat krottendorpje, want meer is het toch niet volgens Hannah?'

'Klopt,' zegt Malou. 'En volgens mij wekte Kim bij Hannah de suggestie dat het ook niet bij het resort hoort en dus niet van Kim en Jayden is, maar dat weet ik niet zeker.'

'Hm, dat maakt het nog vreemder dat ze een map over Blue Village in hun kast hebben staan. Ik ben nu wel heel nieuwsgierig wat er in die map zit.'

'Maar dat wordt lastig, toch? Die kast is hermetisch afgesloten en ik zou niet weten hoe we aan een sleutel moeten komen...'

'Misschien hoeft dat ook niet.'
'Wat bedoel je?'
'Pillen dealen is niet mijn enige zonde in dit leven. Ik ben ook vrij bedreven in het openmaken van sloten. Zonder sleutel, bedoel ik dan.' Shanice kijkt haar met een triomfantelijke blik aan.
'We gaan dus inbreken? Ik weet even niet of ik nog zo'n stressmoment aankan nadat Jayden me bijna op Gijs' kamer heeft betrapt.'
'Jij hoeft alleen maar op de uitkijk te staan, ik doe de rest.'
'No way! Ik heb me al in die pillenzooi van jou en Gijs laten betrekken en dat is al meer dan ik aankan. We dumpen die troep en dan wil ik er niks meer mee te maken hebben. Voordat ik hier kwam bestond mijn enige criminele daad uit bloemetjes jatten uit de tuin van de buren. Toen was ik vijf.'
'Wat schattig.' Shanice begint hardop te lachen.
'Lach je me nou uit omdat ik me wel aan de regels probeer te houden?'
Shanice werpt een veelbetekenende blik op Malou's rugzak. 'En lukt dat een beetje, Malou, je aan de regels houden? En nou niet mij en Gijs de schuld geven, want je hebt zelf die zakjes uit zijn kamer gejat.'
Malou zucht geërgerd, omdat ze weinig tegen de woorden van Shanice in kan brengen.
'Kijk, daar heb je de opgang naar het resort.' Shanice wijst naar een houten trap die zo'n honderd meter verderop te zien is aan hun rechterhand. 'We hebben het later nog wel over die kast. Eerst dit maar even fixen.' Ze rent naar de trap en vliegt met twee treden tegelijk omhoog. Malou volgt haar zo snel ze kan. Hoe eerder ze dat blik kan dumpen, hoe beter.
Bovenaan de trap slaan ze links af en lopen al snel tegen een naar het zich laat aanzien verwilderde en ondoordringbare haag aan. Voor zover ze kunnen zien loopt de haag langs de hele rand van het terrein. 'Er zou ergens een doorgang moe-

ten zijn, volgens Hannah,' mompelt Malou. 'Ik vraag me alleen af hoe ze die in godsnaam in het donker gevonden heeft terwijl wij hem bij daglicht al niet zien.'

Shanice is zo druk met het grondig inspecteren van de haag dat ze Malou niet lijkt te horen. Er komt in elk geval niet meteen een reactie van haar kant. Uiteindelijk komt er toch antwoord: 'Weet je, in plaats van dat je daar staat te zuchten kun je ook meezoeken naar een opening. Als jij de linkerkant voor je rekening neemt, dan doe ik de rest.'

'Ja, ja, natuurlijk.' Malou loopt dichter naar de heg toe en bekijkt hem minutieus. Nadat ze een paar meter heeft afgespeurd, valt haar iets op. 'Het lijkt hier terug te lopen, Shanice. Wacht even, ik probeer wat takken aan de kant te doen.'

'Ik kom je helpen.' Shanice rent naar haar toe en samen duwen ze wat meterslange strengen klimop aan de kant. Achter de ondoordringbaar ogende slierten vinden ze een opening waar ze zichzelf gebukt doorheen kunnen wurmen.

'Oké, met een beetje fantasie zou je kunnen zeggen dat dit een pad is?' mompelt Malou.

'*Sort of...*' Shanice wurmt zich langs Malou heen. 'Ik ga wel voor.'

'Let op voor die takken, hè.'

'Zet de capuchon van je hoody op,' commandeert Shanice terwijl ze haar eigen capuchon opzet.

'Waarom?'

'Jemig, kun jij ook eens iets doen zónder vragen te stellen? Om je hoofd te beschermen, chick. Tegen die uitstekende takken van je.'

Malou gaat maar even niet meer tegen Shanice in en ploetert zo goed en zo kwaad als het lukt achter haar aan. Het lijkt een eeuwigheid te duren voordat Shanice roept: 'Het einde is in zicht en ik zie een hek. O, pas op, er zitten hier nog wat venijnige prikkelstruiken.'

Malou strekt haar rug als ze eindelijk weer genoeg ruimte

heeft om rechtop te staan. Shanice is al over het hek geklommen, waar een houten bord aan hangt met de naam BLUE VILLAGE. Met een plof landt ze op het weerbarstige terrein met vervallen gebouwtjes. 'Mijn hemel, de term barakken is nog te veel eer voor deze krotten,' concludeert ze als ze zich van het hek af laat zakken. Shanice duwt Malou een roestvrijstalen schepje met een scherpe punt in de handen. Zelf houdt ze er ook een vast.

'Hoe kom je daar nou weer aan?' vraagt Malou haar.

'Geleend uit het gereedschapshok toen jij de douche van Gijs stond te bewonderen. Als we dat blikje onder de grond willen verstoppen, dan zullen we toch moeten graven. Een grote schep zou te veel opvallen, dus daarom twee *second-best* exemplaren.'

'Wow, je bent wel echt goed voorbereid. Ik zou waarschijnlijk nu pas ter plekke bedenken dat een schepje wel handig zou zijn.' Malou kan de bewondering in haar stem niet onderdrukken.

'Ik denk graag tien stappen vooruit,' glimlacht Shanice. 'Dat heeft me al vaak uit de problemen gehouden. Goed, laten we het terrein verkennen en een mooi plekje uitzoeken. Daar achter die struiken misschien.' Ze wijst naar de plek die ze bedoelt en loopt ernaartoe. Het ligt aan de linkerkant van het terrein, vlak naast de buitenste rij barakken. De struiken doen Malou denken aan de uit de kluiten gewassen laurierhaag in haar ouders' tuin, maar de dikke stammen en grote groene bladeren wijken net te veel af om ervoor door te kunnen gaan. Shanice duwt her en der wat takken aan de kant en inspecteert de bodem. 'Hier staan de stammen wat verder van elkaar af, zie je dat?'

Malou buigt zich voorover en knikt.

'Laten we het hier proberen.' Shanice knielt neer en ramt de punt van haar schepje met volle kracht in de grond. 'Ah, mijn pols.' Ze trekt een pijnlijk gezicht als haar schepje terugkaatst zonder zelfs maar een gaatje in de grond te krijgen. 'Die grond is zo hard, het lijkt wel versteend.' Met een verbeten gezicht begint ze weer te hakken met haar schepje. Malou waagt een stukje verderop een poging. Na een kwartier zijn ze allebei bezweet van de inspanning, maar zijn ze nog geen stap verder.

'Dit schiet niet op. Je hebt minstens een drilboor nodig om hierdoorheen te komen.' Gefrustreerd geeft Shanice nog een laatste klap op de grond en staat dan op.

'Als ik zo om me heen kijk, dan vrees ik dat er op dit hele terrein geen doorkomen aan is.' Malou veegt hijgend het zweet van haar voorhoofd. 'Misschien moeten we proberen het daar achter een van die bouwvallen in dat hoge gras aan de overkant te leggen en er dan wat takken en zo op gooien? Het is niet ideaal, maar dan ligt het in elk geval niet direct in het zicht. Als we een betere plek hebben verzonnen, dan halen we het hier meteen weg.'

Shanice trekt een moeilijk gezicht. 'Hm, ik weet het niet, hoor. Ik vind het tricky.'

'Ik geef toe dat het een risico is, maar ik heb niet bepaald de indruk dat hier vaak mensen komen. Hoe dan ook, ik neem die troep in elk geval niet mee terug naar mijn kamer en als ik jou was, zou ik dat ook niet doen. Jayden wil dat spul heel graag hebben en je wilt echt niet het risico lopen dat hij je ermee betrapt.'

'Hoe zou hij me moeten betrappen? Het is niet logisch dat hij opeens naar mijn kamer gaat, toch?'

'Voor iemand die beweert altijd tien stappen vooruit te denken ben je wel naïef. Natuurlijk gaat hij je kamer wel doorzoeken. Jij bent op de hoogte van die pillen en nu Gijs er niet meer is, ben jij waarschijnlijk nummer één op zijn verdachtenlijstje. Bovendien heeft hij je betrapt op Gijs' kamer vanmiddag. Shanice, jij hebt niet gehoord hoe boos hij was toen hij die lege opbergplek aantrof. Ik wel. Geloof me, hij zal alles op alles zetten om die pillen terug te vinden.'

'Ja, hou maar op. Je hebt ook gelijk. Ik heb er gewoon moeite mee om dat spul hier zo achter te laten. Weet je wel hoeveel het waard is?'

'In elk geval minder dan je leven.'

Shanice' gezicht vertrekt. 'Oké,' antwoordt ze uiteindelijk met tegenzin. 'Jij je zin. Maar ik wil nog even in die barakken kijken of we het niet beter daar kunnen verstoppen.' Nadat ze er vijf vanbinnen heeft bekeken, schudt ze haar hoofd. 'Laten we het toch maar flink goed wegstoppen in het gras, die hutten hebben geen goede verstopplekken.'

Zwijgend beginnen ze met het verzamelen van rotsachtige stenen en takken en brengen die naar de achterkant van het terrein, waar het gras torenhoog staat. Malou zet het blik ertussen en buigt het platgetrapte gras terug. 'Dit zie je echt niet. Als we er ook nog wat zooi omheen draperen, dan moet het goed komen.' Ze begint wat stenen tegen, om en op het blik te stapelen. Ze hebben bijna dezelfde kleur grijs. Shanice legt de takken en uitgedroogde blaadjes die ze hebben verzameld er slordig bovenop in een poging het geheel een natuurlijke look te geven. Van een afstandje bekijken ze hun werk. Malou knikt tevreden. 'Dit zou voor nu voldoende moeten zijn.'

'Eens,' beaamt Shanice. 'En nu wegwezen hier.'

37

Hannah veegt haar zweterige handen af aan de zijkant van haar spijkerbroek. Over drie kwartier wordt ze verwacht bij Blue Village en hoopt ze meer te weten te komen over de anonieme afzender van de kaarten en de raadselachtige boodschappen die ze tot nu toe heeft ontvangen. Malou kan hier elk moment zijn om op Vera en Max te passen. Het was niet makkelijk geweest om het meisje zover te krijgen, maar uiteindelijk had ze toch sputterend ingestemd, nadat Hannah haar summier had verteld over de kaarten en de suggestie die werd gedaan dat de dood van Christiaan en die van Gijs mogelijk iets met elkaar te maken hebben. Liever had ze Malou niets verteld totdat ze meer informatie had, maar ze moest haar iets geven om haar hier te krijgen.

Voor de zoveelste keer opent ze haar tas en controleert de inhoud. In het chaletje bleken handige dingen te liggen, en ze had zelf het een en ander mee. Deze keer gaat ze volledig voorbereid naar de verlaten plek. Zaklamp, snoeischaar, multitoolzakmes, kleine spuitbus haarlak (bij gebrek aan pepperspray), volledig opgeladen telefoon. Haar bankpasjes, creditcard en identiteitspapieren heeft ze eruit gehaald, mocht ze worden aangevallen, dan kunnen die in elk geval niet gejat worden. Het enige pasje dat ze nog bij zich draagt, is dat van haar ziektekostenverzekering, dat moet voldoende zijn om zich te identificeren mocht het nodig zijn. Als laatste checkt ze het vakje waar ze wat handgeld ter waarde van twintig euro in heeft gestopt. Ze zou niet weten waar ze het voor nodig

heeft, maar om helemaal zonder cash op pad te gaan voelt ook niet goed.
Hannah kijkt weer op de klok. Malou moet opschieten, want de tijd begint te dringen. Als ze op het punt staat om haar een appje te sturen, wordt er op de deur geklopt. Ze vliegt naar de deur en rukt hem open. 'O, gelukkig, ik was al bang dat je alsnog zou afhaken.'
'Sorry, ik was in slaap gevallen. Het zijn nogal vermoeiende dagen.'
'Verdriet is slopend, het woont je helemaal uit. Ik weet er alles van. Ik zou willen dat ik je niet lastig hoefde te vallen, maar ik wist niet wie ik anders moest vragen. Jij bent op dit moment de enige die ik vertrouw.'
'Ik vind het echt helemaal niks dat je alleen op pad gaat. Vertel me nou waar je hebt afgesproken, dan weet ik in elk geval waar ik je moet gaan zoeken als je niet terugkomt. Je hoeft niet bang te zijn dat ik je stiekem volg. Ik kan je kinderen toch niet alleen laten?'
Dat laatste trekt Hannah over de streep. 'Oké, ik heb om middernacht afgesproken op het terrein van Blue Village. Je weet wel, dat verwaarloosde terrein waar ik je pas over vertelde.'
Malou's gezicht verkrampt even en ze begint op haar lip te bijten. 'Is er iets?'
'Nee, niks. Of eigenlijk wel. Kun je niet op een minder afgelegen plek afspreken? Dit is vragen om moeilijkheden.'
'Het was niet echt alsof ik een keuze had of zo. Het was in mijn eentje naar die plek komen of met lege handen staan. Ik vind dat ik de gok moet wagen. Bovendien heb ik geen flauw idee hoe ik contact moet opnemen met een anoniem persoon om een andere locatie voor te stellen. Het is wel duidelijk dat de persoon die ik ga ontmoeten er alles aan doet om uit het zicht te blijven, en waar kun je dat beter doen dan op een afgelegen plek waar nooit iemand komt? Nou ja, bijna nooit.'

'Toch vind ik het nog steeds geen goed idee.'

'Ben ik nog steeds met je eens, maar dit is wel hoe ik het ga doen. Als Christiaans dood geen gewoon ongeluk is geweest, dan moet ik dat weten. Ik zal nooit meer rustig kunnen slapen als ik de mogelijkheid om meer te weten te komen laat gaan, dat snap je toch wel? Jij wilt toch ook weten wat er precies met Gijs is gebeurd?'

'Ja...'

'Nou, ook daar hoop ik straks meer over te weten. Geef me twee uur en als ik dan nog niet terug ben, dan bel je de politie.'

'De politie?'

'Ja, om me te zoeken.'

'Je bedoelt dat ze moeten gaan zoeken bij Blue Village?' Malou knakt haar vingers en de zorgelijke blik op haar gezicht ontgaat Hannah niet. Het meisje zit duidelijk ergens mee, maar de minuten tikken door en ze heeft geen tijd om er nu dieper op in te gaan. 'Kan ik op je rekenen?'

Malou staart afwezig voor zich uit en lijkt haar niet te horen.

'Malou!'

'Ja, ja... Natuurlijk kun je op me rekenen.'

'Wens me dan maar succes, want ik moet nu echt gaan om nog op tijd te komen. Als je honger of dorst hebt, dan trek je de kast in de keuken maar open. In de koelkast staat nog een halve fles wijn en wat koude cola.'

'Ik denk niet dat ik een hap of een slok door mijn keel krijg tot je terug bent. Nou, tot straks dan maar. Succes. En Hannah? Doe alsjeblieft voorzichtig.'

'Uiteraard.' Hannah verlaat gehaast de woonkamer. Als ze met de voordeur in haar handen staat en nog een keer omkijkt, ziet ze dat Malou haar niet is gevolgd. Nou ja, ze hoeft van haar op dit moment niet veel te vrezen, het meisje is duidelijk de kluts kwijt door de dood van Gijs. Zachtjes trekt ze de deur achter zich dicht, hangt haar tas om haar schouder en zet het donkerblauwe baseballpetje op dat ze sneaky uit Max' koffer heeft gepakt. Met een knoop in haar maag die steeds strakker trekt, gaat ze op weg. Op het gezoem van wat muggen na is het stil op het resort. Waar ze die stilte de eerste dagen heerlijk vond, heeft die nu iets onheilspellends. Door de dood van Gijs is de sfeer op het park onaangenaam veranderd. Iedereen loopt een beetje met zijn ziel onder zijn arm en het gros van de gasten weet niet zo goed wat ze met de situatie aan moeten. Jayden en Kim doen hun best om alles in goede banen te leiden en de gasten gerust te stellen. De herdenkingsbijeenkomst voor Gijs die ze voor morgenmiddag hebben aangekondigd in de ontspanningsruimte is daar een voorbeeld van. Vera heeft al gezegd dat ze erheen wil. Maar morgen is nog ver weg. Ze moet zich nu volledig focussen op haar geheime ontmoeting. In haar hoofd herhaalt ze alle vragen die ze heeft nog maar een keer, wetende dat ze geen idee heeft hoe het straks loopt en of ze überhaupt vragen kan stellen. Ondertussen houdt ze de pas er flink in om voor de afgesproken tijd bij Blue Village te zijn, zodat ze het terrein vast kan verkennen. Hannah slaat het weggetje in dat leidt naar de dichte haag waar het zo goed als onbegaanbare pad doorheen loopt. Ze pakt alvast haar snoeischaar en zaklamp uit de tas en zet haar telefoon op de recorderstand voordat ze hem in haar broekzak stopt. Ze wil elk woord dat gesproken wordt vastleggen voor het geval ze uiteindelijk naar de politie moet.

Met de snoeischaar in de aanslag baant ze zich zo goed en zo kwaad als het gaat een weg over het overwoekerde pad. Met de takken van de venijnige prikkelstruik waar ze zich een paar dagen geleden aan heeft bezeerd, maakt ze korte metten. Ze is blij als ze eindelijk het hek aan het einde van het pad ziet verschijnen. *Licht aan het einde van de tunnel...* Aarzelend stapt ze de open ruimte voor het hek op. Ze komt ogen tekort om de omgeving in de gaten te houden. Met haar zaklamp op de felste stand schijnt ze over het terrein. Net als de vorige keer krijgt ze de kriebels van de halfvergane barakken die stuk voor stuk een sinistere uitstraling hebben. Voor zover ze kan zien is het terrein verlaten. Dat er nog barakken op het terrein staan waar iemand zich op dit moment in schuil kan houden, probeert ze maar even uit haar hoofd te zetten. Wat zal ze doen? Hier blijven staan of over het hek klimmen? Ze probeert in te schatten vanaf welke plek ze de beste vluchtmogelijkheden heeft, mocht dat nodig zijn. Het hek is een extra obstakel.

'Dag Hannah, fijn dat je gekomen bent,' onderbreekt een mannenstem haar risicoanalyse. Achter een van de barakken komt iemand tevoorschijn. Zonder na te denken richt ze de zaklamp op hem. Haar handen trillen zo erg van schrik dat ze de lamp met twee handen vast moet houden om te voorkomen dat hij valt. De man staat meteen stil en schermt met zijn onderarm zijn ogen af tegen het felle licht. 'Wil je alsjeblieft die lamp naar beneden doen, je verblindt me. Ik doe je niks.'

'Hoe weet ik dat ik je kan vertrouwen?'

'Dat weet je niet. Het enige wat ik voor je heb, is mijn woord zoals ik dat ook ooit aan Christiaan gaf. Hij vertrouwde me.'

Bij het horen van de naam van haar overleden man laat ze haar armen zakken. De lichtbundel richt zich automatisch op de grond. De man haalt zijn arm weg voor zijn gezicht en loopt naar het hek. Hannah zet een stap naar voren zodat ze zijn gezicht beter kan zien. 'Tobias? Tobias was het toch?' mompelt ze verbaasd.

38

'Wat... Ben jij... Hoe ken je Christiaan?' Hannah kijkt met open mond naar de man die ze bij het zwembad heeft gesproken toen de geruchten zich begonnen te verspreiden dat er iemand was verdronken bij de kajaktocht. Toen kwam hij uiterst labiel en kwetsbaar over, maar daar is nu helemaal niets meer van terug te zien. Het lijkt wel of er een compleet andere man voor haar staat.
'Hoe ik Christiaan ken?' herhaalt hij haar vraag. 'Dat is een lang verhaal dat ik zo kort mogelijk zal proberen te vertellen.'
'Nou, ik wil vooral alles weten. Maar jij zat dus achter die raadselachtige kaarten?'
'*Guilty*.' Tobias steekt in een verontschuldigend gebaar zijn handen in de lucht.
'Weet je verdorie wel wat je veroorzaakt hebt? Waarom heb je me niet gewoon meteen benaderd voor een gesprek? Ik was doodsbang.'
'Ik kon geen enkel risico nemen dat je misschien niet met mij in gesprek wilde en ik moest anoniem blijven voor het geval een van ons in de gaten werd gehouden. Deze zaak is alles voor me, alles. Door je kleine speldenprikjes te sturen hoopte ik je interesse en nieuwsgierigheid zo aan te wakkeren dat je bereid zou zijn met me af te spreken. Dat doel heb ik bereikt.'
'Noem je suggereren dat mijn man vermoord is kleine speldenprikjes?' vraagt Hannah verontwaardigd.
'Luister alsjeblieft eerst naar me.'

'Waar was Christiaan bij betrokken? Zeg op!'
'Jouw man, Hannah, was een belangrijke klokkenluider in een groot Europees witwasonderzoek.'
'Hij was wát? Christiaan was socialmediamanager van de Nederlandse tak van Sunny Parks. Wat heeft dat met witwassen te maken?'
'Het Europees Openbaar Ministerie, ook wel EOM genoemd, doet met behulp van onder andere de FIOD, de fiscale inlichtingen- en opsporingsdienst, onderzoek naar vermeende fraude en witwaspraktijken van de Sunny Parks Group. Het EOM is het onafhankelijke openbaar vervolgingsorgaan van de Europese Unie dat fraude en corruptie binnen de Europese Unie mag onderzoeken. Ze hebben de bevoegdheid om te vervolgen en aan te klagen via nationale rechters. De club is nog niet zo lang actief. Het onderzoek naar mogelijke fraude en witwaspraktijken bij de Sunny Parks Group was een van de eerste grote zaken nadat een Nederlandse klokkenluider melding bij de FIOD had gedaan van ongeregeldheden in de boekhoudingen. De FIOD had Sunny Parks al sinds 2020 op de radar, maar het ontbrak aan concreet bewijs.'
'En die Nederlandse klokkenluider was mijn Christiaan?'
'Klopt. Zijn eerste melding kwam op mijn bureau terecht.'
'Even voor de duidelijkheid: jij bent dus van de FIOD.'
'Correct.'
'Maar nogmaals, Christiaan was socialmediamanager en had niks met de financiële administratie te maken.'
'Christiaan vond op een gegeven moment een dikke envelop in zijn postvak waar met dikke letters VERTROUWELIJK op stond. Toen hij de envelop openmaakte vond hij een complete uitgeprinte schaduwboekhouding van alle Nederlandse Sunny Parks over het jaar 2020. Er zat een geeltje op met de tekst: *Ik ben te laf om dit naar buiten te brengen, misschien durf jij het wel aan.*'
'Aha, dus Christiaan werd gevraagd het vuile werk van ie-

mand anders op te knappen. Een vraag waar hij door zijn grote rechtvaardigheidsgevoel geen nee op kon zeggen.'

Tobias knikt instemmend. 'Christiaan heeft eerst geprobeerd de afzender van de geheime stukken te achterhalen, maar tot op de dag van vandaag zijn we er niet achter wie ze aan hem gestuurd heeft. Het vermoeden is dat het iemand van de financiële administratie is geweest die groot vertrouwen in Christiaan had en hem goed genoeg kende om te weten dat hij er uiteindelijk mee aan de slag zou gaan.'

'En jij denkt dat dat hem zijn leven heeft gekost?'

'Ik vrees van wel. Hij begaf zich op gevaarlijk terrein en heeft daar helaas de prijs voor moeten betalen. We hebben ons onder de radar begeven, maar op de een of andere manier is iemand er toch achter gekomen dat hij contact met mij had en op het punt stond belangrijke bewijsstukken aan te leveren.'

'Maar je had die schaduwboekhouding toch al?'

'Was dat maar waar. Christiaan en ik hebben heel wat gesprekken gevoerd voordat hij me eindelijk genoeg vertrouwde om de stukken aan te leveren. In Nederland gaan we niet altijd zorgvuldig om met klokkenluiders en dat was Christiaan niet ontgaan. Het beeld van de klokkenluider van de bouwfraude die jarenlang met zijn vrouw in een camper woonde, omdat de overheid hem kapot probeerde te maken, stond hem nog helder voor ogen. Hij wilde garanties dat jij en de kinderen niet meegesleept werden in de zaak en dat jullie beschermd zouden worden als het uit de hand zou lopen.'

'Nou, het ís uit de hand gelopen, maar ik heb niks van bescherming gemerkt,' wrijft Hannah hem verontwaardigd in.

'Neem van mij aan dat op de achtergrond van alles gaande is waar jij geen weet van hebt.'

'*Yeah, right*. Maar goed, ga verder met je verhaal,' spoort Hannah Tobias aan.

'Op het moment dat Christiaan werd aangereden, was hij op weg naar mij om de stukken te overhandigen. Weken van tevoren was hij in zijn lunchpauze al begonnen met een dagelijkse wandeling naar het Sonsbeekpark om voor de buitenwereld een vaste routine op te bouwen. Hij ging altijd alleen en nam steevast een koffer met werk mee. Zijn collega's waren gewend aan dat dagelijkse patroon en daarom dachten we ook dat hij onopvallend naar zijn afspraak met mij kon gaan met in zijn koffer de stukken die ik nodig had voor de voortgang van het onderzoek. Blijkbaar hebben we ons onterecht rijk gerekend.'

'Maar er is niks bij zijn lichaam gevonden. Geen koffer of wat dan ook. Zelfs geen telefoon. Alleen een zakje met geplette boterhammen dat hij in zijn jaszak had. De politie denkt dat zijn mobiel tijdens het ongeluk uit zijn hand is geslingerd en ergens op straat terecht is gekomen. Ze gaan ervan uit dat iemand hem daar zag liggen en hem toen gejat heeft. Er is namelijk wel een getuige die heeft gezien dat hij met zijn mobiel bezig was toen hij overstak. Daardoor heeft hij die dronken automobilist waarschijnlijk niet op tijd gezien en kon hij zichzelf niet meer in veiligheid brengen.'

'Ik ben op de hoogte van de theorieën van de politie. We hebben het vermoeden dat niet alleen zijn telefoon, maar ook de koffer is ontvreemd voordat de hulpdiensten aanwezig waren. Dat kan in alle commotie na het ongeluk makkelijk gebeurd zijn.'

'En jij denkt dat Sunny Parks daarachter zit? Dat zij over lijken zijn gegaan om die stukken uit handen van de FIOD te houden? Wat kan er zo belangrijk zijn dat het zelfs mensenlevens mag kosten?'

'Geld en het witwassen daarvan. Uit de stukken die Christiaan in zijn bezit had, zou zwart-op-wit moeten blijken dat in elk geval de Nederlandse tak van Sunny Parks op papier luxe chalets verhuurde die in de praktijk helemaal niet bestonden. Ze hielden een boekhouding bij met nepboekingen en stuurden daarvoor nepfacturen uit. Die fictieve verhuur was een zeer lucratief witwasmodel dat jaarlijks vele miljoenen legaliseerde.' Aangezien Sunny Parks parken en resorts in heel Europa heeft, leek het niet meer dan logisch om het onderzoek te upgraden naar Europees niveau en zijn we als FIOD een samenwerking aangegaan met de EOM.'

Tobias zwijgt even en als hij Hannah aankijkt, knikt zij om hem aan te sporen verder te vertellen. 'En toen sloeg in de zomer van 2021 het noodlot toe. Ik ging met mijn zoon Dave samen op vakantie, ik had veel werkstress en wilde even samen met mijn zoon zorgeloos van de zon genieten. Via een reisbureau boekte ik voordelig een verrassingstrip naar een zonnige locatie. En wat bleek toen ik vlak voor vertrek alle informatie ontving: we gingen naar een resort in Macedonië dat onderdeel van Sunny Parks was. Ik twijfelde of dit nu wel zo handig was, werk en privé op die manier samen laten komen... Maar ik was het Dave na mijn afwezigheid door werk de afgelopen jaren verschuldigd er écht een vakantie van te maken, dus ik besloot me ook gewoon als een vakantieganger te gedragen. Natuurlijk zou ik alert blijven en mocht ik iets verdachts zien daar, dan zou ik het niet negeren, maar ik was daar met mijn zoon. Ik was daar niet als FIOD-medewerker. Maar toen...' Tobias moet even slikken en Malou ziet dat hij geëmotioneerd raakt.

'Wil je even pauzeren?' stelt ze hem voor.

'Nee, ik moet je dit vertellen. In eerste instantie was het een fijne vakantie. Dave maakte al snel vrienden met wie hij dagelijks optrok en ik kwam tot rust. Maar toen ging mijn zoon met zijn nieuwe vrienden naar zo'n strandfeest dat elke vrijdagavond wordt georganiseerd in samenwerking met Beach Club Blue. Dat deden ze toen al en dat doen ze nu nog steeds. Ik vond het zo fijn om te zien dat hij een goede tijd had, dat ik weinig vragen stelde en me niet verdiept had in de jongens met wie hij omging en dat neem ik mezelf tot op de dag van vandaag kwalijk. Dave was een onzekere jongen die dat met een grote bek probeerde te verbergen. Hij was ontzettend be-

invloedbaar en kon rare stunts uithalen om in de gratie te komen bij jongens die hij bewonderde. Maar doordat Gijs, Erik en dat meisje er ook zouden zijn leek het me onschuldig.'
'Shanice, bedoel je?'
'Ja, die bedoel ik. Omdat de crew van het animatieteam aanwezig was, vond ik het goed dat Dave naar dat feest ging en ik gunde hem die avond uit. Ik ging ervan uit dat hij in goede handen was en dat ze hem tot de orde zouden roepen als hij zich te veel liet gaan. Dave vertrok en ik bleef achter in ons chalet om gewoon wat te lezen, een biertje te drinken. Had ik maar geweten dat het de laatste keer was dat ik hem zou zien...' Tobias wrijft met zijn handen over zijn gezicht en moet eerst iets wegslikken voordat hij verder kan gaan. 'Ik ben in slaap gevallen op de bank. Toen ik wakker werd omdat ik gek lag, was het al vier uur 's nachts. Ik ben meteen naar zijn kamer gelopen, omdat ik het vreemd vond dat ik niet wakker was geworden toen hij thuiskwam. Zijn bed was leeg en volledig koud en onbeslapen. Ik kan je niet uitleggen wat er toen door me heen ging.'

'Dat hoeft ook niet, want ik weet precies hoe dat voelt.' Hannah vertelt Tobias over die nacht, Vera's gaten in haar geheugen en haar ontdekking van deze plek tijdens haar zoektocht naar Vera. Tot Tobias haar onderbreekt.

'Maar jouw Vera is tenminste weer thuisgekomen. Helaas is het voor mijn Dave minder goed afgelopen. Hij is tot op de dag van vandaag niet gevonden. Ze hebben destijds een paar weken intensief naar hem gezocht, maar het heeft niks opgeleverd. Hij is voor het laatst gezien bij het meer in aangeschoten toestand, maar er is niemand die weet wat er met hem gebeurd is of die hem heeft zien verdwijnen. Ik heb sterk het gevoel dat hij het meer in is gelopen en is verdronken, maar zijn lichaam is niet gevonden door duikers en ook niet elders aangespoeld. Doordat zijn lichaam niet gevonden is, kan ik het niet afsluiten.'

'Daar kan ik me alles bij voorstellen. Die onzekerheid moet afschuwelijk zijn en je dag en nacht in beslag nemen.'

'Dat klopt. Ik was volledig van de kaart na Daves verdwijning. Meerdere keren ben ik teruggegaan naar het resort; ik moest en zou antwoorden vinden, dit kon niet het einde zijn. Zo ben ik ook hier op Blue Village gestuit. Ik wist meteen dat er iets niet klopte en dat deze verrotte plek iets te maken moest hebben met de financiële misstanden, maar mijn leidinggevende vond het maar niks dat ik op eigen houtje onderzoek deed en nam weinig van me aan. Ik heb een boel stennis getrapt hier en daardoor mijn krediet verspeeld bij Jayden en Kim. Met hen aanpappen om zo veel mogelijk te weten te komen, zat er niet meer in. Vorig jaar kwam het tot een soort explosie en daarna heeft de FIOD me op non-actief gezet, maar ik laat me niet aan de kant schuiven. Ik zal niet rusten totdat ik weet wat er met Dave is gebeurd en Jayden en Kim gepakt zijn.'

'Denk je dat ze iets te maken hebben met de verdwijning van Dave?'

'Misschien niet direct, maar ik hou ze wel verantwoordelijk, samen met die vent van Beach Club Blue.'

'Nikola.'

Tobias knikt. 'Als je die strandfeesten organiseert en je animatieteam erheen stuurt om een oogje in het zeil te houden, dan ben je er ook verantwoordelijk voor dat ze goed verlopen en dat er geen illegale dingen gebeuren.'

'Eens. Je moet er als ouder van uit kunnen gaan dat de dingen die hier door of namens het resort worden georganiseerd en begeleid, veilig zijn voor je kinderen.'

'Ik heb Jayden hier het afgelopen jaar regelmatig op aangesproken, maar hij wuift alle verantwoordelijkheid weg. Het is inmiddels zo geëscaleerd dat hij me van het resort af laat schoppen door de beveiliging zodra hij me ziet.'

'Ja, dat zag ik laatst bij het zwembad toen het net bekend werd van dat ongeluk bij de kajaktocht.'

'Als het een ongeluk was.'
'Denk je dat die boot opzettelijk...? Net zoals die auto bij Christiaan?' vraagt Hannah geschokt. 'Had Gijs net als Christiaan informatie over die nepverhuur?'
'Dat denk ik niet, maar Gijs had wel andere belastende informatie waar hij in elk geval Jayden flink mee in de problemen kon brengen. Ik heb hier het afgelopen jaar intensief geobserveerd zonder dat Jayden het doorhad en ik heb nog een delicate zaak ontdekt. Jayden zet een aantal personeelsleden niet alleen in voor het werk op het resort, maar laat ze ook drugs dealen. Gijs was een van die dealers.'
'Wát?!' Hannah kan haar oren niet geloven.
'Het spul wordt over het Meer van Ohrid aangevoerd vanuit Albanië. De transporten vinden 's nachts plaats. Het is me een paar weken geleden eindelijk gelukt om zo'n transport ongezien te filmen. Jayden en Gijs zijn op het filmpje duidelijk te zien. Aan hun lichaamstaal is te zien dat ze ergens flink ruzie over maken.'
'En jij denkt dat die ruzie geëscaleerd is en uiteindelijk tot de dood van Gijs heeft geleid,' vult Hannah in.
'Dat denk ik inderdaad. Het is wel heel frappant dat Gijs is overvaren door een Albanese boot die in principe niets te zoeken heeft aan de Macedonische kant van het meer. Ik geloof niet zo in toeval.'
'Maar waarom zouden ze een van hun dealers uit de weg ruimen?'
'Dat kan verschillende redenen hebben. Gijs kan pillen gejat hebben, maar het kan ook zijn dat hij uit de handel wilde stappen of dreigde de boel te verlinken.'
'Als de dood van Gijs inderdaad geen ongeluk was, zou Jayden er dan van af weten?'
'Ik sluit niet uit dat het in zijn opdracht is gedaan, maar heb daar nog geen hard bewijs voor.'
'Maar waarom zou Jayden zoveel risico nemen? Als hij be-

trokken is bij witwaspraktijken, dan is het toch dom om nog een illegaal handeltje op te zetten? De kans om gepakt te worden is dubbel zo groot. Als ik in zijn schoenen stond, dan zou ik op geen enkele manier de aandacht op me willen vestigen en me aan de oppervlakte voorbeeldig gedragen.'

'Als Gijs heeft gedreigd uit de school te klappen kan Jayden in paniek zijn geraakt. Het laatste wat hij kan gebruiken is inderdaad dat er een vergrootglas op zijn resort wordt gelegd waardoor zijn witwaspraktijken mogelijk worden ontdekt. Het is oliedom dat hij zich met die drugshandel heeft ingelaten, dat ben ik met je eens. Sommige mensen worden nu eenmaal extreem hebberig en overmoedig als ze het grote geld ruiken.'

Hannah knikt. 'Jayden is inderdaad wel zo'n patsermannetje dat denkt dat de hele wereld aan zijn voeten ligt. En Kim? Doet die ook mee?'

'De precieze betrokkenheid van Kim heb ik nog niet helemaal helder. Jayden heeft sowieso de lead in beide zaken.'

'Maar Kim zal in elk geval op de hoogte zijn. Ben je weleens bij hen binnen geweest? Het druipt er van de luxe en er staat daar alleen al in de woonkamer voor een godsvermogen aan multimedia-apparatuur die je niet kunt betalen van de opbrengsten van een resort. Ook als Kim wegkijkt en niet actief betrokken is, dan weet ze dat Jayden dingen doet die niet deugen. Zolang ze niet ingrijpt, is ze medeschuldig,' concludeert Hannah.

'Er zijn misschien verzachtende omstandigheden. Het kan ook zijn dat Jayden haar bedreigt en dat ze daarom haar mond houdt. Ik heb in mijn werk vaak genoeg meegemaakt dat vrouwen ongewild mee werden gesleurd in de misdaden van hun man. Gewelddadige huwelijken, de angst dat de kinderen iets wordt aangedaan, de angst om vermoord te worden, ik heb het allemaal gezien. Het is vrijwel onmogelijk om ongeschonden te ontsnappen en daarom kiezen de meeste vrouwen ervoor om hun mond te houden. Het is een overlevingsstrategie waar ze door de omstandigheden toe gedwongen worden.'

'Dat vind ik te makkelijk. Er is ook altijd nog zoiets als een eigen keuze en een moreel kompas,' zegt Hannah stellig.

'Ik denk dat je nu een beetje kort door de bocht gaat. Jij komt uit een liefdevol huwelijk. Als iemand zou dreigen om Max en Vera te vermoorden als je de informatie die ik nu met je deel naar buiten brengt, wat zou je dan doen?'

Hannah is even stil en laat de woorden op zich inwerken. 'Dan zou ik mijn mond houden. Die kinderen zijn me alles waard en ik zou geen enkel risico lopen met hun veiligheid.'

'En dat terwijl je morele kompas aan alle kanten rood uitslaat?'

'Kim heeft geen kinderen, dus dat argument geldt niet,' sputtert Hannah tegen.

'Kim heeft wel haar eigen leven waar ze misschien voor moet vrezen. Je moet niet onderschatten wat het met je doet als je dag in, dag uit in doodsangst moet leven.'

'Waarom neem je het eigenlijk zo voor haar op?'

'Omdat ik een zwak heb voor de underdog.'

'Wie zegt dat ze dat is?'

'Ik ben er tijdens mijn observaties een paar keer getuige van geweest dat Jayden haar heel hardhandig aanpakte. De angst die in haar ogen lag en de manier waarop ze in elkaar kromp, heb ik vaker gezien bij vrouwen van louche zakenmannen die een hoop geweld binnen hun huwelijk te verduren kregen.'

'Nou ja, het zal wel. Ik wacht nog even met medelijden hebben tot ik weet wat haar rol in het geheel precies is. Kim lijkt me in principe geen slecht persoon en ik vind haar een stuk zachtaardiger dan Jayden, maar het feit dat ze mogelijk bewust kinderen en jongeren gevaar laat lopen doordat ze onderdeel is van dit complot vind ik nu eenmaal heel moeilijk te verkroppen. Maar dan nog eens wat: je zei dat er meer mensen van het team dealen. Is Erik een van hen?'

'Daar heb ik geen aanwijzingen voor gevonden, maar Shanice en Malou zijn er wel bij betrokken.'

'Malou? Maar dat kan helemaal niet. Weet je dat zeker?' Hannah slaat geschrokken haar hand voor haar mond.

'Heel zeker. Ik heb bewijs, maar dat kan ik op dit moment nog niet met je delen.'

'Maar dan heeft ze al die tijd glashard tegen me gelogen! En ze past op dit moment op mijn kinderen! Ik moet terug naar mijn chalet!'

'Ze weet niet dat ik deze informatie met je heb gedeeld, dus ik denk niet dat je op dit moment iets van haar te vrezen hebt. Ik verwacht dat ze de schone schijn blijft ophouden zolang ze ervan uitgaat dat jij niets weet. Laten we dit gesprek even rustig afmaken, want ik weet niet wanneer we weer de kans krijgen om elkaar ongezien te ontmoeten en ik ben nog niet klaar met mijn verhaal.'

'Maar een kat in het nauw kan rare sprongen maken,' protesteert Hannah.

'Malou is niet in het nauw zolang ze niet wordt geconfronteerd met die drugshandel. Ik wil de informatie die ik over Christiaan heb met je delen, ga alsjeblieft niet weg.' Tobias kijkt haar bijna smekend aan, wat Hannah in een heel lastige positie brengt. Kan ze dit risico nemen waar het haar kinderen betreft?

39

In tweestrijd beweegt Hannah onrustig heen en weer van haar ene op haar andere voet, terwijl ze de woorden van Tobias op zich in laat werken. De neiging om naar haar chalet te rennen is groot, maar ze wil ook heel graag horen wat Tobias verder nog te vertellen heeft. Kan ze erop vertrouwen dat Malou goed voor haar kinderen zorgt, zoals Tobias beweert? Waarom zou Malou haar kinderen in gevaar brengen? Dat kan ze eigenlijk niet geloven. 'Oké, maak je verhaal maar af,' zegt ze uiteindelijk.

'Dank je wel. Ik zal me beperken tot de belangrijkste dingen zodat je snel naar je kinderen kunt, maar ik moet je voor een paar dingen waarschuwen. Er zijn invallen van het EOM aanstaande bij alle Europese vestigingen van Sunny Parks en ik wil niet dat je erdoor verrast wordt als de media zich ermee gaan bemoeien en er een link wordt gelegd met Christiaans dood. De kans dat de pers je gaat benaderen als alles naar buiten komt schat ik in op honderd procent. Daarom geef ik je in vertrouwen deze heads-up. Ik ga hiermee ver buiten mijn boekje, maar ik vond dat ik het Christiaan verschuldigd was. Ik voel me medeverantwoordelijk voor zijn dood.'

'Maar je staat toch op non-actief? Hoe weet je dan van die aanstaande invallen?'

'Ik heb een hoop krediet opgebouwd bij mijn collega's, laten we het daar maar op houden. Maar als er iets uitlekt van wat ik je heb verteld over het witwassen, dan breng je niet alleen mij maar ook andere mensen binnen de FIOD in gevaar en staan er banen op het spel.'

'Daarom begrijp ik nog steeds niet waarom je me dit allemaal vertelt vóórdat de invallen zijn gedaan. Door jouw loslippigheid kan de hele operatie in gevaar komen, want wie zegt dat ik mijn mond hou? Waarom stel je zoveel vertrouwen in mij? Je kent me niet eens.'
'Ik ken je een beetje via Christiaan. De liefdevolle en trotse manier waarop hij over je sprak was zo oprecht en hartverwarmend dat ik alleen maar kon concluderen dat je een integer, goed mens bent. Onder andere daarom durfde ik deze gok te nemen. Laat me er geen spijt van krijgen.'
'Onder andere? Welke redenen heb je nog meer om me dit allemaal te vertellen?'
'Mijn knagende schuldgevoel. Zoals ik je al eerder zei, voel ik me medeverantwoordelijk voor Christiaans dood. Ik blijf maar malen of er iets is wat ik had kunnen doen om het te voorkomen. Tot nu toe blijft het antwoord nee, maar ik kan het niet loslaten. Medewerkers van de FIOD worden geacht zich professioneel op te stellen en niet persoonlijk te worden met klokkenluiders et cetera. In mijn hele carrière heb ik daar niet veel moeite mee gehad, maar bij Christiaan was dat een ander verhaal. Soms kom je in je werk mensen tegen met wie het privé ook heel goed klikt. Als je ze in de kroeg had ontmoet, zou er meteen een vriendschap zijn ontstaan. Zo was het voor mij met Christiaan. Vanaf dag één hadden we een klik, hij voelde dat ook zo. Als vanzelf werden onze gesprekken steeds persoonlijker. Ik hoef jou niet te vertellen dat Christiaan een bijzondere man was. Ik heb in hem niet alleen een waardevolle klokkenluider verloren, maar ook een vriend. Ik weet dat hij het vreselijk vond dat hij dit stukje uit veiligheidsoverwegingen niet met jou kon delen. Hij leed daar echt onder. Daarom kon ik de behoefte om jou in te lichten namens hem steeds moeilijker weerstaan. Het verlies van Dave heeft me doen inzien dat werk en loyaliteit naar je baas niet het belangrijkste zijn in het leven. Werk is

vervangbaar, familie en vrienden niet. Het enige goede dat is ontstaan na de verdwijning van Dave is dat ik mijn prioriteiten anders ben gaan stellen. De dood van Gijs was het laatste zetje dat ik nodig had om ook echt met je te gaan praten. Het was nooit mijn bedoeling je bang te maken, maar ik was lange tijd behoorlijk de weg kwijt, om het maar gewoon eerlijk te zeggen. Maar één ding weet ik heel zeker: het is hier niet veilig en ik zou het mezelf nooit vergeven als jou ook iets zou overkomen.'

'Andersom kan ik wel garanderen dat er iets veilig blijft bij mij: je witwasgeheim. Ik zal mijn mond houden, daar kun je van op aan. Ik waardeer het zeer dat je je nek zo voor me uitsteekt en jouw woorden over Christiaan zal ik ook niet vergeten, die raken me echt. Maar dat drugsverhaal vind ik lastig. Ik wil Malou confronteren met het dealen en het feit dat ze tegen me gelogen heeft. Ik moet weten wat er met Vera is gebeurd en de kans dat Malou daar meer van weet, is een stuk aannemelijker geworden door wat je me hebt verteld. Jij zou in mijn geval hetzelfde gedaan hebben voor je kind. Ik kan dit niet over mijn kant laten gaan.'

'Ik snap dat je er zo over denkt, maar...'

'Ik zal Malou alleen vragen naar haar eigen rol en de rest van wat je me hebt verteld erbuiten laten. Die nachtelijke levering die je hebt gefilmd en waar Gijs en Jayden bij betrokken zijn, zal ik er volledig buiten laten. Ik heb er net zo goed als jij belang bij om geen slapende honden wakker te maken voordat er een arrestatieteam klaarstaat. Al die dingen die hier gebeuren, deugen van geen kant en de verantwoordelijken moeten gestraft worden voordat ze de kans krijgen om hun sporen uit te wissen.'

'Ik zou liever hebben dat je niet met Malou praat, maar ik kan je ook niet tegenhouden.'

'Je zult me moeten vertrouwen, Tobias. Ik weet vanuit mijn werk als vertrouwenspersoon op een middelbare school heel goed hoe ik jongvolwassenen aan het praten moet krijgen zonder dat ik hen tegen me in het harnas jaag.'

'Ik word er nog steeds niet enthousiast van, maar ik geloof niet dat ik een keuze heb.'

'Nog één vraag voordat ik vertrek. Twee eigenlijk. Hoe kan ik je bereiken als ik nog vragen heb?'

'Ik zal je het nummer van mijn prepaid geven.' Tobias dreunt het nummer op en Hannah zet het vlug in haar telefoon. 'En vraag twee?'

'De eerste kaart die ik van je kreeg, werd bezorgd op mijn huisadres in Nederland. Hoe wist je dat ik naar dit park zou gaan? Ben je me gevolgd?'

'Ja, daar moet ik heel eerlijk in zijn, dat ben ik je wel verschuldigd. Ik heb je een tijdje in de gaten gehouden ja, deels omdat ik moest zien dat Christiaans gezin veilig was en deels omdat ik contact met je wilde hebben, zoals ik net vertelde. En daarna ben ik je inderdaad gevolgd naar Ohrid. Ik had nooit kunnen bedenken dat je uitgerekend daar heen zou gaan en toen was er voor mij nog maar één optie over: je achternareizen.'

'Goed dat je nu eerlijk bent, en volgens mij hoef ik je niet nog eens te zeggen dat je me echt hartkloppingen hebt bezorgd met je post. En wat betreft deze plek: een vriendin die hier al eens eerder is geweest, tipte me deze plek tijdens een etentje. Ik werd enthousiast van haar verhalen en heb toen in een opwelling geboekt. De kinderen, maar ook ikzelf, waren wel toe aan een beetje ontspanning na dat helse afgelopen jaar. Soms, heel soms, bestaat toeval wel.' Hannah geeft Tobias een knipoog.

'Misschien moet ik mijn overtuiging dan soms, heel soms, een beetje aanpassen,' grinnikt hij.

'Ik vind het echt heel erg voor je van Dave, Tobias. Als er iets met je kind gebeurt... Dat is het ergste wat een ouder kan overkomen, je kind verliezen. Ik weet dat het van een andere orde is, maar ik dreig op dit moment ook mijn kinderen kwijt te raken. Dus weet dat ik je begrijp en ook snap dat je totaal wanhopig bent geworden erna.' De tranen schieten Hannah in de ogen nu ze de woorden hardop heeft uitgesproken. Tobias ziet het meteen. 'Wat is er aan de hand?' vraagt hij meelevend.

'Max en Vera zijn de kinderen van Christiaan en zijn ex Emily. Zij is toen de kinderen nog heel jong waren, vertrokken naar Australië om de nalatenschap van haar overleden broer te regelen en niet meer teruggekomen. Ze is nogal impulsief. Ze heeft Chris en de kinderen keihard laten vallen en daar een nieuw leven opgebouwd. Ze heeft zich nooit iets van Max en Vera aangetrokken en nu wil ze ineens terug naar Nederland komen om de draad weer op te pakken alsof er niets is gebeurd. Het zijn officieel haar kinderen, maar ik ben degene die al die jaren voor ze heeft gezorgd samen met Christiaan. Ik geef hen niet zomaar op. Ik hou van hen alsof ze mijn eigen kinderen zijn.'

'O, Hannah, wat vreselijk. Wat vinden Max en Vera ervan dat hun moeder naar Nederland komt en het gezag wil aanvechten?'

'Ik heb het hun nog niet verteld. Ik hoop het allemaal achter de schermen te regelen met Emily om Max en Vera de stress te besparen. Ik heb een goede advocaat die me bijstaat. Zijn naam is vrij bekend zelfs. Stan van den Brink is een zwaargewicht op het gebied van zulke familiezaken. Vera heeft me vorige week nog verteld dat ze helemaal niets heeft met haar biologische moeder en dat ze er geen enkele behoefte aan heeft om contact met haar te hebben. Ze voelt zich ontzettend in de steek gelaten en koestert veel wrok. Ze ziet mij als haar moeder. Achteraf gezien hebben Chris en ik dit niet goed geregeld. Na zijn scheiding van Emily had hij het volledige ouderlijke gezag en was er geen discussie mogelijk, maar nu hij er niet meer is, ligt dat anders. We hebben nooit laten vastleggen dat ik het officiële voogdijschap over de kinderen zou krijgen als er iets met hem zou gebeuren.'

'En nu ziet Emily haar kans schoon om het ouderlijk gezag terug te krijgen,' concludeert Tobias.

'Precies. Daarom bereid ik met Stan een rechtszaak voor om het voogdijschap te krijgen. Emily mag dan de biologische moeder zijn, maar ze heeft wat mij betreft haar recht van spreken verspeeld toen ze de kinderen van de ene op de andere dag in de steek liet.'

'Hoe weet je zeker dat ze serieus is? Als ze zo impulsief is als jij zegt...'

'Ze heeft vorige week voor een godsvermogen een huis gekocht in Nederland, in de buurt van Arnhem. Een belachelijk chique villa in Velp. Gelegen aan het bos, zwembad, blablabla. Ze heeft blijkbaar goed verdiend in Australië. Ze handelde in wijn. Ik kan je nu al vertellen dat Vera en Max niet onder de indruk zullen zijn van haar geld. Met geld is niet alles te koop en zeker niet de liefde van kinderen.'

'Wat erg voor je, Hannah, dat dit na het verlies van Christiaan ook nog eens als een zwaard van Damocles boven je hoofd hangt.'

'Laten we het er maar op houden dat ik al genoeg aan mijn hoofd had voordat jij me ging bestoken met die kaarten en Christiaans geheime carrière als klokkenluider.'

'Ik begrijp dat het allemaal te veel is om in één keer te verwerken. Het spijt me dat ik je leven nog ingewikkelder heb gemaakt, maar ik kon niet langer zwijgen.'

'Het is goed, Tobias. Bedankt dat je dit met me hebt gedeeld. Ik zal je vertrouwen niet schaden, dat zou Christiaan ook zeker niet gewild hebben. Maar nu ga ik wel terug naar mijn chalet om heel voorzichtig met Malou te praten.' Hannah steekt haar hand uit en Tobias schudt hem. 'Pas goed op jezelf, Hannah.'

'Jij ook, Tobias, tot snel.'

40

Als Hannah op de deur klopt van haar chalet vliegt hij meteen open. Malou trekt haar bijna naar binnen. 'En? Wat ben je te weten gekomen over Gijs?' Het meisje kijkt haar aan met grote vragende ogen en is duidelijk op van de zenuwen. Op haar gezicht zijn sporen van tranen te zien. Het lijken oprechte emoties, maar Hannah vertrouwt Malou niet meer volledig na wat Tobias haar heeft verteld. Ze weet dat ze Malou de kans moet geven om haar kant van het verhaal te vertellen en dat ze dan pas een oordeel zou moeten vellen, maar het valt haar zwaar om onbevooroordeeld te blijven. Malou weet misschien wat er met Vera is gebeurd en kiest ervoor haar dat niet te vertellen. Als dat zo is, dan is dat onvergeeflijk en wil ze haar nooit meer in de buurt van Vera en Max zien. 'Laten we eerst even naar de woonkamer gaan voordat we verder praten. Ik wil niet dat Vera en Max wakker worden.' Hannah probeert haar stem zo neutraal mogelijk te laten klinken, maar eigenlijk zou ze Malou het liefst flink door elkaar schudden.

Hannah loopt langs het meisje heen, zet haar tas naast zich op de bank en legt haar telefoon achteloos met het scherm naar beneden op de salontafel. Ze heeft vlak voordat ze in de buurt van haar chalet kwam haar voicerecorder opnieuw aangezet om ook haar gesprek met Malou op te nemen. Malou gaat tegenover haar zitten nadat ze voor Hannah en zichzelf een glas water heeft gepakt. 'Vertel, wat ben je te weten gekomen en wie was die persoon die je die kaarten heeft gestuurd?'

'Ik ben heel interessante dingen te weten gekomen, Malou. Over jou, bijvoorbeeld. Laten we daar maar eens mee beginnen.'
'Over mij? Wat valt er over mij nou te vertellen?'
'Je hebt tot nu toe steeds tegen me gezegd dat je niet weet wat er met Vera is gebeurd, maar is dat wel de waarheid?'
'Dat weet ik ook niet! Waarom zou ik daarover liegen?'
'Omdat je over meer dingen liegt.'
'Zoals?'
'Je hebt gezegd dat er geen drugs worden gebruikt of gedeald binnen het animatieteam van Blue Lake Resort, maar ik heb vanavond andere dingen gehoord. Er zijn hier wel degelijk drugs en jij bent betrokken bij de verspreiding ervan, volgens mijn bron.' Zodra Hannah het bommetje dropt, trekt Malou bleek weg. 'Maar... nee... Dat klopt niet.'
'Je bent gezien, Malou. Mijn bron heeft bewijs. Liegen heeft geen zin.'
'Maar ik lieg niet! Ik zou nooit drugs dealen, nooit. Ik haat dat spul, het verziekt alles.' Malou's stem slaat over en ze begint hartverscheurend te huilen. Hannah laat haar huilen, raakt even haar arm aan, maar heeft moeite haar oprecht te troosten. Als het meisje weer wat gekalmeerd is, zegt ze:
'Waarom haat je drugs zo, Malou?'
'Omdat drugs mij als baby bij mijn biologische ouders hebben weggerukt.' Malou vertelt in het kort en met een dikke stem over haar moeder, die maar niet clean raakte, en over haar geweldige pleegouders, die haar hebben omarmd en haar een geweldig leven hebben gegeven. 'Echt, drugs maken alles kapot,' concludeert ze. 'Dat zou ik andere mensen nooit aandoen. Totaal uitgesloten dat ik ooit ook maar een pil zou verkopen.'
'Jeetje, Malou,' is het enige wat Hannah kan uitbrengen nadat ze Malou's hand heeft gepakt. 'Ik vraag me wel af waarom mijn bron liegt.'

'Ik denk dat hij verkeerde conclusies heeft getrokken. Ik zal je vertellen wat ik weet. Alles wat ik heb gedaan, is vanuit goede intenties geweest en om anderen te beschermen. Ik ga niet langer mijn mond houden om anderen uit de wind te houden. Ik trek het echt niet als ik word verdacht van dealen.'
'Oké, ik luister. Neem je tijd.'
'Na wat er met Vera is gebeurd en toen jij zei dat je vermoedde dat er iets in haar drankje was gedaan, ben ik op onderzoek uit gegaan. En nogmaals, ik weet echt niet wat er met haar is gebeurd, dat zweer ik op het leven van mijn pleegouders. Dat moet je van me aannemen.'
Hannah knikt bemoedigend en Malou gaat verder. Als ze na enige tijd is uitgesproken en haar alles heeft opgebiecht over de xtc die ze op Gijs' kamer heeft gevonden, de afspraak met hem die er nooit van is gekomen, Shanice' gedachten over de verdachte dood van Gijs en haar aandeel in de drugshandel, met als slot Malou's hulp bij het verstoppen van de pillen, staart Hannah haar even aan voor ze uit haar woorden kan komen.
'O, Malou. Je bent wel echt ergens in verzeild geraakt, hè...'
'Ja, ik weet het. Achteraf gezien is het stom dat ik me zo heb laten meeslepen, maar ik kan het nu niet meer terugdraaien.'
'Waar hebben jullie die pillen verstopt?'
'Ik weet niet of ik dat wel moet vertellen.'
'Je kunt me vertrouwen, Malou, ik wil je alleen maar helpen.'
'Blue Village. We hebben het verstopt bij Blue Village. Jij had me erover verteld. Dat het zo afgelegen en verlaten was. Toen ik dat tegen Shanice zei, bleek zij het ook te kennen.'
'Waar kende zij het dan van?'
'Ze was er nooit geweest, maar ze had de naam weleens zien staan op een map in de administratiekast achter de receptie.'
Er trekt een kriebel door Hannahs buik. Zonder het te we-

ten heeft Malou een belangrijk vraagstuk opgelost voor Tobias. Het lijkt er dus op dat er een map over Blue Village is met hoogstwaarschijnlijk belastende informatie, én Hannah weet nu waar die staat. 'Een map over Blue Village? Wat staat daarin dan?' vraagt ze langs haar neus weg.
'Dat weten we niet. Shanice herinnerde zich dat ze die map had zien staan en wil proberen om er een kijkje in te nemen. Want wat valt er nou bij te houden over een stuk grond dat vol staat met krotten?'
Hannah weet daar het antwoord wel op, maar houdt haar mond zoals ze Tobias heeft beloofd. 'Heeft Shanice een sleutel van die kast dan?'
'Uhm, nee, maar ze zegt dat het haar wel lukt om hem open te krijgen. Morgen als die herdenking van Gijs is, wil ze het proberen. Iedereen is dan in het hoofdgebouw, dus de kans dat ze gepakt wordt is dan het kleinst. Ik heb beloofd om op de uitkijk te gaan staan.'
'Maar het valt toch meteen op als jullie niet bij de herdenking zijn? Shanice was heel goed bevriend met Gijs en jij was ook close met hem. Het is niet logisch dat jullie hem niet de laatste eer bewijzen, toch?'
'We zeggen dat Shanice het niet aankan en dat ik bij haar blijf om haar te ondersteunen. Toen ze hoorde dat Gijs dood was, is ze helemaal ingestort. Jayden is daar ook getuige van geweest. Hij heeft een hekel aan drama en scènes, dus hij zal het niet erg vinden als we wegblijven. Komt hem alleen maar goed uit.'
'Zit wat in, maar ik blijf het toch een groot risico vinden.'
Malou lacht zenuwachtig. 'Ik zit er toch al tot mijn nek in omdat ik Shanice geholpen heb, dus dit kan er ook nog wel bij. Je gaat ons niet verraden bij Jayden of Kim, toch?'
'Nee, natuurlijk niet. Ik heb gezegd dat je me kunt vertrouwen.'
'Ga jij naar de herdenking?'

'Ja, dat is wel het plan. Vera wil er graag naartoe. Het hele gebeuren heeft enorm veel indruk op haar gemaakt en ik denk dat het goed is voor haar verwerking om erbij aanwezig te zijn. Maar nog even over die map, jullie gaan hem dus stelen?'

'Nee joh, dat zou te veel opvallen. Gewoon kijken wat erin staat.'

'Ik ben eigenlijk ook wel heel benieuwd. Zouden jullie foto's van de inhoud van de map kunnen maken voor me?'

'Dat waren we toch al van plan. Ik stuur ze wel aan je door. Het leek ons dat foto's maken en ze later bestuderen een stuk sneller gaat dan alles ter plekke doorkijken. Hoe eerder we daar weg zijn, hoe beter.'

'Goed. Ik zal de boel bij de herdenking in de gaten houden. Zodra Jayden en Kim de zaal verlaten, stuur ik je een appje.'

'O, dat zou fijn zijn. Dan weten we wanneer we weg moeten wezen.'

Hannah knikt en onderdrukt een gaap. 'Ik weet niet hoe het met jou zit, maar ik ben echt gesloopt. Het lijkt me slim als we allebei gaan slapen.'

'Dat is goed, maar ik ga niet weg voordat je me verteld hebt wat de link is tussen de dood van je man en Gijs.'

'Er is geen link. Ik had het verkeerd begrepen. De dingen over mijn man kan ik niet met je bespreken, sorry, dat is privé. Maar het staat echt helemaal los van dit verhaal, dat moet je van me aannemen.'

'Oké, volgens mij heb ik geen andere keuze, maar ik vertrouw je. Welterusten dan maar.' Malou klinkt duidelijk teleurgesteld. Hannah loopt met haar mee naar de gang en houdt de deur voor haar open. 'Bedankt voor vanavond, Malou. Probeer een beetje te slapen. De komende dagen zullen nog intensief genoeg worden.' Hannah zwaait Malou uit en sluit dan met een zucht de deur. Daarna rent ze naar de telefoon en zet de recorder uit. De batterij van haar toestel staat inmiddels in het rood en ze hangt hem snel aan de lader. Ze stuurt Tobias een berichtje op het nummer dat hij haar gegeven heeft. *Bel me, ik heb belangrijke informatie voor je.*

41

De herdenking voor Gijs is bijna ten einde. Met een beamer is een foto van zijn lachende gezicht op de witte wand geprojecteerd. Verschillende mensen, zowel gasten als personeel, hebben een praatje gehouden om hem te eren en anekdotes te delen. Een van de gasten is singer-songwriter en heeft een paar nummers gespeeld. Talloze theelichtjes in allerlei kleuren staan op een tafel waar een condoleanceregister op ligt dat aan de familie van Gijs gegeven zal worden. Erik heeft net namens het animatieteam een praatje gehouden en Jayden is de laatste spreker. Hannah wordt misselijk als ze hem vol lof over Gijs hoort praten. Door de informatie die ze heeft gekregen van Tobias kan ze bijna niet naar de onoprechte woorden van Jayden luisteren. Wat kan die man op walgelijke wijze toneelspelen.

Vera zit de hele herdenking al naast haar te sniffen. Max zit aan de andere kant en beweegt onrustig heen en weer. Hij heeft duidelijk moeite met de lange zit. 'Is het al bijna klaar?' fluistert hij. 'Het duurt zo lang.'

'Nog eventjes, schat, dan mag je weer naar buiten. Maar dit is belangrijk.' Hannah strijkt hem liefkozend over zijn hoofd. Zelf heeft ze ook te veel aan haar hoofd om zich volledig te focussen op de dienst. Zou het Shanice en Malou gelukt zijn om erachter te komen welke informatie er in de Blue Village-map zit? Ze hoopt maar dat Malou goed in haar oren heeft geknoopt hoe belangrijk het is om scherpe foto's te maken waar de documenten duidelijk op te lezen zijn. Ze heeft met

Tobias afgesproken dat ze de foto's meteen aan hem doorzet als Malou ze aan haar heeft gestuurd. Ze popelt om haar telefoon te checken, maar laat hem toch in haar tas zitten, dat zou te respectloos zijn en ze wil absoluut niet het verkeerde voorbeeld aan haar kinderen geven. Tobias had de map het liefst zelf bekeken, maar heeft het bewust niet gedaan. Het zou onrechtmatig verkregen bewijs zijn als hij zelf zou inbreken, maar als hij de foto's van een 'bron' krijgt, kan hij ze met goed fatsoen aan zijn collega's doorzetten zonder zichzelf of de zaak in gevaar te brengen. Malou en Shanice hebben geen idee dat ze een belangrijke spil zijn geworden in het oprollen van een grote witwasorganisatie.

Als Jayden eindelijk zijn speech afsluit en iedereen uitnodigt om nog na te praten met een drankje, vliegt Hannah meteen overeind. 'Kom jongens, we gaan.' Max staat met een opgelucht gezicht op, maar Vera aarzelt. 'Blijven we niet nog even om wat te drinken?'

'Laten we gaan, Veer. Drinken we in het chalet lekker iets kouds. Ik heb even wat lucht nodig. We kunnen er later nog rustig met elkaar over verder praten. Wat denk je daarvan?'

Vera trekt even een moeilijk gezicht, maar volgt Hannah uiteindelijk met tegenzin. Zodra ze buiten staan, rent Max een stuk voor hen uit en komt dan weer terug. 'Mag ik met Joep naar het strand?'

'Als Joeps ouders dat ook goedvinden, mag dat. Maar je blijft wel in de buurt. Ik wil je vanuit ons tuintje kunnen zien. Ga je niet te diep het water in?'

'Neehee.'

'Ga jij ook naar het strand, Vera, of ga je met mij mee naar het chalet?'

'Geen van beide, ik heb zin om naar het zwembad te gaan. Er is een nieuw meisje gekomen dat ik aardig vind. Ze deed ook mee aan de kajaktocht. Vandaag zou ze naar het zwembad gaan.'

Hannah aarzelt even, maar geeft uiteindelijk toch toestemming. Ze vindt het moeilijk om Vera uit haar zicht te laten met alles wat er gaande is op het resort, maar bij het zwembad is het altijd druk. Door de sociale controle zal Vera veilig zijn. Het is goed als het meisje wat afleiding heeft na deze verdrietige ochtend. Vera rent achter Max aan om haar spullen te pakken en nu ze allebei een eindje bij haar vandaan zijn, kan Hannah eindelijk ongestoord een blik op haar telefoon werpen. Er trekt een kramp door haar buik als ze ziet dat Malou haar heeft geappt. Het berichtje bevat maar liefst vijftig foto's, die tijdens de herdenking zijn binnengekomen en automatisch zijn opgeslagen in haar fotoalbum. Hannah kan niet wachten om ze te bekijken, maar klikt het bericht toch weg. Ze durft zich er pas in te verdiepen als ze alleen binnen is. Totdat Max en Vera op pad zijn, moet ze haar focus op de kinderen houden om geen argwaan te wekken. Om Max maakt ze zich niet zo'n zorgen, die is voornamelijk met zichzelf bezig, maar Vera is zeer opmerkzaam en verdenkt haar al van een geheime affaire, dus ze wil geen enkele voeding geven aan dat idee door geniepig op haar telefoon te kijken.

Op de automatische piloot gaat ze het chalet binnen, smeert een paar broodjes voor de kinderen en zet voor zichzelf een kop koffie. Max schrokt zijn lunch naar binnen en smeekt of hij vast van tafel mag, omdat 'Vera zo'n sloompie is'. Normaal zou ze hem te verstaan geven dat hij geduldig moet wachten tot iedereen klaar is, maar nu geeft ze hem toestemming om vast te vertrekken. Hoe eerder ze alleen is, hoe beter. 'Bij hoge uitzondering,' roept ze Max na, maar het is maar de vraag of hij haar heeft gehoord. Vera zit met een lang gezicht haar brood te herkauwen.

'Geen honger, meisje?'

'Niet zo.'

'Verdriet is niet bevorderlijk voor je eetlust, daar weten we

alles van, hè?' Hannah knijpt even liefkozend in Vera's hand. Het meisje knikt bevestigend.
'Je mag je brood ook meenemen naar het zwembad, hoor.'
'Dan doe ik dat wel.' Vera schuift haar bord meteen van zich af.
'Ga je bikini maar aantrekken. Ik doe het wel in een zakje voor je, dan kun je het eten wanneer je wilt. Van zwemmen word je vast hongerig.'
Vera verdwijnt naar haar kamer om zich om te kleden en haar spullen te pakken. Als Hannah haar eindelijk de deur uit heeft gewerkt, pakt ze met trillende hand haar telefoon en ontgrendelt het scherm. Ze klikt meteen haar fotoalbum aan. De eerste foto is er eentje van een open administratiekast. Hij staat vol met blauwe mappen en één zwarte map met een sticker op de rug waar *Blue Village* op staat geschreven. De foto's die daarna volgen zijn scherp gefotografeerde documenten die er niet om liegen. Tobias' vermoeden dat er iets totaal niet klopt, blijkt meer dan juist. De krotten op het afgelegen veld met de naam Blue Village worden inderdaad het hele jaar door voor astronomische bedragen verhuurd onder de noemer 'luxe villa's'. Deze scam is voor zover uit de documenten blijkt al zeker vier jaar gaande. Van elk boekjaar hebben Malou en Shanice ook een totaaloverzicht gefotografeerd en een gestempeld formulier van de gemeente Ohrid met een kwaliteitskeurmerk voor Blue Village. Het is ondertekend door de toezichthouder die verantwoordelijk is voor de recreatie in het gebied. Hannahs adem stokt als ze de naam van die toezichthouder leest.

42

Malou vliegt overeind als haar telefoon een binnengekomen bericht aankondigt. Ze was net een beetje in slaap gesukkeld, maar de adrenaline, die eindelijk was afgezakt, stroomt meteen weer door haar lijf. Het is twee uur 's nachts en ze ligt al ruim drie uur in bed. Alle spanningen en emoties van de laatste dagen hebben haar uitgeput en apathisch gemaakt. Ze heeft niets meer van Hannah gehoord sinds ze haar de foto's heeft gestuurd, maar ze vindt het eigenlijk ook wel prima. Ze heeft behoefte aan rust zodat er ruimte in haar hoofd komt om de dood van Gijs te verwerken. Het besef dat hij er echt niet meer is en dat ze nooit meer zal kunnen ontdekken wat er nou echt tussen hen was, komt steeds meer binnen en dat maakt haar ongelooflijk verdrietig. Zuchtend knipt ze het lampje bij haar bed aan en pakt haar telefoon om te bekijken wie haar een bericht heeft gestuurd. Shanice. Ze opent het appje. *Help, mijn kamer, ik hoor iemand. 609375.*

O mijn god. Ik kom nu! appt ze op haar snelst terug. Malou haast zich haar bed uit, trekt vlug een broek en een shirt aan. Als ze bijna buiten staat, realiseert ze zich dat ze nog niets aan haar voeten heeft. Shit. Ze loopt haar kamer weer in en vist haar gympen onder het bed vandaan. Haar poging om ze aan te trekken zonder de veters los te maken mislukt. Ze baalt van de extra tijd die ze daarmee kwijtraakt. Als er echt iemand aan Shanice' deur staat, dan heeft ze geen seconde te verliezen. Ze controleert nog een keer of ze haar telefoon bij zich heeft en sprint uiteindelijk haar kamer uit. Met twee treden tegelijk neemt ze de trap naar boven, naar de verdieping waar Shanice' kamer zich bevindt. De gang is leeg. Malou hoopt stiekem dat het betekent dat Shanice zich vergist heeft, maar het kan ook zijn dat de persoon die voor haar deur stond nu in haar kamer is, al dan niet met instemming. De zenuwen gieren door haar buik als ze naar de deur sluipt die toegang geeft tot Shanice' kamer. Zelf naar binnen gaan of aankloppen? Beide opties brengen risico's met zich mee, maar de verrassingstactiek spreekt haar het meeste aan. Ze pakt de sleutelcode erbij die Shanice haar gestuurd heeft en toetst de cijfers in. De deur maakt een zacht klikgeluid en Malou duwt hem voorzichtig open. Het is volledig stil in de kamer en stikdonker. Dat bevalt haar allerminst. Het eerste wat bange mensen in een donkere kamer doen, is het licht aanklikken. 'Shanice,' fluistert ze terwijl ze met haar hand langs de muur tast tot ze de lichtknop te pakken heeft. Er komt geen reactie. Malou knipt het grote licht aan. Het is fel en haar slaperige ogen knijpen automatisch samen. In één oogopslag ziet ze dat de kamer leeg is. De dekens van Shanice' bed zijn teruggeslagen en als Malou aan de matras voelt, is die nog warm. Ze loopt naar de badkamer en checkt achter het douchegordijn. Geen Shanice. Als ze de kamer weer in loopt, ziet ze iets op de grond liggen tussen het bed en het nachtkastje. Ze bukt en pakt het op. Het is Shanice' telefoon. In het beeldscherm zit een barst, alsof iemand erbovenop heeft staan stampen. Dan weet ze dat er iets heel erg mis is. Shanice zou nooit op pad gaan zonder haar telefoon, ze is vergroeid met dat ding. In paniek loopt ze naar het raam en kijkt naar buiten. Heel in de verte ziet ze twee personen lopen. Ze lopen dicht naast elkaar en de linkerpersoon is een kop kleiner dan de rechter. De afstand is te groot om te zien wie het zijn. Dan probeert de linkerpersoon afstand te nemen van de rechter en Malou ziet iets wat op een worsteling lijkt. De rechterpersoon wint en sleurt de linkerpersoon met zich mee. Haar intuïtie zegt haar dat Shanice die linkerpersoon is en ze aarzelt niet langer. Terwijl ze de kamer uit rent, beseft ze dat ze geen idee heeft welk nummer ze hier moet bellen voor de politie. Als ze het wil googelen maar haar internet weigert, belt ze Hannah. Als haar telefoon direct naar de voicemail overschakelt, spreekt ze die vlug in. 'Shanice is verdwenen. Iemand heeft haar meegenomen. Bel alsjeblieft de politie.' Ze versnelt haar tempo en hoopt maar dat Hannah snel handelt.

43

'Het is weg, hoe kan dat nou?' krijst Shanice paniekerig. 'Ik zweer het, Jayden, ik heb het hier echt verstopt.'

Malou houdt zich schuil achter een strook dichte struiken die zich voor het hek van Blue Village bevindt en houdt haar adem in. Haar intuïtie had haar niet bedrogen. Een van de personen die ze uit het raam zag was Shanice. De andere is Jayden, weet ze nu, en het is duidelijk waar hij op uit is. Hij heeft Shanice op de een of andere manier zover gekregen dat ze hem verteld heeft waar de pillen gebleven zijn die Gijs op zijn kamer had verstopt. Het zweet breekt Malou uit als ze Shanice steeds harder hoort schreeuwen dat ze niet liegt en dat ze de pillen op het terrein van Blue Village achter heeft gelaten.

'Met wie heb je hierover gepraat? Wie wist er nog meer van?'

'Niemand! Au, je doet me pijn!'

Tranen van onmacht springen Malou in de ogen. Ze weet niet of Jayden gewapend is. Wat moet ze doen? Zichzelf kenbaar maken en Shanice te hulp schieten of nog even afwachten? Hoop dat de politie komt, heeft ze eigenlijk niet meer. Er is maar één iemand die naast haar en Shanice af wist van de pillen en waar ze verstopt waren, en dat is Hannah. Hannah die haar gezworen had dat ze te vertrouwen was. Mooi niet dus. Malou voelt zich vreselijk verraden. Shanice daarentegen is betrouwbaarder gebleken dan ze haar had ingeschat. Ondanks de dreigende situatie liegt ze glashard tegen Jayden door te zeggen dat ze de drugs in haar eentje heeft gestolen en verstopt. Het knaagt aan Malou dat ze zelf niet zo dapper was toen ze Hannah vertelde over Shanice en haar betrokkenheid bij het dealen.

Terwijl Shanice en Jayden blijven bekvechten hoort ze geritsel achter zich en voordat ze zich om kan draaien voelt ze iets kouds in haar nek duwen.

'Opstaan en handen in de lucht,' klinkt een grimmige stem. Hoewel Malou in eerste instantie schrikt, zakt de angst vrijwel meteen ook weer af. Dit moet de politie zijn. 'O, gelukkig dat u bent gekomen. Mijn vriendin is in moeilijkheden.'

'Niet alleen je vriendin, jij ook.' De stem komt haar ergens bekend voor en ze draait zich om. Tot haar ontsteltenis staat er geen politieagent achter haar.

'Waarom... Wat doe jij hier?'

'Kop dicht en voor je kijken.' Haar arm wordt ruw naar achteren getrokken en de loop van het pistool, ze weet zeker dat het een pistool is, drukt nu pijnlijk tegen haar rug.

'We gaan even een babbeltje maken met Jayden en Shanice. Lopen met je handen in de lucht. En denk eraan, één verkeerde beweging en ik schiet je neer.'

Malou krijgt een flinke zet in haar rug en struikelt voorover. Met alles wat ze in zich heeft, weet ze zichzelf staande te houden. Haar ademhaling zit tegen hyperventilatie aan en de tranen stromen over haar wangen. Ze is doodsbang dat haar leven zal eindigen op dit ranzige veldje. Een enorme woede hoopt zich op in haar binnenste, maar op dit moment kan ze er niets mee. Het risico dat ze wordt neergeschoten is te groot. Voor nu moet ze dus even meespelen, maar als er zich ook maar een moment voordoet om te ontsnappen, dan zal ze het pakken.

'Over het hek heen en nogmaals: geen geintjes.'

Malou klimt over het hek heen en kijkt of het mogelijk is om de man met het pistool een zet te geven en uit balans te brengen als hij zelf over het hek klautert.

'Ik zou het niet doen,' waarschuwt hij haar, alsof hij haar gedachten kan lezen. Hij springt van het hek, vangt de schok keurig op door bij de landing wat door zijn knieën te zakken en houdt het pistool onafgebroken strak op haar gericht. Bijgelicht door de vollemaan vervolgen ze hun weg naar de verste rand van het terrein, waar Shanice en Jayden zich achter de barak bevinden waar ze de drugs hebben verstopt. Jayden staat met zijn rug naar hen toe, maar Shanice ziet hen wel aankomen. Ze kijkt alsof ze een spook ziet en Jayden draait zich meteen om en zegt: 'Nikola, waar bleef je nou? En wat doet zij hier verdomme?'
'Stond jullie te bespieden.' Nikola geeft Malou een zet en ze botst hard tegen Shanice aan.
'Waar zijn ze?' vraagt Nikola.
'Ze zegt dat ze hier lagen, maar dat ze weg zijn. Ik weet zeker dat ze liegt.'
Nikola richt zijn pistool op de borstkas van Shanice en daarna op die van Jayden.
'Hé maat, wat doe je nou?' vraagt Jayden verontwaardigd.
'Ik ben je maat niet, nooit geweest ook. We hebben een zakelijke afspraak waar we allebei beter van worden. Tot nu toe ging dat altijd goed, maar nu kom jij je deel niet na. Ik pik het niet als er van me wordt gestolen. Dat doe je één keer en daarna nooit meer.'
'Ik heb niet van je gestolen, dat heeft die klootzak van een Gijs gedaan. Hij zal nooit meer van jou of mij stelen.'
'Maar deze trutten hebben het stokje overgenomen. Als jouw personeel van mij jat, dan zie ik dat alsof jij van me jat. Het is jouw verantwoordelijkheid om de boel onder controle te houden en volgens afspraak te laten verlopen. Jij je vergunningen en kwaliteitskeurmerk voor je louche geldzaakjes, ik mijn handeltje met de Albanezen. Dát was de deal.'
'Hou je bek nou! Straks worden we allebei verraden door die bitches.'

'O nee, hoor. Je denkt toch niet dat ik ze hier levend vandaan laat gaan? Veel te groot risico. Er verdwijnt hier weleens vaker iemand, dus een verdwijning meer of minder maakt ook niet uit,' lacht Nikola.

'Dat kun je niet maken, daarmee breng je me in heel grote problemen,' zegt Jayden wanhopig.

'Jouw probleem inderdaad, niet het mijne. Verzin maar een smoesje. Bijvoorbeeld dat ze zo getraumatiseerd waren door de dood van Gijs dat ze hier niet langer konden werken en naar huis zijn vertrokken. Tegen de tijd dat iemand onraad ruikt, zal niemand hen ooit nog vinden. Dat heeft de vorige keer ook gewerkt. Je weet wel wat ik bedoel.'

'Waar hebben jullie het over?' schreeuwt Shanice. 'Hebben jullie Gijs vermoord?'

'Nee, hoewel ik niet kan ontkennen dat ik erover gefantaseerd heb. De dood van Gijs was een noodlottig ongeluk dat verdomd goed uitkwam,' bijt Jayden haar toe en Nikola knikt instemmend. 'Oké, genoeg geluld. Omdraaien en allebei op je knietjes gaan zitten,' gromt Nikola tegen Shanice en Malou terwijl hij hun allebei een por met het pistool in hun rug geeft. Bevend van angst pakken ze elkaars hand vast en gaan in de gevraagde houding zitten. Dat het laatste restje vuur in Shanice' ogen is gedoofd en dat ze lijkt te berusten in haar lot, beangstigt Malou misschien nog wel het meest.

'Sorry voor alles,' huilt Shanice. 'Ik heb zo'n spijt.'

'Vertel me waar je mijn drugs hebt verstopt, anders krijg je pas echt spijt,' zegt Nikola dreigend.

'Ik heb het hier verstopt, maar het is verdwenen, hoe vaak moet ik het nog zeggen!' krijst Shanice hysterisch. 'Laat Malou gaan. Ze houdt haar mond wel. Toch, Malou?'

'Kop houden.' Shanice krijgt van Nikola een waarschuwende tik met het pistool tegen haar achterhoofd.

'We gaan het anders doen, want ik ben dit gezeik zat. Ik tel tot drie, Shanice, en als je me dan niet de waarheid vertelt dan haal ik de trekker over.' Ruw zet Nikola het pistool tegen Shanice' achterhoofd. Malou krimpt ineen als ze hem de haan hoort spannen. Het leven van Shanice kan over drie tellen over zijn en ze ziet geen enkele manier om dat te voorkomen.

'Daar gaan we. Drie... twee...'

'Ik weet het niet!' gilt Shanice.

'Ik geloof je niet. Eén...'

44

'Zoek je dit soms, Nikola?' schreeuwt een onbekende stem in het Engels op het moment dat Nikola de trekker wil overhalen. In een reflex draait hij zich om. Jayden doet hetzelfde. Malou en Shanice knijpen keihard in elkaars hand, maar durven zich niet te verroeren. Ze hebben hun ogen allebei stijf dichtgeknepen in afwachting van het schot dat maar niet komt.
'Wil je dit soms hebben, Nikola?' vraagt de onbekende man nog eens. Shanice, die de loop van het pistool niet meer tegen haar achterhoofd voelt, kan zich niet langer bedwingen en draait langzaam haar hoofd om te zien wie haar van een wisse dood heeft gered. Malou volgt haar voorbeeld. Het maanlicht is fel genoeg om het silhouet van een man te onthullen die de zak pillen die ze gisteren hebben verstopt heen en weer zwaait. De schaduw van de klep van zijn baseballpet maakt het vrijwel onmogelijk om zijn gezicht te zien, maar Shanice lijkt hem toch te herkennen. 'Volgens mij is dat de vader van die verdwenen jongen,' sist ze tegen Malou. 'Wat moet hij met die pillen?'
Nikola richt zijn pistool op de man en zet een paar stappen in zijn richting terwijl hij iets mompelt van: *'That guy again.'* Jayden heeft nog geen woord gezegd. En dan gaat alles ineens heel snel. De man gooit de zak met pillen met een keiharde worp naar Nikola toe. In een reflex probeert Nikola hem te vangen en verliest daarbij het pistool. De man stort zich op Nikola terwijl hij 'Go!' roept. De deuren van een aantal ba-

rakken klappen open en een paar zwaarbewapende mannen met bivakmutsen op overmeesteren Nikola en Jayden voordat ze met hun ogen kunnen knipperen. In een mum van tijd zijn beide heren geboeid en worden ze afgevoerd. De man met de baseballpet blijft achter bij Malou en Shanice. Op zijn dooie akkertje loopt hij naar het pistool van Nikola, dat nog op de grond ligt, en maakt het onklaar. 'Dat was op het nippertje, meiden,' zegt hij terwijl hij zijn pet afzet. 'Deze mannen zullen jullie nooit meer kwaad doen.'

Malou, die zich nog amper realiseert wat er net allemaal gebeurd is, zakt neer op de grond en begint ongecontroleerd te huilen. Shanice gaat naast haar zitten en slaat een arm om haar heen. Dan kijkt ze de man aan die hen gered heeft. 'Maar jij bent toch de vader van Dave, die jongen die al twee jaar vermist wordt?'

'Dat klopt, ik ben Tobias.'

'Hoe wist je dat we hier waren? Heeft Hannah je gewaarschuwd?' vraagt Malou, die weer een beetje gekalmeerd is en alleen nog wat nasnikt.

'Nee. Laten we het er maar op houden dat hier veel meer aan de hand is dan alleen wat handel in pillen. Ik hou de boel hier al een tijdje in de gaten. Op dit moment vindt er een inval plaats op het resort, worden de administratie en alle computers in beslag genomen en wordt Kim van haar bed gelicht. Ik kan verder niet in detail treden omdat het tot morgen in elk geval stil moet blijven.'

'Maar hoe wist je dan dat we hier waren?'

'Jayden en Nikola worden afgetapt en er is een telefoongesprek tussen hen opgevangen waarin Nikola woedend is omdat er pillen zijn verdwenen. Hij geeft Jayden de schuld, maar die ontkent en beschuldigt Gijs en jou, Shanice. Hij heeft Nikola beloofd dat hij jou onder druk zal zetten om erachter te komen hoe het zit.'

'Maar dat verklaart nog niet hoe je wist dat we op deze plek

waren. Jij en dat arrestatieteam waren hier al eerder aanwezig dan wij,' merkt Malou op.
'Dat was een kwestie van één en één bij elkaar optellen. Ik heb jullie gezien toen jullie de drugs hier verstopten.'
'Dus jij hebt het weggehaald...' concludeert Shanice. 'Maar waarom zijn wij dan niet ook opgepakt?'
'Omdat ik heb gezegd dat Gijs het hier verstopt heeft.'
'Wát? Waarom?'
'Omdat jullie nog een heel leven voor je hebben en dat van Gijs helaas toch al voorbij is. Tenzij jullie graag naar de gevangenis willen. Want dat kan geregeld worden, hoor.'
'Nee, nee. Malou heeft er sowieso niets mee te maken,' zegt Shanice stellig. 'Ze heeft mij geholpen omdat ik het haar gevraagd heb, uit vriendschap.'
'Dat weet ik inmiddels. Ik weet dat ze in tegenstelling tot jou nooit gedeald heeft. Maar ook al was het uit vriendschap dat ze je hielp, het is wel strafbaar wat ze heeft gedaan.'
'Maar hoe weet je dat dan allemaal?'
'Ik geef nooit iets prijs over mijn bronnen.'
'Maar ben je een politieagent of zo?'
'Ik werk voor de FIOD, maar ik heb ook eigenbelang. Ik hoop dat ik er eindelijk achter kom wat er met Dave is gebeurd nu Jayden en Nikola zijn opgepakt. Pas dan krijg ik rust en kan ik mijn verdriet gaan verwerken. Ik weet gewoon zeker dat ze meer weten en misschien gaan ze uiteindelijk wel praten als ze flink onder druk worden gezet.'
'Het spijt me van Dave,' zegt Shanice terwijl ze bedeesd naar de grond kijkt. 'Ik vind het heel erg dat je al zo lang in onzekerheid zit.'
'Mijn leven staat stil sinds de dag dat Dave verdween. Zolang ik niet zeker weet of hij dood is, blijf ik toch hoop houden en kan ik niet beginnen met rouwen. Dus als je ook maar iets weet...'
'Ik wil hier heel graag weg. Deze plek is verschrikkelijk.

Kunnen we gaan?' vraagt Shanice haast smekend. Tobias kijkt even teleurgesteld, maar herpakt zich dan weer.
'Ja, laten we gaan. Ik loop wel even met jullie mee. De gebouwen worden nu doorzocht, dus ik denk niet dat jullie naar je kamer kunnen. Ze zullen iedereen wel in één ruimte hebben verzameld.'
'Dat zal dan in de ontspanningsruimte zijn waar de herdenking van Gijs vandaag plaatsvond. Dat is de grootste ruimte die we hebben en de enige plek waar iedereen in past,' concludeert Shanice voor ze vertrekken.

45

Het wemelt van de mensen als Malou, Shanice en Tobias de ontspanningsruimte binnenlopen. Het gros van de aanwezigen is in pyjama en heeft ongekamde haren en kleine oogjes van de slaap. Mensen lopen opgewonden door elkaar heen en de toon van de gesprekken is verontwaardigd. Malou laat haar ogen door de zaal gaan, op zoek naar Hannah. Ze ziet haar ergens links tegen de muur staan met haar armen om een bang kijkende Vera en een opgewonden Max heen. Ze seint Shanice en Tobias in en gezamenlijk lopen ze naar Hannah toe.

'Even iets regelen,' zegt Shanice als ze Hannah en de kinderen heeft begroet. Voordat Malou haar kan vragen wat ze gaat doen, is ze al weggeglipt. Tobias neemt Hannah even apart op de gang en praat haar kort bij over alles wat er gebeurd is en dat hij Malou en Shanice uit de wind heeft gehouden ten koste van Gijs. Malou blijft in haar eentje hangen bij Max en Vera en voelt zich een beetje ontheemd. Ze is blij als ze Shanice weer terug ziet komen. Ze sleurt Erik aan zijn hand achter zich aan. De jongen ziet intens bleek en van de bravoure die hij normaal heeft, is niets meer over. Malou denkt zelfs angst in zijn opengesperde ogen te lezen.

'Waar is Tobias?' vraagt Shanice. 'Erik heeft hem iets te vertellen.'

'Die staat met Hannah te praten op de gang.'

'Wil je hen even halen?'

'Ik denk niet dat ze gestoord willen worden, ze zijn niet voor niets op de gang gaan staan.'

'Malou! Het is belangrijk. Geloof me.'
'Waarom loop je er zelf niet heen?'
'Omdat ik wil voorkomen dat Erik ervandoor gaat en omdat jij een betere band hebt met Hannah.'
'Oké, ik ga al!' Malou loopt naar de gang en schraapt haar keel als ze Hannah en Tobias nadert. 'Sorry dat ik jullie stoor, maar Shanice en Erik moeten jullie dringend iets vertellen.' Zowel Hannah als Tobias kijkt haar geërgerd aan. *'Don't shoot the messenger.* Ik weet ook niet wat er aan de hand is.' Malou steekt in een verontschuldigend gebaar haar handen in de lucht.
'Laat ze maar hiernaartoe komen. In die rumoerige zaal kun je amper een fatsoenlijk gesprek voeren,' zegt Tobias.
'Misschien gaat Erik eindelijk bekennen wat hij met Vera heeft uitgevreten,' mompelt Hannah. 'Malou, zeg tegen Vera en Max dat ze in de zaal op me moeten wachten. Ik wil hen niet bij het gesprek hebben.'
'Oké, zal ik doen.' Malou loopt de zaal weer in en komt even later terug met Shanice en Erik in haar kielzog. Erik durft Hannah en Tobias nauwelijks aan te kijken en staat er wat klunzig bij. Shanice geeft hem een por. 'Kom op, wees dapper.'
Hannah gaat voor Erik staan voordat hij de kans krijgt om wat te zeggen. 'Zo, ga je eindelijk vertellen wat je met mijn Vera hebt gedaan?' Haar stem klinkt agressief en ze moet zich duidelijk inhouden om hem geen zet te geven. Erik kruist zijn armen beschermend voor zijn borst. 'Hoe vaak moet ik nog zeggen dat ik niks met Vera heb gedaan?' reageert hij stuurs.
'Ik geloof je niet, Erik. Je hebt iets in haar drankje gedaan en god mag weten wat er nog meer is gebeurd.'
'Dat héb ik niet gedaan! Dat zou ik nooit doen! Ik heb juist geprobeerd om haar te helpen! Ik heb al een dode op mijn geweten en daar ga ik elke dag aan kapot. Denk je nou echt dat ik het nog erger zou maken door Vera iets aan te doen?'
'Wow, wát? Wat bedoel je met dat je een dode op je geweten

hebt?' Tobias wringt zich tussen Hannah en Erik in. 'Gaat dit over mijn zoon?'

Erik zwijgt en Shanice geeft hem een stomp tegen zijn schouder. 'Of jij vertelt het of ik, maar alle geheimen eindigen vandaag.'

'Ik...' begint Erik. 'Ik weet inderdaad wat er met Dave is gebeurd.'

'Is hij dood? Zeg op!' Tobias pakt Erik bij zijn schouders en schudt hem ruw door elkaar.

'Ja, hij is dood,' schreeuwt Erik wanhopig terwijl hij begint te huilen. 'En dat is mijn schuld.'

Tobias laat hem abrupt los en zakt neer op de grond. Hij slaat zijn handen voor zijn gezicht en blijft even zo zitten voordat hij knarsetandend begint te praten. 'Vertel me wat er is gebeurd.'

Erik haalt diep adem, veegt zijn tranen weg en brandt dan los. 'In de nacht dat het gebeurde, waren we tot in de late uurtjes aan het feesten. Eerst op het strandfeest, daarna in Club Blue en uiteindelijk zijn Dave en ik op het strand geëindigd. We hadden allebei behoorlijk wat gezopen en Dave had ook nog xtc gebruikt, die hij van Gijs had gekocht. Ik was best ver heen, maar Dave was echt helemaal de weg kwijt. Ik was overmoedig van de drank en had het gevoel dat we de hele wereld aankonden. Ik rende het meer in en schreeuwde tegen Dave dat hij ook moest komen. Hij kwam me achterna en stortte zich als een idioot het water in terwijl hij schreeuwde: "Wedstrijdje wie het verst kan zwemmen!" Voor iemand die zo ver heen was, had hij er nog een behoorlijk tempo in. Ik wilde me natuurlijk niet laten kennen en crawlde in eerste instantie achter hem aan. Hij zwom steeds verder, alsof hij compleet vergat dat hij ook nog energie over moest houden om terug te zwemmen. Hij hoorde me niet of deed alsof. Ik schreeuwde tegen hem dat hij gewonnen had en dat ik terugging. Ik was moe en de drank begon me echt op te breken. Ik begon terug naar het strand te zwemmen en toen ik even later achteromkeek, was Dave gestopt met zwemmen en stak hij watertrappelend zijn armen in de lucht terwijl hij "Wie is de beste?" schreeuwde. Ineens begon hij te spugen en verdween hij onder water. Een paar seconden later kwam hij weer boven, maar hij was duidelijk in nood. Ik ben meteen omgekeerd en naar hem toe gezwommen. De angst en de adrenaline namen mijn lijf over en gaven me nieuwe kracht, maar ik was niet snel genoeg. Tegen de tijd dat ik bij hem was, was hij onder water verdwenen en lukte het hem niet meer om boven te komen. Ik ben als een gek gaan duiken in een poging hem te vinden. Pas bij de zesde poging lukte dat. Hij was bewusteloos of erger, dat kon ik op dat moment niet goed checken. Vraag me niet hoe, maar het is me gelukt om hem op het strand te krijgen. Ik ben hem meteen gaan reanimeren, maar hij reageerde nergens op. Hij zag zo bleek en lag zo doodstil. Ik voelde geen hartslag, ik voelde steeds maar geen hartslag! Hij was dood, ik had hem niet kunnen redden. Als ik niet zo stom was geweest om hem te vragen met me het meer in te duiken, dan had hij nu nog geleefd.' De tranen lopen weer over Eriks wangen en zijn ogen staren ergens in de verte, alsof hij weer terug is in die fatale nacht en alles herbeleeft. Tobias is duidelijk in shock van Eriks verhaal en lijkt niet in staat om wat te zeggen.

'Wat heb je met Daves lichaam gedaan, Erik?' neemt Hannah het over.

'Toen ik zeker wist dat Dave dood was, heb ik Jayden gebeld. Ik was in paniek en wist niet wat ik moest doen. Hij zei tegen me dat ik bij Dave moest blijven en dat hij eraan kwam. Hij zou het oplossen. Tot mijn verbazing kwam hij niet alleen. Nikola was bij hem. Samen hebben we Dave naar Nikola's boot gedragen. Jayden en Nikola hebben zijn lichaam verzwaard en ze dwongen me om ook in te stappen. We zijn naar Bay of Bones gevaren en daar hebben ze me gedwongen

om samen met hen het lichaam overboord te gooien.'
'Waarom in Bay of Bones?' vraagt Malou nu.
'Omdat de duikers daar niet zouden zoeken als Dave als vermist werd opgegeven. Het is nogal een heilige plek waar veel spookverhalen over rondgaan. Het is streng verboden om daar het water in te gaan of te duiken. Dat wordt als heiligschennis gezien en zou toorn over Ohrid afroepen. Jayden en Nikola geloofden daar natuurlijk helemaal niets van, maar maakten er wel handig gebruik van. Door de verzwaringen zou Daves lichaam voorlopig diep in het meer verborgen blijven en de vissen, krabjes en kreeftjes zouden genoeg tijd hebben om het lichaam op te vreten en het voorgoed te laten verdwijnen. Als je daar nu gaat kijken, vind je misschien hooguit nog wat botten.'

Tobias staat ineens razendsnel op en vliegt Erik aan. 'Waarom heb je niks gezegd?' schreeuwt hij terwijl hij Erik bij zijn strot pakt. 'Heb je enig idee in wat voor hel ik geleefd heb?'

Erik loopt paars aan en probeert zich wanhopig los te worstelen.

'Tobias, laat hem los, je vermoordt hem nog!' Hannah wurmt zich tussen de twee mannen in terwijl Malou en Shanice aan hem beginnen te trekken. Uiteindelijk laat hij los. Erik loopt hoestend en naar adem happend bij hem vandaan. Als hij is bijgekomen praat hij verder met schorre stem. 'Het spijt me echt. Ik wilde het vertellen, maar ik was zo bang. Jayden zei dat hij dan zou zeggen dat ik hem had vermoord en het lichaam had weggewerkt. Dat mijn leven dan voorbij was. Hij en Nikola zouden alles ontkennen. Nikola heeft hier veel invloed en het zou mijn woord tegen dat van hem zijn. Ik was kansloos, althans, zo zag ik dat toen. Ik beloofde Jayden dat ik mijn mond zou houden, dat ik naar huis zou gaan en nooit meer terug zou komen. Dat laatste accepteerde Jayden niet. Als ik niet voor hem zou blijven werken dan zou hij alsnog naar de politie gaan. Hij wilde me in de buurt houden omdat hij me niet vertrouwde en omdat ik te veel wist van het drugshandeltje dat hij met Nikola had. Nu Jayden en Nikola zijn opgepakt ben ik eindelijk vrij en kan ik vertellen wat er is gebeurd. Het was een ongeluk, Tobias. Dave is verdronken en het is me niet gelukt om hem te redden. Daar zal ik de rest van mijn leven mee moeten leven. En ja, ik weet dat het in het niet valt bij wat jij nu voelt en hebt doorstaan.'

'Wie wisten er nog meer van?' vraagt Tobias terwijl Hannah en Malou hem nog steeds angstvallig vasthouden.

'Ik,' zegt Shanice. 'Ik wist ervan en ook mij spijt het dat ik niet eerder iets heb gezegd. Toen je net mijn leven redde en me ook nog een tweede kans gaf, kon ik niet langer wegkijken. Ik wist dat er maar één ding was dat ik echt voor je terug kon doen en dat was zorgen dat je uitsluitsel kreeg over je zoon. Ik vond dat Erik het zelf moest vertellen, maar als hij dat had geweigerd, had ik het je verteld. Weet je, Erik en ik hadden elkaar nogal in de tang. Toen dat met Dave gebeurde hadden Erik en ik iets met elkaar. Hij wist dat ik samen met Gijs dealde voor Jayden, daarom durfde hij zijn hart te luchten en me te vertellen wat er met Dave was gebeurd. Als ik hem zou verraden, dan zou hij mij verraden. Niet bepaald een goede basis voor een relatie, dus ik heb het meteen uitgemaakt.'

'Jij en Erik?' flapt Malou er verbaasd uit. 'Is er wel iets waar je eerlijk over bent geweest tegen me?'

'Ja. Over Gijs. Hij had oprechte gevoelens voor je en met hem heb ik nooit iets meer gehad dan vriendschap. Het was allemaal nogal ingewikkeld, Malou, en ik wilde je niet meeslepen in mijn shit.'

'Nou, dat is goed gelukt dan.'

Shanice haalt haar schouders op.

'Dames, kunnen jullie dit op een ander moment samen bespreken?' breekt Hannah nu in. 'Tobias heeft net te horen gekregen dat zijn zoon dood is en wat er die afschuwelijke nacht is gebeurd, en ik heb zelf ook nog wat prangende vragen voor Erik.' Ze laat Tobias los en loopt naar Erik toe.

'Ik zal je vertellen wat ik weet over Vera,' reageert Erik timide. 'Ik ben inderdaad een drankje voor haar gaan halen. Chanty stond ook bij de bar en drukte me een cola in de hand die ze voor Vera had gehaald. Ik moest hem maar vast naar haar gaan brengen en dan zou zij een drankje voor mij meenemen. Dus heb ik Vera die cola gegeven en ze werd inderdaad beroerd nadat ze ervan gedronken had. Ik bood aan haar naar jullie chalet te brengen, maar Chanty zei dat dat niet nodig was. Zij zou Vera met haar vriendinnen wel even thuisbrengen. Ik zag daar in eerste instantie geen kwaad in, maar uiteindelijk zat het me toch niet helemaal lekker. Toen Vera eerder die avond even naar het toilet was, zei Chanty dat ze haar maar een braaf en wereldvreemd moederskindje vond, een meisje dat eens kennis moest maken met het echte leven, en later deed ze ineens poeslief. Chanty en die andere meiden waren inmiddels vertrokken met Vera tussen zich in en ik ben hen gaan zoeken. Ik ontdekte al snel dat ze niet op weg waren naar jullie chalet, want dan had ik ze moeten zien. Toen ben ik het strand af gaan struinen. Uiteindelijk vond ik hen. Vera was al niet meer aanspreekbaar. Chanty was net bezig om haar jurk nog wat viezer te maken.

Ik ben er meteen naartoe gerend en heb gevraagd waar ze in godsnaam mee bezig was. "Als ze straks wakker wordt, heeft ze geen idee wat hier allemaal gebeurd is," was het antwoord. "Beetje GHB in haar cola en ze was meteen out. Giller, toch? O, en als je ons verraadt, dan zeggen we dat jij met je gore poten aan haar hebt gezeten." Daarna zijn ze lachend weggerend en lieten mij achter met Vera. Ik heb geprobeerd om haar wakker te krijgen en toen dat niet lukte, heb ik haar zo netjes mogelijk neergelegd. Daarna ben ik een tijdje bij haar blijven zitten in de hoop dat ze alsnog wakker zou worden. Hoe langer ik daar zat, hoe erger het déjà vu werd naar

twee jaar geleden. Toen zat ik zo bij het roerloze lichaam van Dave. Ik raakte uiteindelijk zo in paniek dat ik ben weggerend en haar heb laten liggen.'
'Hoe kón je!' zegt Hannah vol afschuw. 'En daarna ook nog eens tegen me liegen en zeggen dat je er niks van af wist.'
'Dat moest van Jayden. Die wilde geen gezeik. Hoe denk je dat het er voor mij uitzag? Niemand had toch geloofd dat ik niks met Vera had uitgehaald. Ik had haar dat drankje gegeven waar ze niet goed van werd. Wist ik veel dat Chanty er GHB in had gedaan. Chanty had het allemaal in scène gezet en ik was die avond een aantal keer met Vera gezien. Ze liep duidelijk een beetje verloren rond en ik wilde dat ze een toffe avond had, meer dan dat was het niet. Ik zou nooit iets proberen bij zo'n jong meisje. Chanty had me meer dan duidelijk te verstaan gegeven dat ze me erin zou betrekken. Ik had echt al genoeg gezeik aan mijn kop. Daarom besloot ik onder forse druk van Jayden dat het beter was om mijn mond te houden. Het was goed afgelopen met Vera, daar stelde ik mezelf mee gerust.'
Hannah kookt van woede, maar probeert het te onderdrukken. Het heeft namelijk niet veel zin. Chanty en haar vriendinnen zijn gisteren naar huis vertrokken, dus ze kan hen hier niet meer ter verantwoording roepen. De confrontatie zoeken in Nederland is niet heel zinvol. Vera zal die rotmeiden nooit meer zien en het is niet in haar belang om dingen op te rakelen en op scherp te zetten. Liever houdt ze de informatie die Erik haar heeft gegeven voor zichzelf. Het zou Vera te veel kwetsen en haar vertrouwen in mensen een flinke knauw geven. Het meisje heeft al genoeg verdriet gehad het afgelopen jaar en het laatste wat Hannah wil is het Vera nog moeilijker maken. Ze weet dat ze Vera niet heel haar leven tegen het kwaad in de wereld kan beschermen, er komt een moment dat ze haar los moet gaan laten, maar nu is zeker nog niet het moment. Hannah wordt opgeschrikt uit haar gedach-

ten door hartverscheurend gehuil van Tobias. 'Mijn jongen. Mijn lieve jongen is dood.'

Hannah aarzelt niet en slaat troostend een arm om hem heen. Met haar kind is het gelukkig goed afgelopen, maar ze weet wel hoe het is om iemand te verliezen van wie je meer houdt dan van jezelf. Tobias klemt zich aan haar vast. Zijn verwerking kan eindelijk beginnen.

Epiloog

Hannah legt met een glimlach haar telefoon neer. Malou heeft haar een uur lang in geuren en kleuren bijgepraat over de gothic thriller waar ze aan werkt. Na Eriks bekentenis had ze genoeg inspiratie voor het boek dat ze al zo lang wil schrijven. Het is fictie, maar geïnspireerd op de vermissing van Dave en het wegwerken van zijn lichaam in Bay of Bones. Voordat ze begon met schrijven heeft ze op aanraden van Hannah wel toestemming gevraagd aan Tobias en die kreeg ze. 'Reken er niet op dat ik het ga lezen, want dat komt echt te dichtbij, maar ik wens je veel succes,' was zijn antwoord aan Malou geweest.

Voordat Malou over haar boek begon wilde ze eerst nog even over Gijs praten. Het onderzoek naar zijn dood is afgerond en het bleek echt een ongeluk te zijn. De Albanezen die hem hebben overvaren, hadden geen enkele connectie met het drugskartel waar Nikola en Jayden zaken mee deden. Van meer dan roekeloos vaargedrag konden ze niet beschuldigd worden. Gijs heeft de afschuwelijke pech gehad dat hij vast is komen te zitten in de schroef en dat is hem uiteindelijk fataal geworden. Hannah heeft deze informatie van Tobias gekregen en het op zijn verzoek met Malou en Shanice gedeeld. Malou had er zelf geen behoefte aan gehad om Shanice te bellen. Nu het resort en Gijs als bindende factoren tussen hen waren weggevallen, bleven er eigenlijk geen raakvlakken over. Malou had grote moeite met de drugshandel waar Shanice onderdeel van was geweest en alle leugens die ze al die tijd verteld had. Alles opgeteld was er voor Malou geen basis voor een vriendschap.

Tussen Hannah en Tobias is wel een vriendschap ontstaan. Hannah heeft nog regelmatig contact met hem. Inmiddels is hij weer aan het werk voor de FIOD en nauw betrokken bij de afwikkeling van de Sunny Parks-zaak. De invallen in de andere parken zijn goed verlopen en hebben voldoende bewijs opgeleverd om de witwaspraktijken bloot te leggen en de kopstukken van de organisatie en andere betrokkenen te arresteren. Het werk is een goede afleiding van zijn verdriet om zijn zoon. Over twee weken zal er een officiële herdenking voor Dave worden gehouden en Hannah is ook uitgenodigd.

Na veel aandringen heeft Tobias het dwars door al het bijgeloof heen voor elkaar gekregen dat de Macedonische politie met duikers de Bay of Bones heeft afgezocht naar eventuele resten van Dave. Uiteindelijk hebben ze menselijke botten gevonden en DNA-onderzoek heeft uitgewezen dat ze van Dave zijn. Tobias heeft de botten een week geleden mee mogen nemen naar Nederland. 'Mijn zoon is thuis, Hannah. Hij is eindelijk thuis,' had hij haar met dikke stem verteld.

Erik is na lang verhoor van de politie vrijgelaten. Daves dood was een noodlottig ongeluk en het wegwerken van het lichaam is hem uiteindelijk niet op vervolging komen te staan, omdat Jayden en Nikola het brein erachter waren en Erik dwongen mee te doen. Tobias heeft de politie uiteindelijk het laatste zetje gegeven voor Eriks vrijlating. Hoe boos hij ook nog steeds is dat Erik al die tijd zijn mond heeft gehouden, hij is realistisch genoeg om te zien dat Erik er alles aan heeft gedaan om Dave te redden en nooit heeft gewild dat de jongen zou verdrinken. Zowel Dave als Erik was verre van nuchter toen ze met bravoure het water in doken en zagen daardoor in eerste instantie geen gevaar. Hannah heeft bewondering voor Tobias' vergevingsgezindheid. Ze weet niet of zij hetzelfde zou doen als ze in zijn schoenen stond.

Het is de verwachting dat Jayden en Nikola een lange gevangenisstraf tegemoet gaan zien. Ze zitten nog steeds vast. Ook Kim is opgepakt en verhoord. Omdat ze onder dwang van Jayden haar mond heeft gehouden, zal zij een stuk minder hard aangepakt worden, maar ze blijft medeplichtig aan het witwassen van geld en de drugshandel en dat kan niet onbestraft blijven. Volgens Tobias heeft Kim al haar medewerking toegezegd en dat zal haar waarschijnlijk nog wel strafvermindering opleveren. Maar ook als ze die niet krijgt, wil ze alles vertellen omdat ze nu eindelijk de kans krijgt om uit haar gewelddadige relatie met Jayden te ontsnappen.

Via Kim weet het EOM inmiddels dat de drugshandel in eerste instantie nooit de bedoeling was. Dat was echt Nikola's ding. Maar Jayden had iemand nodig met autoriteit in Ohrid die bereid was om de nepverhuur van Blue Village elk jaar goed te keuren en de documenten daarvoor te tekenen. Nikola was daar als sjacheraar, invloedrijke ondernemer en naar later bleek gekozen gemeenteraadslid van Ohrid de aangewezen persoon voor. Nikola vroeg echter naast smeergeld wel om een tegenprestatie. Als hij zijn drugs uit Albanië bij het resort aan land kon laten komen en Jayden de verkoop op de strandfeesten zou faciliteren en organiseren, dan zou Nikola hem geen strobreed in de weg leggen bij zijn witwasactiviteiten en de autoriteiten op afstand houden. Hannah is trots op Christiaan dat hij uiteindelijk de persoon is geweest die ervoor heeft gezorgd dat de FIOD en het EOM alle illegale activiteiten op het spoor zijn gekomen, maar dat hij het met zijn leven heeft moeten bekopen vindt ze nog steeds onverteerbaar. Het was het wat haar betreft niet waard en als ze de tijd kon terugdraaien dan zou ze hem smeken om zijn mond te houden.

De man die Christiaan met zijn dronken hoofd heeft overreden, heeft onder flinke druk bekend dat hij was ingehuurd om Christiaan van de weg te rijden. Door van tevoren meer te drinken dan de toegestane norm, hoopte hij dat Christiaans dood als 'een ongeluk' in de boeken zou komen en hij er met een taakstraf of een milde gevangenisstraf van af zou komen. Dat plan heeft gewerkt en omdat de rechtsgang is doorlopen en er een onherroepelijke veroordeling heeft plaatsgevonden kan de man tot Hannahs frustratie niet opnieuw vervolgd worden voor Christiaans dood. Dat onrecht vreet haar vanbinnen op, maar ze moet proberen om zich erbij neer te leggen om te voorkomen dat ze verbitterd raakt. Dat zou niet goed zijn voor Max en Vera en ze gunt het die klootzak ook niet dat hij naast Christiaan ook haar nog kapotmaakt. Zij hebben de afgelopen tijd weer genoeg meegemaakt, nadat deze informatie over de dood van hun vader naar boven is gekomen. Ze zijn nog zo jong, Hannah kan alleen maar hopen dat ze hier niet te erg beschadigd van raken. En Hannah moet zelf ook verder en dat betekent dat ze alle negatieve dingen uit het verleden achter zich moet laten en vooruit moet kijken naar de toekomst. Leven in het hier en nu en dat is precies wat ze gaat doen.

Hannah legt haar telefoon op de salontafel en gaat naast een lezende Vera op de bank zitten. Ze is helemaal verdiept in *Nooit meer* van TikTok-sensatie Colleen Hoover.

'Leuk boek?'

'Huh-huh,' is het enige antwoord dat ze krijgt. Pas als er een appje binnenkomt op Hannahs telefoon kijkt ze op. 'Ah, je geheime vriendje stuurt weer een berichtje,' merkt ze cynisch op als de naam Stan op het scherm verschijnt.

'Ik denk dat het tijd is dat ik jou en Max daar wat meer over vertel.'

'Ja, dat denk ik ook,' reageert Vera stuurs.

'Ik ga je broertje er even bij roepen.'

'Je doet maar, hoor.'

Hannah loopt naar boven en krijgt het uiteindelijk pas met stemverheffing voor elkaar om Max los te weken van zijn

Switch-spelcomputer. Als ze beide kinderen heeft voorzien van een drankje schraapt ze haar keel. 'Lieverds, er is iets wat ik al een tijdje aan jullie moet vertellen, maar ik heb het steeds uitgesteld omdat ik er zo tegen opzag. Vera heeft al een paar keer appjes binnen zien komen van ene Stan. Stan is geen collega van school zoals ik eerst zei, maar hij is ook mijn vriendje niet. Stan is een advocaat die me de laatste tijd heeft geholpen en nog steeds helpt om wat dingen uit te zoeken. Het is namelijk zo dat jullie echte moeder Emily terugkomt naar Nederland. Niet alleen voor een bezoekje, maar voorgoed.'

Hannah laat even een stilte vallen zodat haar woorden goed tot Vera en Max kunnen doordringen. Vera's gezicht vertrekt van afschuw en Max verstijft.

'Ik hoef haar niet te zien. Als ze terugkomt voor ons, zeg haar dan maar dat ze daar kan blijven.'

'Ik begrijp dat je boos bent, Veer, maar ze is wel jullie moeder.'

'Jij bent onze moeder! Zij is een nobody voor ons! Ik hoef haar niet te zien! Hoor je dat?'

'Ze heeft een huis gekocht in Velp en daar wil ze graag met jullie gaan wonen.'

'*No fucking way!* Hebben wij daar ook nog iets in te zeggen? Ze kan ons niet dwingen. Ons thuis is hier bij jou! Jij bent onze moeder.' Vera staat woedend op en Max begint te huilen.

'Ik wil jullie ook niet kwijt, lieve schatten. Ik voel me ook jullie moeder. Daarom heb ik Stan ingeschakeld. Hij helpt mij om mogelijk het voogdijschap over jullie te krijgen. Als jullie moeder vasthoudt aan haar plannen om het ouderlijk gezag terug te krijgen terwijl dat niet jullie wens is, dan wil ik me daar niet zomaar bij neerleggen. Tenminste, als dat inderdaad jullie wens is. Wat Emily en ik willen is van ondergeschikt belang, jullie staan bovenaan. Als jullie uiteindelijk toch besluiten dat jullie liever bij Emily willen wonen, dan zal ik me daar natuurlijk bij neerleggen. De keuze is wat mij betreft echt aan jullie en ik hoop dat Emily er uiteindelijk ook zo over denkt. Ik ga in eerste instantie proberen haar buiten de rechtszaal om te overtuigen en ik zal haar geen strobreed in de weg leggen als ze jullie wil zien.'

Vera schudt wild met haar hoofd. 'Max en ik blijven bij jou, hè Maxie? Emily mag lekker terug naar Australië.'

Haar broertje knikt terwijl de tranen nog steeds over zijn wangen lopen.

'Kom eens hier jullie.' Hannah trekt Max tegen zich aan en steekt haar arm uitnodigend uit naar Vera. Haar stiefdochter kruipt tegen haar aan en beide kinderen klampen zich zo hard aan haar vast dat ze bijna geen lucht krijgt. 'Het komt goed, jongens. Ik zal er altijd voor jullie zijn, en ik ben altijd bij jullie, wat er ook gebeurt en waar jullie ook wonen. Want net als papa wonen jullie voor altijd in mijn hart.'